Le Livre
National

65ᶜ

Romans
Populaires

Jules MARY

Les Amants
de la Frontière

DÉPOT LÉGAL

TIRAGE : 14500 EXEMPLAIRES

Les

Amants de la Frontière

JULES MARY

Les Amants
de la Frontière

Roman

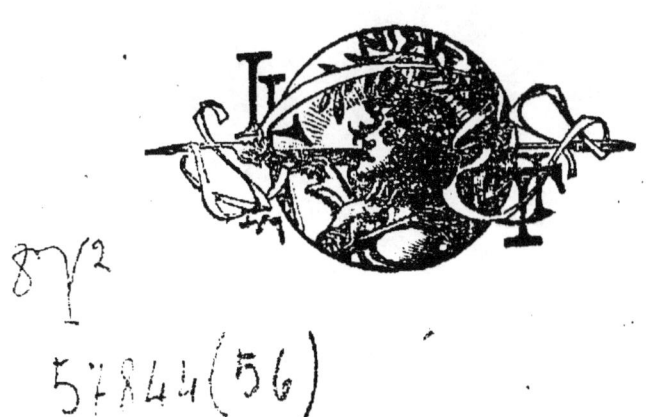

PARIS
Librairie Illustrée Jules TALLANDIER, Éditeur
75, RUE DAREAU (14ᵉ ARR.)

Les Amants de la Frontière

DEUXIÈME PARTIE

LES TROIS PHRASES MYSTÉRIEUSES

I

LE VIEUX SAUVAGEOT

Renaud paraissait mort. Les gendarmes s'assurèrent que sa blessure n'était pas grave, mais il avait perdu beaucoup de sang.

L'un des deux alla chercher une voiture à une ferme voisine, y fit placer un matelas et ils étendirent le pauvre garçon qui ne revenait pas à la vie.

Ce fut ainsi que, lentement, au pas, ils regagnèrent Villaville.

Au poste du commissariat, des soins lui furent donnés par le médecin, qui banda la plaie. La balle avait fait séton et n'était pas dans la cuisse.

Renaud revint à lui, regarda, comprit et referma les yeux, en poussant un profond soupir qui trahissait la détresse de son âme désolée.

Il était pris ! Demain, il serait soldat...

Un des gendarmes qui l'avaient poursuivi veillait auprès de son lit.

C'était un grand gaillard sec, osseux, à la tête pointue, sans un poil de barbe, et dont les yeux bleus n'étaient pas méchants du tout. Il considérait le prisonnier avec une sorte de compassion attendrie.

L'épisode qui précède, a pour titre : LA VIERGE EN DANGER.

Il dit, comme s'il avait senti confusément le besoin de s'excuser :

— C'était notre devoir !...

— Oh ! je ne vous fais pas de reproche... Vous êtes soldats... Il fallait obéir... Il y a bien le coup de revolver qui était exagéré... Vous ne trouvez pas ?

— C'était la consigne... Depuis si longtemps on avait l'œil sur vous...

— Dites-moi... vous aviez donc été prévenus de ma visite au cimetière ?

— Je ne peux rien vous dire...

— Ce qui équivaut à répondre que vous aviez été avertis... Par qui ? Personne ne connaissait mon projet... il a fallu qu'on le devinât... Vous l'avez deviné ?

L'homme resta impénétrable.

— Puisque vous ne répondez pas à une question aussi simple, c'est que le projet n'est point parti de chez vous... C'est qu'il vous a été suggéré... J'ai été trahi et tout naturellement vous ne direz rien qui me fasse découvrir le traître... Je n'insiste pas...

Mais les suppositions, en tumulte, se pressaient dans son cerveau.

Tout à coup, il demanda encore :

— J'ai un remords... veuillez me rassurer..... Votre camarade sur la tête duquel j'ai sauté, là-bas, du haut du mur ?... j'espère qu'il n'a aucun mal ?..

— Presque rien... il a eu le nez à moitié coupé par la bordure du casque... mais on le lui a recousu.... dans huit jours il n'y paraîtra plus...

— J'en suis heureux !

Renaud vit comme une lueur de gaieté dans les yeux bleus de l'homme, lequel, tout à coup, ajouta avec un rire contenu :

— Ça tombait bien... Kauffmann avait justement le nez de travers... Ça le lui a redressé...

Dans l'après-midi, Renaud reçut la visite de Sauvageot le Dur, et du grand-père. L'entrevue fut courte. Le jeune homme allait être conduit à Metz où il passerait en conseil de guerre.

Avant de se séparer de lui, le vieux Sauvageot demanda :

— Tu soupçonnes la trahison ? mais le traître ?..

Renaud haussa les épaules. Il avait eu beau chercher. Il n'avait rien trouvé.

Alors, le grand-père murmura, sinistre, implacable :

— Moi, je trouverai... Et si je ne me suis pas trompé... si c'est bien ce que je devine... alors, oh ! alors mon pauvre enfant, le châtiment sera terrible...

— Grand-père !

Mais le vieux sortit sans vouloir expliquer sa pensée. Sur le seuil, il s'arrêta, revint brusquement vers Renaud, l'étreignit, rude, étrange et murmura :

— Embrasse-moi encore, mon petit... C'est sans doute la dernière fois !..

— Oh ! grand-père... pourquoi cette pensée triste ?

— La dernière fois, petit, la dernière fois !!... fit le vieillard, presque avec solennité.

Renaud avait raconté au grand-père son odyssée tragique du matin, à partir du moment où il s'était enfui du cimetière :

Au lieu de rentrer à Haute-Goulaine, en sortant du commissariat, le grand-père quitta Joseph sous le premier prétexte venu et se dirigea vers le cimetière.

Avait-il un but, une pensée ? Non, en dehors de la pensée de s'attarder auprès de la tombe de celle qui reposait là, depuis la veille.

Il monta lentement, à travers la campagne.

Il aperçut, presque aussitôt, devant lui un gendarme faisant le même chemin et tout de suite son cerveau marcha : pourquoi cet homme s'en retournait-il vers le cimetière ? Entre cette visite et la capture de Renaud, y avait-il quelque corrélation ? Et laquelle ?

Machinalement, il le suivit, sans le perdre de vue. L'homme, du reste, ne tarda pas à s'apercevoir qu'il était suivi. Il reconnut le vieillard, fit un léger salut et continua sa route, sans plus s'en préoccuper.

C'est ainsi que le vieillard remarqua que le gendarme, au lieu de pénétrer dans le cimetière, se contentait d'en faire le tour, à pas très lents, la tête et le dos baissés, s'arrêtant presque à chaque pas et ne quittant pas le sol des yeux...

— Il cherche quelque chose, pensa le grand-père... quoi ?

Au lieu de le suivre, obéissant à une sorte de geste instinctif plus fort que sa volonté, Sauvageot se mit à faire le tour du cimetière, lui aussi..

Mais en sens contraire !

De telle sorte qu'il devait, à mi-chemin, se rencontrer avec l'autre...

Et il se mit à chercher... Quoi ?... Il n'en savait rien !...

C'était le côté par où Renaud s'était enfui, en retombant à pieds joints sur un casque. Déjà, il avait exploré une partie des champs qui rasaient le mur, lorsque, juste à l'endroit où le jeune homme avait sauté, il aperçut dans l'herbe quelque chose de blanc. C'était un papier. Il le ramassa vivement et le fourra dans sa poche, sans même prendre la peine de l'ouvrir. C'était plié comme une lettre. Peut-être était-ce tout simplement du papier blanc ? N'importe. Il avait le temps de s'en assurer.

Il reprit sa marche, cherchant toujours, et faillit se cogner contre le gendarme qui avançait doucement.

L'homme salua de nouveau et passa.

Il était probable que sa recherche avait été vaine....

Un quart d'heure après, quand il fut sûr de ne pas être vu, le vieillard tira le papier de sa poche, le déplia, le lut...

Et il ne put retenir un rugissement tout à la fois de joie, et d'indignation...

De joie, parce qu'il possédait la preuve qu'il ne se trompait pas dans son soupçon.

D'indignation, parce que la trahison qui s'y révélait était odieuse !...

C'était une lettre anonyme, mais selon toute apparence, son auteur se croyait à l'abri de tout châtiment ; car il ne s'était même pas donné la peine de déguiser son écriture.

Elle disait :

« Il y a fort à parier que Renaud Sauvageot, n'ayant
« pu voir sa mère avant sa mort, et n'ayant pu assister à
« l'enterrement, profitera de la nuit pour aller prier sur

« la tombe... Avec un peu de prudence, vous pourrez l'y
« entourer et l'arrêter... »

De plus, nul doute...

C'était une écriture de femme.

Et un nom lui vint tout de suite aux lèvres, dans un
cri de stupeur et de haine :

— Elise ! ! !...

La première chose à faire était de s'assurer qu'il ne se
trompait pas.

Rentré chez lui, il écrivit à Elise une lettre d'où toute
menace était bannie, et dans laquelle il priait simplement
la jeune fille de lui donner un rendez-vous, en ayant l'air
de vouloir intercéder auprès d'elle, afin qu'elle s'employât
à adoucir la peine qui attendait Renaud en conseil de
guerre.

Ce qu'il désirait en réalité, c'était une réponse, si banale
qu'elle fût.

Ce qu'il voulait, c'était comparer les écritures....

Et la réponse d'Elise ne se fit pas attendre :

« Le sort de M. Renaud Sauvageot m'est indifférent et
« je ne puis m'employer en sa faveur... Mon père refu-
« serait de venir en aide à un garçon qu'il ne trouverait
« pas à plaindre parce qu'il va faire deux années de ser-
« vice sous le drapeau de son pays... Je regrette, mon-
« sieur, de vous envoyer ce refus, dont vous comprendrez
« les graves raisons, j'en suis certaine... »

Il exposa les deux lettres l'une près de l'autre.

Aucune erreur n'était possible...

C'était bien la même main, traîtresse, violente, cruelle,
qui les avait toutes deux écrites.

Un souffle rauque sortait de la poitrine du grand-père.

Il avança les deux bras dans une attitude d'attaque et
de menace... Les mains formidables qui terminaient les
bras s'écartèrent, se refermèrent comme des pinces qui ne
lâchaient pas leur proie ; et il murmura, dans un soulagement de tout son être :

— Je la tiens !

Il alla s'asseoir devant son pavillon, isolé de Haute-
Goulaine, sur son banc, à sa place favorite, et il alluma
sa pipe qu'il se mit à tirer par petits coups pressés, fiévreux.

Il ne pensait pas à la béate jouissance de fumer...

Il réfléchissait au châtiment et il le voulait complet, redoutable.

Pendant qu'il rêvait, un léger bruit s'entendit, non loin, sur le pavé de la cour du château.

Toc, toc, faisait ce bruit, pareil à celui d'une canne hésitante...

Il n'y prêta point d'attention..... et le bruit se rapprocha, lentement... toujours faible.

Toc, toc, faisait-il maintenant sur le gravier de l'allée qui conduisait au pavillon.

En même temps, un pas léger, oh ! léger comme un glissement de créature qui eût été portée par des ailes, ou soulevée par la brise...

Toc, toc... s'arrêta tout à coup, car à cet instant, le grand-père venait de soupirer plus fort... et ce soupir sans doute, n'avait pas été perdu pour tout le monde.

Une voix timide prononça :

— Il y a quelqu'un près d'ici... Je cherche mon chemin... Voudrait-on me renseigner ?

Le vieillard, tiré de son rêve de vengeance, tressaillit et releva les yeux.

C'était la petite aveugle.

— Où désirez-vous aller, mon enfant ? dit-il... Je vous y conduirait moi-même...

— Ah ! Je reconnais votre voix... Vous êtes le grand-père du pauvre M. Renaud ?

— Oui...

— C'est vers vous que l'on m'envoie....

— Et quel est celui qui t'envoie ?

— Pervenche !

Le vieillard tressaillit... passa sa main ridée sur son front couleur de buis....

Puis, il dit, après un long temps :

— Cela devait arriver...

La voix de Line se fit plus basse et plus timide encore, en ajoutant :

— Les choses que j'ai à vous rapporter ne peuvent être entendues de personne...

— Personne ne nous écoute, mon enfant, mais, pour plus de sûreté, entrons chez moi.

Il alla lui prendre la main et la guida dans son pavillon. Celui-ci n'était composé que de trois pièces au rez-de-chaussée. Et c'était tout. Rien que les meubles indispensables. Et partout, dans cette simplicité monacale, une propreté minutieuse.

Il fit asseoir l'aveugle dans un fauteuil de paille et resta debout devant elle.

Il avait posé sa pipe éteinte au coin de la cheminée...

Si Line avait pu le voir, elle eût observé qu'il était très ému.

— Maintenant, vous pouvez parler, mon enfant....

— Voilà... Pervenche n'est plus au secret... et, grâce à M. Clément, j'ai pu obtenir la permission d'aller l'embrasser... Oh ! il a été bien joyeux, car il trouve le temps long, lui si actif... On m'avait autorisée à rester auprès de lui, dans le parloir des prisonniers, un quart d'heure... et personne n'était resté là pour nous empêcher, par sa présence, de nous dire ce qui nous paraissait bon... D'abord, j'ai trouvé que Pervenche était triste, triste.... Et c'est facile à comprendre, pas vrai, monsieur Sauvageot, quand on se sait innocent d'un crime affreux dont on vous accuse...

— Oui, oui, il est innocent...

— Ah ! Vous le croyez, comme moi ?

— J'en suis sûr. Mais continuez, mon enfant.

— Alors, devinant sa tristesse, triste comme lui, je lui ai demandé : « Pervenche, y-a-t-il donc quelque chose que je peux faire pour toi, moi qui ne peux rien, pour adoucir ta peine ? J'en serais si heureuse... Au moins, une fois en ma vie, j'aurais été utile à quelque chose... »

— Et qu'a-t-il répondu ?

— J'ai d'abord pensé qu'il ne me répondrait pas, tellement il a été longtemps à parler. Il réfléchissait ; et vous savez, les idées chez lui, mettent du temps à venir... Ce n'est pas en dire du mal que de dire ça — s'empressa-t-elle d'ajouter, avec une adorable naïveté — si bien, que je finis par répéter : « Est-ce que tu ne m'aurais pas comprise, mon Pervenche ? » Alors, alors, il m'appela tout

près des barreaux de la grille qui nous séparait...
« Penche-toi ! » qu'il me souffla à l'oreille... Et je me
penchai plus encore... Et il me dit.... « Oui, ma Line, tu
peux me rendre un grand service, et ce sera très facile,
très simple... Pour ça, tu n'auras, sans rien conter à quiconque, qu'à te rendre auprès du grand-père Sauvageot...
et quand tu seras seule à seul avec lui, voilà ce que tu
lui diras : « Pervenche est très malheureux ! » Comme
le quart d'heure était écoulé, le gardien de la prison est
venu nous séparer et je suis partie...

— Et c'est tout ?

— Oui, monsieur Sauvageot, c'est tout...

Le grand-père arpentait la chambre d'un pas saccadé...
Des mots sans suite, plutôt des exclamations arrivaient à
ses lèvres... Si fine qu'elle eut l'oreille, Line ne percevait pas le sens de ces choses tumultueuses que venait de
soulever la plainte du pauvre Pervenche.

Puis la tempête se calma.

— C'est bien, mon enfant... Si Pervenche est malheureux, c'est à moi de lui rendre sa tranquillité... Et du
reste, j'y pensais... Voici donc... Vous tâcherez d'obtenir une seconde fois la permission de vous entretenir avec
lui... Vous lui annoncerez que vous avez rempli la mission
dont il vous avait chargée... auprès de moi... Et vous lui
rapporterez ma réponse : « Que Pervenche garde son courage, pendant quinze jours encore... Et qu'il ne redoute
rien, ni personne ! »

— Mot pour mot, je le lui redirai... Est-ce qu'il comprendra ?

— Je vous le jure.

— Et c'est tout ?

— C'est tout....

Toc, toc, la longue canne de l'aveugle se fit entendre
sur le gravier ; toc, toc, sur les pavés de la cour, puis,
on n'entendit plus rien... et le grand-père murmura :

— Oui, il est temps ! !

Il ne voulut pas écrire à Elise. Une lettre n'eut pas obtenu le résultat qu'il attendait. En outre, l'entretien qu'il
se promettait d'avoir avec elle devait rouler sur des actes
trop graves. Il résolut donc de la voir, sans lui demander

un rendez-vous auquel elle se refusait à venir.

Il la guetta, aux alentours de Montecreux.

C'est ainsi qu'il avait fait plusieurs fois déjà.

Il attendit près de huit jours sans que le hasard lui fournit l'occasion recherchée.

Enfin, un matin, vers dix heures, par un soleil radieux, il la vit sortir seule, en toilette claire, une ombrelle rose à la main, et se diriger lentement vers lui.

Il s'était assis au bord de la route, derrière une haie, dans un champ de seigles déjà hauts et personne n'eût pu le soupçonner là.

Au moment où elle arrivait devant lui, il se dressa brusquement sur son passage.

Elle réprima une exclamation de surprise et de terreur.

— Je n'ai rien à vous dire et rien à faire avec vous....

Certes, son premier geste fut de fuir, de retourner sur ses pas, et son regard plongea au loin, en avant, en arrière, sur la route, pour y découvrir quelque survenant, dont elle aurait imploré l'appui, peut-être, ou dans tous les cas, dont l'apparition n'eût pas manqué d'embarrasser le terrible vieillard.

Mais, aussi loin qu'elle pouvait voir, la route était déserte...

Il dit, avec une politesse extrême :

— Je ne vous ai point écrit, parce que vous ne m'auriez plus répondu... Je n'ai pu solliciter un entretien, vous l'auriez décliné... Pardonnez-moi donc cette façon un peu brutale de vous accoster et de retenir votre attention...

Elle était redevenue maîtresse d'elle-même.

— Je n'ai rien à vous dire et rien à faire avec vous....

— Je n'en doute pas, fit-il paisiblement ; mais moi, c'est autre chose...

— Vous avez oublié le dernier mot de notre dernière entrevue, mon brave ?

— Je n'ai rien oublié... pas un mot, pas une de vos attitudes et pas un de vos regards et je vais vous en donner la preuve... Ensuite, vous serez tout à fait à votre aise... « Secret pour secret, m'avez-vous dit ce jour-là... Si vous dites le vôtre, je dirai le mien ! »

— J'y suis toujours résolue, mais vous n'oserez pas m'y contraindre...

— Mon Dieu, si ; je vais vous mettre au pied du mur en vous faisant observer toutefois que l'arme dont vous comptiez vous servir est tombée de vos mains... cette arme, c'était, le secret que vous auriez divulgué, de l'attentat infâme dont ma pauvre Josette a été victime !... de la part de l'homme qui est mort...

— Oui...

— Hier, on vous eut crue, sans doute... Aujourd'hui, il serait trop tard... Vous en seriez quitte pour avoir répandu votre venin qui n'empoisonnerait plus personne...

Le visage d'Elise accusa une légère nuance d'inquiétude.

Cependant, elle répliqua, avec un sourire cruel :

— J'ai rencontré Josette hier... et j'ai été frappée de la pâleur de sa figure, de sa fatigue, de toute la lourdeur de sa personne... Ce que je vois, d'autres l'ont vu déjà, peut-être, ou le verront bientôt, à coup sûr... alors, les langues marcheront... on se demandera quel est le coupable... quel est l'amant ?... Je n'aurais plus qu'à prononcer un nom... et ce sera tout.

— Ce nom, vous ne le prononcerez pas !

— J'ai dit : « Secret pour secret. »

— Il n'y a plus qu'un seul secret : le vôtre... L'autre, sur lequel vous aviez échafaudé tant de méchancetés, n'est plus un secret pour personne, ou ne le sera plus demain... Josette et Renaud s'aimaient... Renaud et Josette seront mari et femme... Le nom de Lilienthal n'existe plus pour eux... Retenez bien mes paroles, ma fille : « Le souvenir de Lilienthal est mort... et ce n'est pas l'enfant qui va naître qui le réveillera ! » Ainsi en ont décidé Renaud et Josette, dans la pureté et dans la grandeur de leur amour. Ils n'ont pas cessé de s'aimer malgré tout... vous êtes réduite à l'impuissance... et vous n'oserez même plus calomnier, eussiez-vous des preuves et vous n'en avez pas, devant la révolte et l'indignation que soulèverait votre calomnie... Non, vous ne l'oserez pas ; car, en dehors de cette révolte des esprits, vous auriez contre vous la réprobation des vôtres et des officiers rudes et loyaux qui

se sentiraient frappés, amoindris dans leur probité... par
une faute dont pourtant ils ne sont pas responsables...
Calomniez... Et que vous apportiez ou non les preuves
de votre calomnie, vous et votre famille, vous serez mis à
l'index, hors du monde officiel, et vous porterez une tare
qui ne s'efface point... Calomniez... toutes les preuves,
désormais, seraient contre vous... L'amour tout-puissant
de Renaud et de Josette a triomphé de vos basses et hon-
teuses intrigues... Calomniez, ma fille, le mariage de
Renaud avec Josette, connu, annoncé, certain au jour où
il aura terminé ses deux années de service, sera la réponse toute prête et victorieuse à la dernière infamie que
vous méditez... Vous le voyez, j'avais raison de vous dire
que votre menace : « Secret pour secret ! » n'a plus de
sens et ne renferme plus de danger... Un seul secret
existe... le vôtre !..

Elle était éperdue, haletante, ne trouvait rien à répondre.

Elle bégayait encore, mais des choses sans suite.

— Je me vengerai... je dirai... je dirai...

— Quoi ?

Elle eut une crise de sanglots sans larmes.

Puis, tout à coup, elle sembla faiblir. Oh ! cette faiblesse ne dura qu'un instant. Bien vite, ses jolis yeux
bleus redevinrent pleins d'orgueil et de défi...

— Alors, que voulez-vous faire ?

— Je veux que vous soyez punie ! Je veux que vous re-
ceviez le châtiment que vous avez mérité... Je vous ex-
prime ma volonté très ferme et irréductible contre laquelle
rien ne fera... Ce ne sont donc point des paroles légères
que je prononce, je ne crois pas, en toute ma vie, en avoir
prononcé de plus graves, de plus solennelles !...

Malgré elle, son regard fut empreint d'effroi.

— Vous êtes plusieurs fois criminelle... Vous avez commis des crimes contre lesquels la justice des hommes —
j'entends la justice légale et régulière — ne peut rien et
qui méritent pourtant d'être châtiés... Vous n'avez pas
reculé devant des actes odieux... devant des actes de basse
trahison... Par votre faute, deux familles sont plongées
dans les larmes ; et si les malheurs ne se sont point éten-

dus et ne sont pas devenus irréparables, ce n'est pas que vous n'y aurez pas aidé de toute la force de votre âme perverse... L'explication que j'ai tenté d'avoir avec vous sera complète ; il faut qu'elle le soit, car je ne vous reverrai plus... Ecoutez-moi donc.... comme vous écouteriez le juge chargé de peser et de condamner vos actes...

— Le juge ! ! fit-elle, avec une secousse.

— Moi !... c'est moi qui vous ai jugée... vous allez entendre l'accusation... je vous ferai connaître ensuite le sort qui vous est réservé...

Un moment, elle eut un espoir et murmura :

— Cet homme est atteint de démence.

Il entendit et ne sourit pas. Il continua, d'une voix basse, lente, monotone.

— Votre premier crime a été de suggérer à un honnête homme le crime dont il s'est rendu coupable... et de lui avoir rendu facile cet attentat... l'attentat contre une femme... contre une jeune fille, vous, jeune fille !..

— C'est faux ! quel pouvoir me supposez-vous sur la volonté de Lilienthal ?

— Voici les paroles de Lilienthal, dans le kiosque du verger de Haute-Goulaine, deux heures, avant de mourir : « Ce que j'ai fait est abominable ; mais vous qui êtes complice, qui avez agi pour la joie de votre rancune, vous êtes plus lâche et plus infâme que moi !... Vous avez eu la pensée du crime... moi, ma lâcheté a été de ne pouvoir plus résister à ma passion... »

Cette fois, l'épouvante d'Elise devint superstitieuse... Cet homme, pour tout savoir, du passé lointain et du passé récent, possédait donc un pouvoir surnaturel ?... Ces paroles de l'officier en détresse, aux prises avec le remords, elle les avait bien entendues, elle les entendait résonner à ses oreilles !.. Que faire pour racheter, expier, ne plus penser ! !

Et elle était bouleversée, encore même à présent, de ce cri arraché à la terreur de soi-même: « Que faire pour racheter, expier, ne plus penser ! ! » Et il avait résumé les affres de son agonie morale en s'écriant, l'homme correct qui venait de faillir pour la première fois :

— Je n'ai plus d'honneur ! !

— Votre second crime, c'est d'avoir amené la mort de Lilienthal...

— Est-ce donc moi qui l'ai tué ? fit-elle avec un sarcasme.

— Oui... Et si je vous l'affirme ainsi, avec autant de netteté et de précision, c'est que je sais, moi, comment il est mort !!... Il se peut que bientôt, vous le sachiez à votre tour...

L'épouvante d'Elise augmentait de plus en plus...

— Vous êtes responsable de sa mort, comme vous l'étiez de sa honte. Ce n'est pas tout. Renaud était innocent de ce meurtre. Vous avez aidé, de tout votre pouvoir sournois et méchant, par esprit de vengeance, à l'en accuser... Souvenez-vous de Hans et de Bernard... Enfin, lorsque vous avez vu Renaud hors d'atteinte, vous avez profité de l'affreuse tristesse de son deuil pour lui tendre un piège... Avec une intelligence diabolique vous avez bien deviné que le pauvre garçon voudrait se rendre au cimetière, la nuit, pour pleurer à son aise, sur la tombe maternelle.... et c'est vous, malheureuse, c'est vous, méprisable fille, qui avez suggéré aux gendarmes l'idée de venir l'y guetter et l'y surprendre...

— Vous mentez ! Cette fois, vous mentez ! dit-elle en un soubresaut de folle terreur.

Il lui montra la lettre — sa lettre, à elle ! — trouvée aux abords du cimetière.

Elle eut un saut de tigresse, pour s'en emparer...

Il l'avait déjà soustraite à son regard. Et il souriait, froid et tranquille.

— Pourquoi n'affirmez-vous point que cette lettre n'est pas de vous ?

Elle gronda, entre ses petites dents blanches :

— Ah ! que je vous hais, vous, que je vous hais...

— Moi, je ne vous hais pas. Je vous crains, parce que vous êtes une créature funeste, un être nuisible, une âme empoisonnée... Vous avez fait beaucoup de mal, sans remords, et comme en vous riant... Vous êtes née pour faire le mal.... Et voilà pourquoi j'ai résolu que vous n'en feriez plus... Vous serez désormais dans l'impossibilité de nuire... Vous avez deux partis à prendre... et ni à l'un ni à l'autre,

1.

vous ne pourrez vous soustraire par la fuite, à laquelle
vous pensez déjà, car votre fuite n'empêcherait rien....
Le scandale affreux éclaterait sur votre nom quand même
et sur votre famille... Deux partis...

Il s'arrêta. Elle écoutait, fiévreuse, dans une sorte d'agonie.

— Vous prendrez vous-même l'initiative — cela paraîtra venir de vous et de votre repentir — d'aller trouver
M. Falkenhein, le juge d'instruction de Metz. Et vous lui
raconterez, entière, l'histoire contenue dans les trois
phrases mystérieuses qui ont su, jadis, éveiller vos craintes
et vous faire comprendre que la justice veillait quelque
part, toute prête à vous frapper... L'histoire de Michaël
Klees a besoin d'être connue et nulle, mieux que vous, ne
peut la dire...

— Evidemment, bégaya-t-elle, cet homme est fou !

— Je laisserai à M. Falkenhein le soin de vous juger,
et aux lois de votre pays de vous atteindre et de vous
frapper, selon que vous l'aurez mérité !..

Hochant la tête, le vieillard ajoutait :

— Je ne demande pas que vous me répondiez et que
vous preniez sur-le-champ votre résolution. Je sais que ce
serait impossible. Il vous faut le temps de prendre courage. Je vous y aiderai et je saurai vaincre l'une après
l'autre, vos hésitations... Si vous hésitez jusqu'au bout...
Si vous manquez de courage, vous avez un second parti à
prendre... Vous choisirez, ma fille, la mort la plus douce
et vous vous éteindrez ainsi, vous disparaîtrez pour jamais, sans que personne soupçonne les crimes que vous
avez commis... Vous vous en irez, entourée du respect
universel, avec la compassion de tous pour une mort injuste, qui vous frappe en pleine jeunesse et en pleine
beauté...

Les dents d'Elise claquaient.

Elle regardait cet homme avec horreur, cette homme qui
lui parlait de mourir, et qui lui en parlait sans la moindre
émotion, un étrange sourire aux lèvres.

Et qui continuait, comme s'il eût traité une question
d'affaires :

— Vous choisirez entre ces deux partis, à votre guise...

et ne voulant pas vous y contraindre brutalement, je vous
donne quinze jours pour réfléchir... et vous y résoudre...

Quinze jours...

C'était l'époque, c'était le délai qu'il avait fixé à Line,
en renvoyant l'aveugle auprès de Pervenche... « Qu'il
garde son courage quinze jours encore et qu'il ne redoute
rien ni personne ! »

— Et si je refuse ! dit-elle.

C'est à peine s'il put entendre, car ces mots ne furent
qu'un souffle entre ses dents serrées par une convul-
sion.

— Vous ne refuserez pas, ma fille, dit-il avec la même
indifférence absolue ; il vous est impossible de refuser...
Vous prendrez l'une ou l'autre résolution... Il le faut...
Songez à tout ce que contient de gravité et de fatalité cette
simple et courte phrase : « Il le faut ! » Elle est aussi redoutable dans sa brutalité et dans sa concision que le mot :
« Eternité ! » Il faut que vous choisissiez... Je saurai, du
reste, dès demain, commencer lentement et jour par jour,
sur votre esprit, mon travail de préparation au grand acte
de repentir que je vous conseille...

C'étaient, là, des paroles énigmatiques...

C'était là aussi une nouvelle et mystérieuse menace....

— Rien ne vous fera revenir sur votre volonté ?

— Rien.

— Toujours, toujours, malgré tout, vous resterez inexorable....

— Toujours.

— Vous me condamnerez sans m'avoir entendue.... Je
suis innocente.... de tout, de tout ! fit-elle en se tordant
les mains....

— Ne cherchez pas à vous sauver par des mensonges,
si vous voulez que je vous plaigne lorsque vous aurez
subi le châtiment que vous choisirez... que votre choix
se porte sur l'un des deux partis que je vous pro-
pose... Le déshonneur avec la vie sauve... La mort avec
l'honneur sauf....

Et saluant pour la dernière fois :

— Je vous prie de m'excuser, ma fille, de vous avoir
retenue si longtemps.

Elle le vit s'éloigner à pas comptés, avec une lenteur où il mettait de l'intention.

Déjà, il ne paraissait plus penser à Elise... C'était une affaire réglée et il songeait à autre chose... Le sort d'Elise venait de se décider...

Il s'arrêta tout à coup... lui tournant le dos...

Il chercha dans sa poche... en retira sa blague, bourra méthodiquement sa pipe et l'alluma... après quoi il reprit sa marche...

Derrière lui, par longues bouffées, des flocons de fumée bleue s'envolaient...

Elle rentra chancelante, la tête en feu, au château.

Quand même, elle se disait :

— C'est une menace atroce... Il n'oserait !..

II

« UNE VIEILLE HISTOIRE »

Il osa. Et elle ne fut pas longtemps sans en avoir la certitude.

Deux jours après, un pli cacheté, assez volumineux, lui arrivait à Montecreux.

Ce pli renfermait un exemplaire d'un journal de Metz. Elle déplia le journal.

Son attention fut attirée par un coup de crayon rouge qui encadrait un article.

Et l'article était intitulé :

« *Une vieille histoire.* »

Aux premières lignes elle frémit.

Elle lut jusqu'au bout, le cœur battant, affolée... les mains crispées déchirant le papier.

C'était bien la première attaque qui suivait la menace. Aucun doute. Et ce n'était même pas des allusions transparentes, mais des allusions directes.

Voici ce que l'article disait :

« C'est une histoire déjà vieille, mais c'est une histoire
» étrange et dramatique que celle qui nous est contée et
» que nous ne raconterions point à notre tour, si nous ne
» possédions toutes les preuves de son authenticité...
» Elle tient, par certains côtés, du roman ; et par d'autres
» se rattache à la triste et écœurante réalité.... Il y a quel-
» ques mois, un grand mariage se préparait dans la fa-
» mille de l'un des riches maîtres d'usines de notre Lor-
» raine, lorsque, le jour même où les fiançailles devaient
» être fêtées, une lettre fut remise au jeune homme, dans
» laquelle un conseil lui était donné, mystérieux et inquié-
» tant : « Avant d'être accepté comme le futur époux de
» celle que l'on vous présente, demandez-lui si de son
» côté, avant de s'engager, elle a pris conseil d'un per-
» sonnage qui ne fut pas sans jouer un certain rôle dans
» sa vie... » Ce personnage était nommé dans la lettre, et
» toute incertitude était donc impossible... Nous ne le dé-
» signerons, nous, provisoirement, que sous les initiales
» de son nom... M... K... Il paraît que le jeune homme,
» dont le prénom commence par un R..., écouta cet avis,
» que la phrase fut dite et qu'elle produisit de l'effet...
» Nous nous demandons quelle influence exerçait M... K...
» sur une de nos plus riches héritières, parmi les immi-
» grées allemandes... Des recherches auxquelles nous
» nous sommes livrés, il résulte, en effet, que M... K...,
» qui a disparu du pays depuis longtemps, était un ouvrier
» très intelligent, instruit, mais très pauvre, appelé sûre-
» ment à réussir grâce à son activité audacieuse et à la
» fertilité de son esprit, mais qui, en somme, gagnait dix
» marks par jour... Peut-être, en ouvrant la porte à cette
» histoire, nous viendra-t-il des détails précis qui seront
» le contrôle de ceux que nous possédons déjà, et nous
» nous empresserons de les publier au jour le jour, dans
» l'ordre où ils nous parviendront... »

Elise froissa le journal dans ses mains rageuses et le
brûla.

Elle était en pleine détresse.

Elle se sentait prise, enchaînée, sans moyens de se défendre ou de s'enfuir.

Une seule espérance... Etait-ce bien une espérance ?

Cet article avec ses premières révélations qui en faisaient prévoir d'autres, était redoutable, mais le vieux Sauvageot s'en tiendrait là sans doute...

Il n'oserait aller plus loin...

Elle attendit un jour, deux jours...

Elle respira.

Aucun autre journal ne lui fut remis.

Craignant un oubli de la femme de chambre, ne voulant pas croire qu'elle en serait quitte à si bon compte, elle s'informa... Non, le facteur n'avait rien déposé pour elle...

Mais le lendemain, on lui apporta un second pli, pareil au premier, cacheté avec un cachet de cire noire...

Elle regarda le cachet, croyant y découvrir quelque indice....

Des armes ?... des lettres ?... une devise ?...

Le cachet appuyé sur la cire funèbre était tout simplement un demi-mark.

Du reste, qu'importait ?

Ne savait-elle pas d'où cela venait... et quels étaient les impitoyables doigts qui avaient clos cette lettre ?

Elle fut tentée de ne pas lire, de brûler sans ouvrir, afin de n'avoir pas à tenir compte de cette nouvelle menace... Et tout en se disant cela, elle brisait le cachet ; tout en se dirigeant vers la cheminée où brûlait un feu de bois encore bienfaisant par ces fraîcheurs printanières, elle dépliait le journal... Et tout en lisant, l'article encadré de rouge, elle se disait qu'elle ne le lirait pas !... Et ce n'était pas vers le feu qu'elle s'était dirigée, mais vers la porte de chambre qu'elle ferma à double tour... afin que personne ne vînt la surprendre pendant qu'elle lirait, frémissante...

L'article du journal portait le même titre :

« *Une vieille histoire.* »

A chaque ligne, presque à chaque mot, elle s'arrêta, les lettres et les phrases se brouillaient ou dansaient sous ses yeux troubles... et son cœur battait avec tant de rudesse que ses mains défaillirent à ce léger fardeau d'une feuille de journal et que, plusieurs fois, la feuille lui échappa et glissa à ses pieds...

On eût, certes, été effrayé de la voir ainsi, non point qu'elle fût menaçante, au contraire ; elle présentait l'affreux spectacle du désarroi, de la terreur, à son paroxyme. Et des gémissements sortaient de ses lèvres, avec des halètements étouffés.

Elle courut ouvrir une fenêtre, se gorgea d'air frais.

Le ciel était pur et un peu froid... des oiseaux emplissaient de leurs cris en gaieté les arbres et les charmilles, tout près, et de là-bas, au loin, lui arrivèrent d'autres chants, un roucoulement amoureux de tourterelle perchée sur la pointe d'une branche morte, en haut d'un orme, et des cris aigres de geais qui se chamaillaient sur tous les tons... et le « Houp ! Houp ! » d'une huppe qui semblait être à l'extrême horizon... et le coucou sonore de l'odieux oiseau qui peut-être était arrivé la veille... et des merles et des grives, et tout le monde ailé, frétillant, animé, affairé, heureux... Heureux ! ils l'étaient, les petits.... Elle qui avait tout pour l'être, beauté, grâce, richesse, était plongée dans les affres de l'épouvante... Ce contraste de la vie printanière lui faisait paraître plus effarante, tout emplie d'abominations, l'idée de mourir... de mourir pour échapper au déshonneur, de mourir sur l'ordre de cet homme... de ce vieillard lui-même si près de la tombe ! !...

Et qui donc aperçoit-elle, là-bas, déambulant lentement sur la route, en fumant son éternelle pipe ?... Qui, long et maigre comme un peuplier ?...

Lui... c'est lui... toujours lui ! !

Il veille ! oh ! il ne lâchera point sa proie !...

Elle referme la fenêtre avec violence...

Puis, retombant sur une chaise, elle ramasse le journal... car il faut bien qu'elle lise et qu'elle parcoure cette nouvelle étape vers la mort...

« Nous avions raison d'espérer que des détails vien-
» draient nous donner une suite à notre histoire... La
» jeune fille à laquelle nous avons fait allusion et qui avait
» reçu le conseil de s'adresser à M... K... avant de con-
» clure son mariage, refusa sans doute d'écouter cet avis,
» ce qui lui attira une lettre, non moins mystérieuse que la
» précédente. Dans cette lettre on y faisait allusion à nous
» ne savons quel drame qui se serait déroulé sur les rives

» de la Moselle : « M... K... est curieux et il voudrait sa-
» voir quels soins vous comptez donner, pour le faire
» revivre, à l'arbre mort du Tourbillon de la Moselle. »
» Qu'est-ce que cela signifie ? Tous les gens du pays con-
» naissent le lieu dit : *Tourbillon de la Moselle* et n'igno-
» rent pas qu'il y a là, en effet, un vieux frêne, mort de-
» puis longtemps, et qui s'écroulera sans doute un jour
» prochain ; car les eaux de la rivière rongent ses racines
» et creusent la prairie à l'entour.... N'invoque-t-on l'ar-
» bre mort que pour faire image et doit-on voir là le sou-
» venir de quelque drame ? de quelque crime peut-être ?...
» Quel mystère la rivière recèle-t-elle au fond de ses eaux,
» et quel curieux aurait l'audace de sonder le courant à
» cet endroit pour arracher son secret au Tourbillon, si
» toutefois le Tourbillon cache un secret, et si toute cette
» histoire n'est pas le fruit de l'imagination d'un mauvais
» plaisant ?... M... K... serait le seul qui pourrait nous
» renseigner ; ou bien encore la fille du riche industriel,
» que visent ces phrases, ce Mané, Thécel, Pharès anti-
» que, qu'on dirait suspendu sur sa tête comme un glaive
» menaçant... M... K... parlera-t-il ? Et Mlle E... se lais-
» sera-t-elle aller à faire des confidences ?... Il y aurait
» là, à coup sûr, plusieurs chapitres à ajouter à ce que
» l'on appelle volontiers : « Les tragédies de la vie de
» province ». Il se peut que demain nous soyons en me-
» sure de raconter à nos lecteurs un premier chapitre de
» l'une de ces tragédies où se mélangent l'amour sensuel,
» la cruauté, le crime, le sang.... Donc, la suite à de-
» main !.. »

Le journal brûla. — Comment eut-elle la force ? —
Comment, roulée de sa chaise, put-elle se traîner jusqu'au
foyer, sur les genoux et sur les mains ?

Et lorsqu'elle vit la flamme dévorer le papier accusa-
teur, ses yeux terrifiés y cherchèrent des fantômes qui se
tordirent en rouge et en noir, et quand il ne resta que des
cendres, les forces l'abandonnèrent, avec un rauque soupir
d'horreur.

Elle était couchée sur le tapis, brisée fauchée...

Mais elle n'avait pas perdu connaissance... Non, elle
rêvait un terrible rêve...

Son nom jeté en pâture à la publicité, dans un scandale de boue et d'infamie...

Car les détails se précisaient... Ce vieillard cruel, inexorable, l'avait promis...

Il tenait parole...

Alors, une vie étrange commença pour la misérable fille...

Une vie qui l'usa, en quelques jours, et fit d'elle, si brillante et si fraîche, une vieille femme...

Elle n'osa plus sortir du château, d'abord...

Elle n'osa plus sortir de sa chambre, bientôt.

Parce qu'elle redoutait toute rencontre, même des plus indifférents comme des plus respectueux...

Elle croyait lire dans tous les yeux :

— Hé ! qui se serait douté ! Il paraît que c'est d'elle qu'il s'agit dans le journal !

On ne pouvait mettre la vérité encore, sous les allusions de ces deux articles... mais la chose n'en était que plus redoutable, puisque le champ était libre à toutes les suppositions... Et du jour où l'on allait — oh ! ce serait vite arrivé — deviner son nom derrière l'initiale, que n'inventerait-on point, très bas, très bas, puis un peu plus haut, jusqu'au moment où ce serait une clameur atroce de tout un pays révolté contre elle...

Une vie de tortures, certes !... Et le vieillard l'avait bien prévu !... Une vie plus odieuse, à coup sûr, que le châtiment par lequel il voulait qu'elle se terminât...

Deux partis à prendre... Oui... avec le choix de l'un des deux !....

Et comme le vieux avait eu raison de dire qu'elle reculerait devant le scandale que provoquerait parmi les officiers la révélation du crime de Lilienthal !... La seule chance de salut qui lui restât ! La seule arme brisée dans sa main !...

Qu'elle réprobation au moindre mot de vérité qui sortirait de ses lèvres !... Elle la connaissait la pensée qui régit les tribunaux d'honneur chargés de juger la conduite des officiers, et qui est contenue tout entière au début de l'ordonnance rendue en 1874 par l'empereur qui causa nos désastres :

« Je compte que tout le corps d'officiers de mon armée
» considérera à l'avenir, comme il l'a fait par le passé,
» l'honneur comme son bien le plus précieux, et que tout
» le corps d'officiers et chacun de ses membres tiendra
» pour son devoir de le conserver pur et sans tache....
» L'honneur exige que l'officier fasse montre, par sa con-
» duite extérieure, de la dignité dont il est revêtu comme
» appartenant à la classe chargée de défendre le trône et
» la patrie ».

Et le vieil empereur était allé plus loin en donnant en
quelque sorte mandat aux officiers plus âgés, de surveiller
les plus jeunes :

« Les moyens dont disposent les chefs militaires pour
» faire l'éducation des jeunes officiers leur donnent la
» possibilité de faire sentir leur influence sur le maintien
» de cet esprit qui, seul, fait des armées grandes, bien au
» delà de la sphère et même de la durée de leur comman-
» dement. Ils atteindront ce but avec succès en tenant la
» main à ce que les jeunes officiers suivent les conseils de
» leurs camarades plus anciens, et en leur persuadant que
» le droit des anciens officiers est d'observer et de diriger
» la conduite des plus jeunes... »

Sa vie fut un supplice de chaque heure, de toutes les
minutes, car il lui fut impossible de détacher sa pensée
de la menace, qui, lentement, se rapprochait, s'accomplis-
sait.

Autour d'elle, en la voyant fatiguée, morne, méconnais-
sable, on s'inquiéta...

Sans doute Fischer n'avait pas lu les deux premiers articles, car, autrement, il eût partagé les angoisses de sa
fille et Elise n'osait encore se confier à lui...

Elle savait bien que personne ne pouvait la soulever
hors de cet abîme !...

Il lui faudrait bien arriver à cette confidence... comme
à la dernière espérance de salut... mais elle attendrait encore... Quoi ?... Elle ne savait !... Le moribond n'espère-t-
il pas jusqu'au suprême moment... jusqu'au dernier
râle ?...

Elle subit la curiosité de tous, les inquiétudes et les
questions sur sa santé !

Sut-elle jamais ce qu'elle répondit ! !

C'étaient les matins, surtout, les plus cruels ; car, à l'heure du courrier, quand la femme de chambre frappait à sa porte ou qu'Elise la sonnait pour s'habiller, elle jetait un regard effaré sur les mains de la servante, où elle s'attendait chaque fois à retrouver l'enveloppe large, jaune, un peu longue, qui renfermait le journal...

Et lorsqu'un matin se passait, puis deux, puis trois, et que la femme de chambre pénétrait chez Elise les mains vides, la détente en elle était si brusque, après cette suffocation pénible, que ses yeux se voilaient et qu'elle se sentait faiblir...

Le fol espoir revenait alors... oh ! pour peu de temps ! !

Elle ne dormait plus. Elle avait des cauchemars insupportables...

Le jour, enfermée chez elle, pelotonnée dans un fauteuil au fond de sa chambre, dans l'obscurité, rideaux tendus, persiennes closes, comme si elle voulait ainsi se protéger contre l'extérieur, elle tressaillait au moindre bruit... Entendait-elle des voix, ou qui s'entretenaient très haut, ou qui parlaient très bas ?... Entendait-elle sonner à la grille lointaine ?... Entendait-elle des pas dans les allées qui venaient à la maison ?... Elle se disait qu'on parlait d'elle! que l'on venait pour elle !... que le drame, enfin, éclatait ! !... Ou bien, le silence enveloppait-il Montecreux ? Cela lui paraissait plus menaçant encore.... Car, dans ce silence, elle percevait mieux la menace du vieillard et le danger, inévitable, se dressait avec toutes ses épouvantes...

Elle n'osa plus paraître à sa fenêtre, dans la crainte de l'autre !... du grand fantôme qui semblait ne plus vouloir quitter les abords du château !...

Alors, pour échapper à une obsession qui la rendait folle... elle rêva !...

Les mauvaises actions qu'elle avait commises lui rendaient la pente facile...

Elle rêva à un crime !.. à un crime qui lui referait une vie possible, en la débarrassant de l'homme qui avait juré sa perte !...

Elle rêva, d'abord avec horreur, en écartant ce rêve....

Puis, lentement, elle s'y accoutuma...

Trois jours se passèrent... au milieu de ces rêves et dans cette agonie....

Mais le quatrième jour, lorsque la femme de chambre entra, Elise resta pantelante...

On lui remettait une enveloppe, toujours la même, l'enveloppe mystérieuse et funèbre, fermée d'un cachet de deuil, d'un cachet de mort...

Elle la posa sur un coin de table... Elle eut le courage de s'habiller avant de la lire... et ne la lut que lorsque la femme de chambre fut partie...

« Notre récit se complique. Toutefois, ce mystère n'en
» est pas un pour nous... Nous en possédons la clef... et
» nous ne tarderons pas à nous en servir en ouvrant la
» porte toute grande à la vérité tout entière... Il se peut,
» pourtant, que d'autres que nous, également avisés, in-
» terviennent, et nous épargnent le soin de conter par le
» menu cette triste histoire d'amour, que nos lecteurs croi-
» ront inventée pour surexciter leur imagination, alors
» qu'il n'en est pas un mot qui ne soit de pure réalité...

» La jeune fille, visée par les deux phrases étranges
» que l'on connaît, ne parut point se laisser toucher par
» les souvenirs que ces paroles évoquaient, ce qui lui
» attira un troisième et dernier avertissement, non moins
» singulier que les autres...

» Le voici : « Rien ne peut faire revivre l'arbre mort
» dont les racines se pourrissent au courant profond de
» la rivière. »

» Il s'agit toujours, on le voit, du frêne dont les bran-
» ches desséchées pendent tristement non loin de la Mo-
» selle ; pourquoi cette allusion répétée au Tourbillon ?
» L'amour a-t-il joué là son rôle parfois néfaste en frap-
» pant de folie une âme désorientée par la passion ? La
» douce rivière du pays lorrain a-t-elle prêté son Tourbil-
» lon au suicide d'une pauvre créature désemparée ?...
» délaissée ?... trompée ?... Ou bien, faut-il pousser plus
» loin ces hypothèses ?... L'amour enfante bien des hé-
» roïsmes, parfois bien des crimes... Est-ce un crime
» d'amour qui s'est commis là ? Et lequel ?...

» Quel secret, enfin, dans ce Tourbillon ?

« Et se peut-il même, que le Tourbillon garde un se-

» cret dont seul aurait été témoin l'arbre mort, dont les
» racines, peut-être, assistent au fond de l'eau à la lente
» décomposition d'un être qui vécut ?...

- » Nous le dirons bientôt !... »

. Elise appuya ses doigts sur sa bouche et les mordit
pour retenir un cri de terreur.

Et ce cri qui s'étouffa redisait les derniers mots de
l'article :

— Un être qui vécut ! un être qui vécut ! !...

Elle mordait son mouchoir à pleines dents, pour étouf-
fer ses cris. Roulée sur le tapis de la chambre, elle s'y
arrachait les ongles, se débattant dans l'horreur, dans
l'inéluctable.

Pourtant, en ce jour-là, elle n'était pas au bout de sa
détresse.

Il y avait à peine un quart d'heure qu'elle avait pris connaissance de ce troisième article du journal, qu'elle entendait frapper à sa porte.

Mais on avait frappé si timidement, comme avec tant de
crainte, qu'elle crut s'être trompée.

Elle ne s'était pas trompée, car on frappa encore.

Elle se redressa, effarée.

Du premier coup, elle se dit que ce n'était point sa
femme de chambre... celle-ci n'avait pas l'habitude de
s'annoncer de la sorte...

Alors, ce ne pouvait être que sa mère.... ou son père ?...

Et tout de suite, par intuition, elle murmura :

— C'est mon père ! !

Elle n'ouvrit pas ; elle attendit encore. Et l'on frappa
de la même façon, toujours aussi peureusement, pour la
troisième fois.

— Qui est là ? fit-elle à voix basse... étranglée.

— Ouvre !

Oui, c'était son père...

Jamais il ne venait chez elle, surtout à pareille
heure !

Un moment elle eut l'intention de lui crier qu'elle était
souffrante, qu'elle était au lit, qu'elle désirait dormir...

Mais s'il insistait, à cause de cela, pour la voir...

C'est un fantôme qui se dirige vers la porte, qui saisit

la clef... et telle est sa faiblesse qu'elle ne peut tourner la clef et ouvrir...

Il faut qu'elle s'y reprenne à deux fois et qu'elle y mette les deux mains...

Puis, elle se recule, blême, jusqu'au fond de la chambre, comme si la foudre était proche, allait entrer là....

Et il tient à la main des journaux dépliés... trois journaux... ceux qui contiennent les trois premiers récits, crayonnés pour lui, comme pour elle, au crayon rouge.

Il les lui tend silencieusement :

— Lis !

Elle les écarte avec horreur.

— Non, non !

— Alors, tu sais, déjà ?

— Oui...

— Depuis longtemps ?

— Depuis le premier jour.

— Pourquoi ne m'as-tu rien dit ?

— Parce que j'espérais, malgré tout.

— Tu espérais quoi ?

— Je ne sais pas.

— Quelqu'un connaît ton secret... C'est un chantage... Ce n'est donc qu'une question de quelques mille marks... Je payerai... Rassure-toi !

Elle secoua la tête.

— Non... L'homme qui me poursuit n'est pas à vendre...

— Tu sais qui ?

— Oui....

— Son nom !... Voyons, pourquoi hésites-tu ?

— Le grand-père Sauvageot !

Fischer tressaillit.

— En as-tu du moins la certitude ?

— Ecoutez-moi ! Il faut que je vous dise tout.... parce que, moi, je désespère et que, seul peut-être, vous trouverez le moyen de me sauver...

Elle parla longuement. d'une voix lente... et en fermant les yeux... Elle ne redoutait rien de son père... Dans cette affaire mystérieuse de Michaël Kléos et du Tourbillon de la Moselle, dont le journal vengeur s'était emparé, son père avait été son confident et son complice. Le scandale énorme qui les menaçait ne rejaillirait pas seulement sur elle-même, mais sur Fischer ! !

Elle parla...

Elle reprit les événements au premier jour — au jour où Fischer avait cru que sa fille allait être fiancée à Renaud Sauvageot.... au jour où, pour la première fois, les trois phrases mystérieuses avaient été prononcées, pour peser sur sa décision, et pour l'obliger à refuser elle-même et comme de sa propre volonté, d'être la femme de Renaud... au jour où elle avait juré de se venger... au jour où elle en avait trouvé l'occasion... au jour où elle avait fait germer l'idée du crime dans l'âme d'un homme affolé par sa passion, sans espoir... rendant possible, inévitable aussi, le meurtre de cet homme... au jour où, sa vengeance lui inspirant la trahison la plus basse et la plus lâche, elle avait livré Renaud aux autorités allemandes...

Elle s'arrêta après ce récit...   pour reprendre haleine...

Du reste, elle était défaillante.

Elle attendait une parole de son père pour lui redonner un peu de courage.

Cette parole ne vint pas...

Et parce qu'elle paraissait hésiter à reprendre son triste et honteux récit, ce fut lui qui dit, très bas, pâli et les yeux troublés comme ceux de sa fille :

— Continue, il faut que je sache tout.

Elle parla.

Qu'avait-elle à lui confier maintenant ? Le châtiment rêvé par Sauvageot... Le redoutable dilemme posé par le vieillard...

La mort, avec l'honneur sauf, pour la jeune fille...

Ou la vie sauve, avec le déshonneur public...

Pas de milieu !

Et de l'homme, Elise n'avait à attendre aucune pitié.... même aucun sursis !...

— Alors, c'est à partir de cette menace que les trois articles ont commencé à paraître.... Il n'abandonnera pas sa proie... Je vois bien que je suis perdue... Que faire ? Moi, je ne peux rien... Vous, père, ne tenterez-vous pas quelque chose ?

— Peut-être, dit-il, sombre... J'essayerai... J'ai rendu
de grands services à Joseph Sauvageot, des services qui
ne s'oublient pas... et tels que, si je veux, c'est la ruine
absolue et la faillite pour les usines de Haute-Goulaine....
Le père Sauvageot ne reviendra pas de cette ruine et de
cette faillite... J'aurai avec lui une explication très nette à
ce sujet et je lui mettrai le marché à la main...

Elise poussa un soupir d'agonie...

— Est-ce là tout ? père ?... Est-ce en cela seulement que
vous mettez votre espoir de salut pour votre fille ?...

— Oui...

— Hélas !...

— Tu crains que...

— Je suis certaine qu'aucune considération de ce genre
n'aura d'influence sur lui... et qu'il sacrifiera tout, vous
entendez, père ? tout, pour le châtiment qu'il a rêvé...

— Et que tu mérites ! fit lentement Fischer...

— Oui, je le sais... je le mérite, fit-elle avec angoisse...
Est-ce une raison, père, pour m'abandonner ? Ne devez-
vous pas tenter l'impossible ?

— Je le tenterai ! Malgré ton crime d'autrefois, que
voudrait révéler cette histoire de Michaël Klées... malgré
les fautes plus récentes que cet homme a le droit de te
reprocher, je ne peux pas oublier que tu es ma fille...
Mon nom et mon honneur sont intéressés à ton honneur et
à ton nom... et il faut que rien ne s'ébruite !

Elise ne soupira plus. Elle se contenta de laisser tomber
sur son père un regard où elle l'implorait une dernière
fois ; mais, lorsqu'il fut parti, qu'elle se retrouva seule,
qu'elle réfléchit à ce qu'elle venait d'entendre, un peu
d'espoir qu'en somme, Fischer lui laissait, ce regard
changea... Ce ne fut plus la jolie Elise éplorée, qui n'avait
pas le remords de ses crimes, qui en avait l'épouvante
seulement — à présent qu'ils retombaient sur sa tête...
ce fut la jolie fille dont le regard redevint cruel, dont les
lèvres entr'ouvertes laissèrent apercevoir les petites dents,
en un grincement de mâchoire prête à mordre...

Le rêve sanglant reparut, qui avait traversé une fois
déjà cette imagination de délire et de folie...

Elle murmura :

— Si mon père échoue, moi j'agirai seule... et ce sera le salut... Et mon père échouera !

Cette journée se passa sans autres événements. Patient et sûr de triompher d'elle, le grand-père ne se pressait pas. Le supplice de cette attente angoissée, qu'elle endurait, était plus cruel cent fois que la mort elle-même. Le vieillard s'en rendait compte ; mais s'il avait pu être accessible à quelque pitié, un souvenir lui eût rendu bien vite sa volonté inexorable ; et ce souvenir, il le traduisait par une sourde exclamation douloureuse, avec le même geste désolé des bras vers le ciel, ce geste que Renaud avait aperçu la nuit de sa fuite, lorsque le vieillard errait par la campagne déserte ; il le traduisait par le même nom venu à ses lèvres dans une immense compassion :

— Josette ! Pauvre Josette !

Elise, en cette journée, se contenta de guetter la sortie de son père.

Presque aussitôt qu'il eût quitté sa fille, Fischer demanda sa voiture.

De sa fenêtre, Elise le vit qui prenait la route de Haute-Goulaine.

Il avait l'air décidé, résolu, mais il était quand même extrêmement pâle et cette pâleur trahissait la détresse ensevelie au fond de son âme.

Malgré tout, Elise se reprit à espérer...

Elle ne sortit pas plus ce jour-là que les jours précédents, mais les heures longues, longues, qui s'écoulèrent, elle les passa à sa fenêtre, auprès du rideau soulevé d'où elle voyait la route qui s'en allait, toute droite, vers les usines de Sauvageot.

Elle guettait le retour de son père.

L'après-midi tout entière se passa... le soir descendit.... le père ne reparaissait pas.

Elle fut prise de désespoir...

— Il a échoué... J'en étais sûre !... Alors, alors...

Et ses petits poings se tendirent en un accès de rage vers la lointaine demeure, là-bas, tout au bout de l'horizon, où s'élaborait, implacable, la vengeance qu'elle voyait venir... qui l'étreignait... qui l'étouffait.

La nuit, un billet de son père lui fut remis :

— Ne perds pas courage ! Je vais à Metz, et ne serai de retour que demain...

Qu'èst-ce que cela voulait dire ?

A Metz, il était possible que Fischer eût fait agir des influences puissantes.

Contre le journal, d'abord, qu'on allait peut-être suspendre ; car Elise, ramenant toutes choses à elle-même, allait droit au but, sans s'inquiéter des obstacles. Elle ne réfléchissait pas qu'il y avait là un crime, que le journal était dans son droit de révéler ce crime, de demander enquête, et qu'une mesure de suspension contre lui provoquerait une campagne de la presse d'Alsace-Lorraine et d'outre-Rhin en faveur d'un confrère qui réclamait justice... La justice n'est-elle pas de tous les pays, pour certains crimes surtout, destinés, par leur horreur, à remuer l'opinion ? Elise ne pensait pas à cela. Elise se voyait perdue et se disait : « Coûte que coûte, il faut que l'on me sauve ! »

Contre le vieux Sauvageot, ensuite.

Là, moins d'obstacles.

Le grand-père, par son intransigeance, par sa propagande anti-allemande, prêtait le flanc aux sévérités du vainqueur. Toutefois, depuis longtemps déjà, il semblait s'être retiré de toute vie extérieure... ne prenait part à aucune réunion... évitait toute parole, se confinait chez lui dans une apparente immobilité de penser et d'agir... se laissait vieillir et mourir... et la police qui avait eu les yeux sur lui, le délaissait à présent comme inoffensif...

Mais là, ce n'était plus une question de justice...

Ce n'était plus qu'une question de politique où pouvait s'exercer l'influence de Fischer, et toute mesure de prudence pouvait être prise contre Sauvageot.

S'ensuivrait-il que cette mesure interromprait la campagne de révélations entreprise par le journal vengeur pour la punition d'un crime jusqu'ici inconnu ?

Elise n'allait pas si loin dans ses réflexions ni dans ses espoirs. Chaque heure amènerait sa détente, et elle allait, comme on dit, au plus pressé...

Or, le plus pressé, c'était d'empêcher le vieillard de parler...

Une lettre lui fut remise le matin. Elle l'ouvrit sans défiance ; car toute son attention comme toutes ses terreurs ne se portaient que sur la longue enveloppe endeuillée de cire noire, où sa vie était en suspens.

Elle tressaillit pourtant à la lecture d'une seule phrase qui s'y trouvait sans signature, où elle devinait encore l'intervention du père Sauvageot, attentif, et devinant les pensées et les efforts de la jeune fille.

Cette phrase répondait à sa dernière préoccupation... faire taire le vieux.

Et disait simplement :

« Vous n'y arriverez pas ! »

— Nous verrons bien !

Elle brûla ce papier, comme elle faisait des autres.

Dans la matinée, ne pouvant tenir en place, dans un besoin maladif de se remuer et d'agir, afin d'échapper ainsi à ses rêves épouvantés, elle résolut de sortir.

Autour de Montecreux, ce matin-là, le vieillard sinistre n'apparaissait pas.

Elle ne fit donc aucune mauvaise rencontre.

Ce mois de mai était radieux, les champs et les bois en fête, sous les rayons du soleil.

Une heure après, sans savoir comment elle était venue, et sans avoir voulu y venir, elle se trouva sur le chemin de halage de la Moselle...

— Mon Dieu ! fit-elle tout à coup, semblant se réveiller, comme si, depuis Montecreux, elle avait marché dans un songe, allant droit devant elle sans prendre garde à rien...

Elle pensa à retourner sur ses pas... car, non loin, à quelques centaines de mètres, un arbre se dressait, contre le chemin, un arbre mort, un fantôme desséché, que nul ne venait abattre, on ne sait pourquoi... un frêne énorme, aux branches tordues dans une crispation et qui, par-dessus le halage, tendait en l'air des griffes gigantesques vers les eaux profondes, dans le geste de retenir ou d'attirer...

Elle murmura :

— L'arbre mort du Tourbillon !

Il était seul dans la prairie blanche de marguerites. Le chemin de halage le séparait de la rivière, mais quand on se penchait sur la rive, on apercevait, par les eaux basses, ses racines qui se baignaient dans la Moselle comme de monstrueux serpents...

— Non, non, je n'irai pas !

Elle avança pourtant.

Elle avança, parce que, de la rive encaissée, où d'abord elle n'avait pu les apercevoir, des têtes émergèrent soudain, puis des bustes, et des hommes et des femmes sautèrent sur le pré...

Or, ils avaient vu Elise.

Et Elise n'osa plus s'enfuir !... La fuite, c'était avoir peur... avoir peur, c'était avouer...

Les gens s'étaient assis au bord de l'eau et regardaient la rivière sans plus se préoccuper de la présence de la jeune fille...

Elle s'approcha. Elle se sentait poussée par un élan irrésistible. Elle essaya de s'arrêter. Elle marcha pâle et tremblante, les yeux fixés sur l'arbre aux grands bras dénudés qui l'attirait, qui semblait formidable et qui disait :

— Viens donc, viens te reposer contre moi... et je te rappellerai des souvenirs que tu as peut-être oubliés... et je te referai l'histoire d'une nuit qui a dû hanter tes autres nuits... d'un crime dont j'ai été le témoin... Viens donc, tu sais bien que, de moi, tu n'as rien à redouter... Je ne vis plus... Les plus violents ouragans ne me font même plus tressaillir... Je suis l'arbre mort du Tourbillon... Je suis muet...

Elle obéissait à cet ordre — qu'elle entendait — et elle marchait ! !

Elle s'arrêta derrière ceux qui regardaient.

Elle aurait voulu pousser plus loin et passer, indifférente. Elle ne le put.

Elle regarda comme eux. Quoi ? L'eau qui coulait doucement sur les racines de l'arbre mort. On appelait cet endroit le Tourbillon, mais le courant y était seulement dangereux quand les eaux étaient grosses.

Un homme se retourna vers elle et la salua poliment, en ôtant sa casquette.

C'était un ouvrier de Montecroux, récemment blessé

dans un accident à l'usine, et qui était en congé de convalescence. Il était venu là se promener avec des amis et avec sa femme. Mais pourquoi choisissaient-ils, pour se reposer, justement l'arbre mort ? Tout à l'heure même, ils étaient descendus jusqu'au bas de la rive et ce ne fut pas sans un frisson qu'Elise remarqua qu'ils avaient déroulé une longue et forte corde armée d'un grappin à son extrémité... Que faisaient-ils, avec cette corde ?... Braconnaient-ils en rivière, en essayant de relever des cordeaux ou des engins de pêche tendus la nuit ?... En plein jour, au mépris des règlements sévères, ils ne l'eussent osé... Alors ?...

— Ils cherchent là, dans les racines !...

Voilà ce qui montait du fond du cœur d'Elise, dans un accès de délire.

Comme pour empêcher qu'elle n'eût quelque mauvaise pensée contre eux, l'ouvrier se hâtait de dire en souriant :

— On a lu le journal, tous ces temps-ci, et alors on cherche...

— Que cherchez-vous ? demanda-t-elle d'une voix blanche.

— On ne sait pas... C'est un mystère...

— Peut-être un trésor fit la femme.

— C'est ça qui ferait bien notre affaire, si nous ramenions un trésor !...

— A moins que ce ne soit un macchabée ! dit l'homme brutalement.

L'horrible mot, qu'elle comprit, sonna en un grondement aux oreilles d'Elise.

Elle pensa qu'il valait mieux s'éloigner, ne point apporter l'apparence d'un intérêt à ce que ces gens tentaient, en s'amusant.

Et elle resta, les yeux fous fixés sur l'onde caressante et lente qui léchait les racines en clapotant.

Ils reprirent leurs recherches.

L'homme déroula la corde et lança le grappin dans la rivière. Le crochet descendit. Alors, il le tira, traîna, à droite, à gauche, en le ramenant vers la rive... agissant par secousses prudentes toutes les fois qu'il se sentait accroché au fond...

Il disait :

— C'est une pierre... c'est une racine... c'est un paquet d'herbes.

Il retirait et relançait, s'acharnant à sa besogne.

Ils ne faisaient plus attention à la jeune fille, peut-être même la croyaient-ils partie... et Elise, sur son front, trempé d'une sueur d'angoisse, passa un petit mouchoir de dentelle...

Tout à coup, l'homme cria, joyeusement :

— Je ramène quelque chose !

Elise crut qu'elle s'évanouissait et s'appuya contre le tronc de l'arbre mort. La nuit enveloppa ses yeux et ce fut dans la nuit qu'elle entendit des éclats de rire. L'homme au grappin avait accroché, dans le fond de la rivière, une vieille nasse en osier, pourrie, déchiquetée et emplie de vase. Il la jeta sur le bord, dans le pré.

— Si c'est là le trésor ! dit-il.

Et les rires redoublèrent.

Elle regarda. Elle osa regarder ! Après quoi, n'ayant plus peur, elle demanda :

— Le journal donnait donc des renseignements bien curieux ?

— On ne parle que d'ça dans le pays, mademoiselle... Tous les jours, y a des gens qui viennent... C'est une procession... Y a même deux pêcheurs, la nuit de devant, qui ont traîné le filet.

— Et ils ont ramassé quelque chose ?

— De l'herbe ! fit l'ouvrier en riant... Et de la vase de quoi bâtir une maison... Voyez-vous, mademoiselle, on finira par croire que c'est des farces de journaux pour faire courir le monde... Y a probablement une « attrape ! » là-dessous...

Il ramena la corde, la roula soigneusement :

— Ma foi, j'en ai assez... Et à moins que le journal ne donne des indications plus précises, je ne m'en mêle plus...

Un flot de sang montait aux joues de la jeune fille. Elle se rassurait. Mais elle retomba dans ses affres, lorsqu'elle entendit la femme de l'ouvrier murmurer :

— Moi, j'ai mon idée...

— Et peut-on savoir ? fit l'ouvrier goguenardant.

— Il y a un mystère et c'est la police qui le trouvera, je le parierais.

Ils se mirent à rire, et lentement quittèrent la rive, en traversant la prairie par un étroit sentier entre les fleurs. En passant devant l'arbre mort, ils saluèrent de nouveau Elise qui, pour se donner une contenance, cueillait un bouquet. Ils ne parurent point surpris de la voir demeurer là. Elle aimait les promenades à pied et on la rencontrait un peu partout. Elle continua de cueillir des fleurs tant qu'ils furent en vue ; après quoi, elle s'approcha de la rive et parut s'abîmer dans la contemplation du courant.

Son mouchoir ne resta pas inactif et, à plusieurs reprises, remonta vers son front, vers ses yeux, vers ses lèvres contractées par une torture...

Puis, ayant cru percevoir des voix, derrière la haie de la prairie — sans doute d'autres curieux qui venaient là comme les premiers — elle se hâta de s'éloigner pour ne point éveiller la curiosité et les soupçons...

A Montecreux, lorsqu'elle rentra, ce fut pour trouver des gens qui, amenés au château par leurs affaires, ne s'occupaient que des révélations promises par le journal.

Elle les entendit qui se demandaient les uns aux autres :

— Avez-vous lu ? Qu'est-ce qu'on veut dire avec cette vieille histoire ? De qui et de quoi s'agit-il ? Le savez-vous ?...

Les têtes faisaient des signes négatifs.

Non, nous ne savons rien, mais si le journal ne se trompe pas, ça promet !

Quand elle fut chez elle, et qu'elle eut besoin de sa femme de chambre, celle-ci venait à peine de franchir le seuil, qu'elle disait :

— Est-ce que mademoiselle est au courant ?

— De quoi ?

— De ce que raconte le journal de Metz ?

— Je ne lis pas les journaux.

— Mademoiselle a bien tort... il y a une histoire qui commence, si mystérieuse !

Et elle raconta les articles, de point en point, sans omettre un détail.

Elise eut le courage de répliquer :

— Tout ceci m'intéresse peu, ma fille...

— Oh ! sûrement, ça ne s'arrêtera pas là. Il y aura une suite et si mademoiselle désire...

— Mademoiselle désire que vous ne l'entreteniez plus de toutes ces sottises...

Fischer ne revint à Montecreux qu'à la fin de cette journée...

Il était sombre et abattu.

Elise frémit. Elle avait dit, elle avait prévu qu'il échouerait !... Pourtant ! !...

Il prit sa fille à part :

— J'ai fait tout ce que j'ai pu... mais tu comprends, il m'était impossible d'agir ou de faire agir ouvertement contre le journal.... Pour cela, il eût fallu donner des raisons, c'était éveiller des doutes... montrer que nous avions intérêt à cacher cette histoire... On m'eût questionné... Quel intérêt ?... J'aurais nié et alors, on m'eût répondu : « Puisque cela ne vous regarde pas, laissez les révélations aller leur train. »

— Oh ! je le devinais bien... l'homme l'avait prévu aussi... Il est sûr de ce qu'il fait...

Elle dit la lettre du grand-père, l'unique phrase, menaçante : « Vous n'y arriverez pas ! » et elle eut une crise de sanglots.

— Calme-toi, ne désespère pas encore... Mon voyage à Metz n'a pas été inutile... J'ai obtenu contre ce vieux Sauvageot un arrêté d'expulsion... Cet arrêté sera exécuté aujourd'hui même, sans délai accordé... Te voici donc débarrassée d'un voisin gênant...

Elle haussa les épaules, sanglotant toujours :

— De loin comme de près, sa vengeance veillera ! Et je n'y échapperai pas !

Puis, elle eut une réflexion singulière, à laquelle Fischer ne prit pas garde :

— J'aurais préféré qu'il demeurât près de nous ?

Et ses jolis yeux bleus étaient devenus cruels...

Fischer ne se trompait pas. Le lendemain même le journal annonçait que le vieux Sauvageot avait été expulsé du territoire annexé et conduit par les gendarmes de Villaville jusqu'à la frontière. Sur les motifs de l'expulsion, le journal se taisait, mais il ajoutait :

« Nous croyons savoir que M. Sauvageot ne quittera
» pas le pays lorrain et qu'il hésite entre deux partis à
» prendre... Il s'installera à la Faloise, chez un de ses
» fils, où il pourra vivre heureux les derniers jours de sa
» vieillesse... ou, se trouvant trop loin encore, à son gré,
» du cher pays ou s'écoula sa vie entière, il cherchera et
» rencontrera aisément l'asile qu'il lui faut, sur la frontière
» même... »

Cette note, en toute évidence, émanait de Sauvageot lui-même.

Elle fut suivie d'une autre, dans le numéro du lendemain :

« Nous apprenons que M. Sauvageot, frappé d'expul-
» sion, vient de se rendre acquéreur du joli et pittoresque
» moulin des Moines, à l'orée du bois et sur le ruisseau
» du même nom... Ce moulin n'est plus en activité depuis
» la guerre, à la suite de la nouvelle délimitation de la
» frontière, qui laissait la prise d'eaux en Lorraine an-
» nexée, pendant que la maison d'habitation s'élève en
» France... M. Sauvageot, dont les habitudes de retraite,
» de silence et de solitude sont connues, prendra tout de
» suite possession du moulin ; et c'est ainsi qu'un hasard
» heureux se rend complice des dernières joies du vieil-
» lard... »

Cette phrase avait un sens ambigu qui frappa la jeune fille.

Quelles pouvaient être les dernières joies du vieux grand-père... si ce n'était les joies de la vengeance ?... Sauvageot avait pensé à cela... et il savait bien qu'Elise l'apprendrait... et qu'elle devinerait !... Ah ! comme il la tenait ! comme il était maître d'elle et lui torturait, à plaisir, l'âme et le corps !...

Et pourtant, à cette nouvelle, elle eut un sursaut de colère satisfaite.

— J'aime mieux qu'il ne quitte pas le pays... De loin, il m'échappait !... De près ! !...

Déjà, depuis trois jours, le journal n'avait pas repris son récit.

Mais Elise attendait, se préparait au coup mortel... Nul doute... La foudre était proche.

Le journal était bien renseigné en annonçant les projets de Sauvageot. Le vieillard avait refusé l'hospitalité de Clément à la Faloise.

Il avait fait meubler une chambre au moulin et était venu vivre là...

C'était un coin sombre, presque complètement à l'abri du soleil, tant les arbres, les pariétaires et les broussailles de toute sorte avaient vigoureusement poussé. Et au bas de la route pourrie et immobile, l'eau claire du petit ruisseau se jouait sous les joncs, les herbes, les fouillis de plantes aquatiques. Au-dessus, les branches des arbres, à force de s'étendre, s'étaient rejointes et entrelacées ; celles des ormeaux embrassaient celles des chênes ou des trembles, de telle sorte que, sur le toit moisi, garni de pelotes de mousse grossies sous l'action de l'humidité, la lumière pénétrait avec peine. A quelques mètres du moulin, on ne le soupçonnait pas. Il était séparé, par les ténèbres du bois, du reste du monde. Cela pouvait être une demeure aimable pendant la chaleur d'un jour d'été ; mais, en d'autres temps, cela devenait un tombeau d'anachorète. Celui qui voulait y habiter devait avoir la pensée de se retrancher de la vie et de se faire oublier, mort déjà pour tous ; et voilà pourquoi le vieillard l'avait choisi. Ce fut là qu'il rêva, le cerveau empli de son projet, l'idée tendue vers Elise, la suivant de loin dans tous ses actes, ses gestes, ses efforts pour lui échapper, comme s'il avait pu la voir en réalité, comme s'il ne la quittait pas ! Il se dressait, pour lui-même, le plan de cette vie d'agonie qui était devenue celle de la fille de Fischer,... depuis le lever du soleil jusqu'à son coucher... Et il se la figurait aussi parmi ses cauchemars...

Nulle pitié !

— Cette fille mérite son châtiment !...

L'arrêté d'explusion ne l'effraya ni ne le surprit.

— Elle cherche à se défendre

Mais il souriait alors, et ce sourire était si plein de

mépris pour tous ces vains efforts qu'elle se fût déclarée vaincue, si elle avait pu le voir.

Les portes du moulin ne fermaient plus, disloquées depuis longtemps. Le vieillard s'en souciait peu. Il ne pensait pas qu'un danger fût possible. En outre, il était brave et sa vigueur était grande, étonnante en cette vieillesse. Que pouvait-il redouter ? Comme tous les vieillards, il ne dormait presque pas ; et quand il dormait, son sommeil était si léger que le trottinement d'une souris sur le plancher vermoulu l'éveillait. Et des souris et des rats. Dieu sait s'il y en avait au moulin des Moines ! Clément, qui venait le voir tous les jours, insistait pour qu'il ne vécût point dans cette humidité et parmi ces ténèbres constantes.

Le vieux souriait, énigmatique :

— Je t'assure que je me trouve ici très bien !

Clément connaissait l'entêtement du grand-père. Il n'insistait pas. Ce fut lui, du moins, qui se chargea d'apporter à ce solitaire tous les adoucissements auxquels il voulut bien consentir. Alors, tous les jours, de la Faloise au moulin, ce fut un va-et-vient de Josette, de Clément, du berger Blanquin, et surtout de Line, qui, toc, toc, avec son grand bâton, retrouvait parfaitement les petits sentiers envahis par les ronces, au bout desquels le moulin était tapi, ramassé sous les broussailles, comme un énorme nid d'oiseau...

Et c'était bien un oiseau de proie, qui, de loin, guettait sa victime... mais c'était le nid de l'aigle auquel on a enlevé ses aiglons, qui connaît le ravisseur, et qui attend l'heure de se venger... et non le vautour âpre à la curée ignoble...

Quand elle sut où le vieillard s'était réfugié, en quel endroit isolé, loin des secours, s'offrant au danger comme à plaisir, Elise eut une joie mauvaise :

— Il est venu droit au piège !...

Lui, d'heure en heure, calculait les angoisses de la jolie fille. Il y assistait... « Voici le moment où le courrier lui arrive !... elle prend le journal... ses mains tremblent... elle ne voudrait point lire... elle lit... Ce sont de nouvelles larmes et de nouveaux cris de rage... elle se roule dans son impuissance... elle a fait ses confidences à Fischer...

L'épouvante est à Montecreux... et c'est moi, moi le vieux, que l'on craint... Et déjà tout le pays ne s'occupe plus que de cette histoire... Au Tourbillon, c'est un pèlerinage... et Elise, Elise elle-même, y est venue... on me l'a dit !... Elle a eu ce courage... cette imprudence... Est-ce que parfois les criminels ne sont pas hantés par le besoin de revoir les lieux sinistres où leur crime s'est accompli ?... Ainsi, d'elle !... C'est à moi qu'elle pense ! de moi qu'elle rêve !... Elle sait qu'elle ne m'échappera pas !... Ah ! si elle pouvait revivre les derniers mois écoulés !... épargner Josette, ma pauvre et bien-aimée Josette !... Renaud !... mon bon Renaud !... épargner aussi cet homme, ce Lilienthal, dont elle a fait une victime ! Si elle le pouvait, comme elle effacerait vite de son existence ces mois sinistres et si pleins de malheurs !... Mais il est trop tard, trop tard !... Rien ne peut plus empêcher ce qui est... pas même Dieu !... Et voilà ce qui la rend folle !!... C'est justice !!... »

Du moulin des Moines à Montecreux... de Montecreux au moulin, la pensée volait ainsi de l'un à l'autre, chargée des mêmes projets funèbres...

Car la jeune fille et le vieillard rêvaient le même rêve...

Et c'était un rêve de mort !..

Lui, attendait chaque jour d'apprendre une nouvelle...

« Mlle Elise Fischer vient d'être trouvée morte dans sa chambre... On croit à un suicide... On se perd en conjecture ! »

Mais Elise vivait... s'accrochait à l'espoir de vivre... refusant de mourir...

Alors, le vieillard se dit, un soir, en nettoyant avec un brin de bois le culot de sa pipe... un peu de temps avant de se mettre au lit :

— Il faut demain, frapper le dernier coup !

Toute la journée du lendemain, il écrivit. Comme ses doigts étaient roidis par la vieillesse, il n'allait pas vite dans la rédaction du récit qu'il voulait entreprendre.

Il arriva au soir sans avoir terminé.

Clément, en venant lui rendre visite, lui avait pris deux heures de son temps. Josette aussi était venue, et la vue de ce visage, douloureux et doux, en cette attitude fatiguée d'une maternité prochaine, n'avait pas été sans enfoncer plus profondément encore dans le cœur du vieillard son projet de châtiment inexorable.

Le récit était destiné au journal de Metz : il commençait ainsi :

« Nous sommes en mesure d'expliquer le mystère des
» trois phrases singulières auxquelles notre correspondant
» fait allusion, dans les trois articles de ces jours derniers
» parus dans nos colonnes sous le titre :

« UNE VIEILLE HISTOIRE. »

» C'est la révélation d'un drame intime dont chaque
» détail a été vécu, si horrible qu'il paraisse. Nous répé-
» tons que nous avons les preuves... Les noms que notre
» correspondant occasionnel donne aux personnages de
» ce drame, sont des noms d'emprunt masquant difficile-
» ment les véritables... Les coupables s'y reconnaîtront
» facilement... Et parmi nos Lorrains, jeunes ou vieux, il
» en est sûrement qui devineront les vraies figures qui se
» cachent sous un voile aussi transparent... »

Tel était le préambule de la Vieille histoire.

Des pages et des pages suivaient... d'une écriture ferme, mais rude, et fortement appuyée.

Vers le soir, se sentant la tête alourdie, le grand-père sortit pour se promener sous les arbres. Auparavant, par prudence, il enferma sous clef les feuilles éparses. Du reste, il ne s'éloigna pas du moulin. Personne n'aurait pu y entrer, ou même rôder aux alentours sans attirer son attention.

Le bois était tranquille. Des oiseaux cherchaient leurs nids, ou la place affectionnée sous les feuilles, pour dor·mir... Un merle s'envola du sol, devant Sauvageot, avec un cri effarouché et alla se percher sur un tremble dont les branches retombaient de l'autre côté du ruisseau, en terre allemande, ayant ses racines en terre française. C'était le sifflement sonore de ce merle qui, depuis le printemps, éveillait le vieillard tous les matins, vers trois heures. Pendant un quart d'heure, sur sa branche, l'oiseau saluait l'aurore en se tortillant. Puis il prenait son vol et s'en allait vivre. Le soir, il était de retour.

L'oreille exercée du bonhomme, qui avait conservé toute sa finesse, fut frappée tout à coup par un froissement des broussailles. C'était très léger, presque rien. Cela pouvait être la fuite d'un lièvre ou même une grive attardée cherchant des vers sous les feuilles mortes. Mais le bruit se renouvela. Alors Sauvageot interrompit sa promenade pour écouter avec plus d'attention...

Quelqu'un s'approchait. Il n'eut plus bientôt aucun doute. Et comme les yeux du vieillard étaient devenus très doux, c'était quelqu'un d'ami qu'il avait reconnu.

Toc, toc, faisait le bruit léger, encore lointain, et qui s'approchait lentement.

— Line ! A cette heure-ci... murmura le grand-père... Que me veut-elle ?...

Il regagna le moulin où il arriva juste en même temps que l'aveugle.

— Bonsoir, Line... Vous avez à me parler, mon enfant ?

— Entrons chez vous !

Il la conduisit par la main et, une fois entrés, il referma la porte. Au lieu de faire asseoir la jeune fille, il la garda sur ses genoux. Alors, il sentit qu'elle était très émue.

— Mais on dirait que tu trembles ?

— J'ai marché vite... autant que je pouvais... je suis tombée en chemin trois ou quatre fois... sans me faire de mal... et bien que je sois familière avec le sentier, j'avais peur de me perdre...

— Ce que tu as à me dire est donc bien pressé ?

— Il paraît.

— Eh bien, parle, petite.

— Par le berger Blanquin, Anna, la femme de chambre de Mlle Elise, m'a priée ce soir de me trouver chez maman Drouard, à Villaville... Comme il était tard, et comme je devinais qu'il s'agissait d'une chose sérieuse...

— Oui... Anna m'est dévouée... C'est une fille du pays que je connais depuis l'enfance.

— J'ai prié, à mon tour, Josette de me faire conduire à Villaville. J'ai gagné du temps. Chez maman Drouard, j'ai trouvé Anna... Voici ce que je suis chargée de vous remettre.

Elle tendit un papier au vieillard. Celui-ci le prit, le lut, et tressaillit...

Il laissa échapper une exclamation singulière :

— Est-ce pour moi ? Est-ce pour elle ?

Or, la lettre de la femme de chambre, qui ne contenait que quelques lignes, disait entre autres choses ceci : «... Elle est allée à Metz aujourd'hui sous prétexte de faire des emplettes... je l'accompagnais... mais je ne l'ai pas accompagnée partout, et elle a acheté un revolver qu'elle a caché dans un carton à chapeau... Chez elle, le revolver a été enfermé dans un tiroir dont elle garde la clef... mais la clef de l'armoire à glace ouvre le tiroir... J'ai vu et touché le revolver... Il est à cinq coups et il est chargé... Elle est très calme, mais jamais ses yeux ne furent plus durs... »

Et voilà pourquoi, ayant lu, le vieux s'était posé sa bizarre question.

— Est-ce tout ce que tu étais chargée de me remettre, ma gentille enfant ?

— C'est tout... Je ne devais pas rentrer à la Faloise sans vous avoir rencontré.

— Merci... Viens, je vais te porter dans mes bras jusqu'à la route... Hors du bois, tu marcheras mieux, je t'accompagnerai jusqu'à Thiancourt où j'ai besoin...

Deux heures après, le grand-père était de retour. La nuit, tout à fait venue, était d'un noir d'encre, mais des étoiles brillaient. Elles étaient innombrables, vues de la plaine... Du moulin, entre les branches, on en apercevait à peine trois ou quatre... et il semblait que les ténèbres, si épaisses autour du Bois des Moines, fussent plus opaques encore au bord du ruisseau.

Le vieillard entra dans la pièce du rez-de-chaussée, humide, au plafond bas... Il laissa la porte grande ouverte... alluma une bougie qu'il posa sur une table... bourra sa pipe qu'il alluma à la flamme de la bougie, trempa sa plume dans l'encre... et continua le récit de la Vieille histoire... dans le calme de la nuit que troublaient seuls les bruits accoutumés. Une nuée de petits papillons nocturnes, attirés par la lumière, vola vers la bougie.... De pauvres corps frêles y grésillèrent... des chauves-souris

entrèrent, rapides, firent le tour de la chambre, tourbillon-
nèrent, s'enfuirent éperdument... Des chouettes, branchées
sur le tremble, entonnèrent leurs hululements, plaintes
d'oiseaux craintifs que la nature semble avoir voulu dis-
gracier à plaisir et qui, au lieu de quêter et de chasser en
silence, avertissent les mulots, les rats et les souris que
l'ennemi est proche et qu'il faut rentrer aux trous.... Une
note argentine, pareille à un coup d'ongle sur un verre de
cristal, sonna dans un buisson voisin... étouffée par des
herbes... mélancolique. C'était un crapaud qui chantait.
La saison des amours était venue pour lui comme pour
les autres. Et comme, sous la roue immobile du vieux
moulin les eaux formaient une mare vaseuse, des grenouilles se mirent soudain à coasser, pareilles à des ba-
vardes qui en ont long à se dire, à coasser interminable-
ment...

Le grand-père écrivait toujours.

Il arrivait à la fin de son récit.

Il n'avait pas l'air de prêter grande attention aux ru-
meurs du bois, si paisible qu'on eût juré qu'il se sentait
en une sécurité complète.

Pourtant il s'était demandé :

— Est-ce pour moi ? Est-ce pour elle ?...

Un coup de vent brusque, et qui ne se renouvela pas,
amena jusqu'à lui, à travers les feuillages, une sonnerie
lointaine.

C'était l'église de Thiancourt qui envoyait onze heures.

Peut-être, si quelque danger s'approchait, le grand-
père était-il certain qu'il en serait prévenu ?

Comment ? Par qui ?

Avait-il aposté là des gens chargés d'accourir ?

Ou, simplement, comptait-il sur la nature et qu'elle se
ferait aussi la complice de ses projets ?

Un trait rude au bas d'une page... Le terrible récit était
terminé...

En même temps, il relève la tête. Il a laissé éteindre sa
pipe. Il la vide, la bourre, et il tend la main vers le chandelier ; mais sa main reste tendue sans le saisir, et soudain ses yeux reflètent une ardente attention...

C'est que, des choses qui resteraient indifférentes aux

autres, mais qui le frappent lui, comme autant d'avertissements, viennent de se passer dans le bois, non loin....
des choses que lui seul peut comprendre, à cause de sa
vie solitaire et contemplative...

D'abord, les chouettes se sont envolées, comme si un
visiteur invisible les avait dérangées dans leur guet, en
coupant court à leurs plaintes. Si une, seulement, était
partie, il n'y eût pas pris garde ; mais toutes ensemble
s'étaient enfuies, ayant peur !

Ensuite, le crapaud s'était tu, au fond de ses herbes
humides...

Et les grenouilles, sous la roue du moulin, avaient cessé
leur babillage... brusquement.

La main du vieillard atteignit le chandelier. Il y alluma
sa pipe, à petits coups lents.

En même temps, tous ses sens en éveil, il pensait :

— Quelqu'un est là, tout près...

Il ne releva pas les yeux, s'appuya contre le dossier de
la chaise et parut rêver.

Il se disait :

— Est-ce elle ?...

Tout à coup, ses narines frissonnent... Elles viennent
d'être frappées par un parfum subtil, émanant de la forêt... Mais la forêt n'a que des senteurs qu'il connaît bien,
celles des feuilles mouillées, des branches qui pourrissent,
des champignons ou des plantes aromatiques qui poussent
au bord des ruisseaux... Ce parfum-là, ce n'est pas le
bois qui le lui souffle... C'est un parfum de femme...

— C'est elle ! ! Alors le revolver était bien pour moi !...

Il ne bouge pas. Il paraît inattentif... On dirait qu'il
attend ?...

Quoi ?... Est-il résigné à la mort ?... Est-il vraiment
surpris par l'attentat ?...

La porte du moulin est toujours ouverte... Les papillons
nocturnes entrent encore et ne cessent de voleter et de se
brûler les ailes ; seulement, dernier indice du danger qui
s'approche, les chauves-souris désertent la chambre...

Le vieillard est en pleine lumière, dans ce grand trou
obscur... Autour de lui, ténèbres. La flamme de la bougie
qui éclaire son front chauve, toute sa tête luisante, offre

une cible de mort... et comme il n'y a pas de brise, la
flamme vacille à peine.

Pas de brise !... Alors, pourquoi cette longue tige de
viorne flexible qui barre l'entrée de la porte, au ras du
sol, vient-elle de trembler soudainement ?... La tête s'est
relevée comme se relèverait un serpent sur la queue duquel
on marche... Celui ou celle qui vient a dû mettre le pied
sur la viorne qui s'est redressée à l'autre bout... Le vieillard a vu cela. Il a souri, rapidement ; a-t-il souri ? Mais
il continue de présenter, derrière la petite flamme, la
même cible rigide, comme s'il était figé là par l'épouvante...

Un fantôme surgit devant la porte, se confondant avec
la nuit du dehors.

Le vieillard garde son immobilité de statue.

Il a vu, cependant, et il pense :

— C'est bien elle... Elle me vise... Elle va tirer... Est-ce
la mort ?

Une seconde, à peine...

Le fantôme est enveloppé d'une clarté brusque, pareille
à un éclair, en même temps qu'une détonation éclate, au
bruit de laquelle tous les oiseaux effarés s'éveillent et s'en-
volent.

Le grand-père a chancelé sur sa chaise... mais il veut se
retenir à la table, s'y cramponne pour se soulever... retombe... porte la main à son front...

Une deuxième détonation retentit.

Le grand-père porte la main à sa poitrine...

Une troisième... une quatrième... une cinquième...

Il porte la main à son cœur.. roule sur le sol en se
débattant jusqu'à la porte.

Après quoi, sans apparence de blessures, il se redresse
d'un bond.

Et goguenard, sa rude main rivée au frêle poignet
d'Elise :

— Votre revolver est bien à cinq coups... et je suppose
que vous n'avez pas apporté de cartouches de rechange ?

Elle est à demi morte d'une épouvante superstitieuse.

Cet homme possède donc un pouvoir diabolique qui le
protège ?

Il l'entraîne... ferme la porte du moulin... et comme il la sent faiblir, il la dépose sur une chaise...

Après quoi, il la contemple longuement. Il jouit de cet effroi. Il en triomphe.

Paisible, le grand-père a repris place à sa petite table, devant la bougie autour de laquelle se jouent les volutes d'un nuage de poudre.

— Mademoiselle, je ne suis pas le diable et il faut d'abord que je vous explique... C'est du reste, très simple... Les balles de vos cartouches avaient été enlevées... Et comme vous êtes désormais impuissante à faire le mal, je puis vous dire que c'est Anna, votre femme de chambre, qui a obéi à mes instructions... J'avais, en effet, prévu votre promenade périlleuse de ce soir...

Elle ne répond rien. Comprend-elle, même ? Ses dents claquent. Ses yeux sont horrifiés et elle est tordue par un tremblement convulsif. L'explication qu'il donne n'est pas faite pour diminuer la terreur que le vieillard lui inspire... Pour avoir ainsi tout deviné, il faut qu'il soit bien fort ! Et elle se dit maintenant que lutter contre cet homme était chose vaine et inutile. .

— Remettez-vous ! malheureusement je ne peux rien vous offrir... Je n'ai ici que de l'eau.

Il rallume sa pipe, puis, posément, se croisant les jambes :

— Ainsi, vous vouliez m'assassiner, ma petite ?... Car je suppose que si vous avez tiré cinq coups sur moi, à peu près à bout portant, ce n'est point pour essayer un revolver de modèle récent, ou une poudre nouvelle ?... Vous avez tenté de m'assassiner, parce que, dans la partie que nous jouons ensemble, c'était le dernier atout qui restât dans votre jeu... L'atout était insuffisant... Vous avez perdu... je fais la vole... et vous allez mourir...

De la misérable éperdue et prostrée une plainte faible sortit :

— Assassin !... Vous serez vous-même un assassin ! !

— Non... je ne vous tuerai pas plus que je n'ai tué Lilienthal votre complice !...

— Alors, que voulez-vous faire de moi ?

— Vous allez le savoir... Mais avant tout, il faut que

vous entendiez le récit que je viens d'écrire, qui était et qui sera destiné à devenir public, ou à rester éternellement ignoré, selon la résolution que vous aurez prise, lorsque vous le connaîtrez...

Elle se remettait lentement, se ramassait pour ainsi dire, avant de livrer le dernier combat.

— Etes-vous prête à m'écouter ? Personne ne nous dérangera, je vous en préviens.

— Je vous écoute, puisqu'il le faut.

III

LE RÉCIT DU GRAND-PÈRE

Après le préambule que nous avons cité, le récit commençait :

« Dans une des principales usines de fer de la Lorraine annexée, une de nos usines les plus opulentes, dirigée par un Allemand venu de Silésie peu de temps après l'annexion, se passait, il y a trois ans environ, un drame d'amour qui devait finir en tragédie. L'usine, tenue par Reiter, était en pleine prospérité lorsqu'y arriva un jeune contremaître venu de Colmar, connu chez nos industriels pour son expérience et son intelligence, chez qui se révélaient déjà, malgré sa jeunesse, des qualités qui eussent fait de lui, avec le temps, l'un de nos perfectionneurs les plus adroits, l'un de nos inventeurs les plus renommés.

» Ce poste de contremaître n'était que provisoire, en attendant que Marcel Kordan — c'était son nom — fût nommé sous-directeur des établissements Reiter, M. Reiter gardant naturellement la haute direction des affaires.

» Mais Reiter avait une fille Emilienne, qui, sous le calme de ses jolis yeux bleus, limpides comme des yeux de vierge, cachait une violence de passion sensuelle que ni l'éducation, ni la réserve habituelle aux jeunes filles ne devaient réprimer.

» Il y avait à peine quelques semaines que Marcel Kordan était installé aux usines Reiter qu'Emilienne en était follement amoureuse.

» Or, Marcel Kordan était marié... son ménage paraissait très uni !... et il n'y avait nulle apparence qu'Emilienne se vît payée de retour.

» C'est ici que le drame commence... à l'insu de Reiter et de sa femme, car si l'un ou l'autre s'en fût douté, ils eussent pris assurément contre leur fille des mesures énergiques. Quoi qu'il en soit, Marcel Kordan se vit enveloppé, dès lors, par une dangereuse séduction... par une tendresse, par des promesses du regard si éloquentes qu'il fut bientôt renseigné... Son tort fut de ne pas s'enfuir... Il resta... Et du jour où il prit le parti de rester, il devait s'avouer qu'il serait vaincu, tôt ou tard, dans une lutte où la femme, qui veut, est plus forte que l'homme qui ne veut pas.

» Que dire de plus ?

» Émilienne fut la maîtresse de Kordan...

» Elle était adroite, très jolie, violente et dangereuse...

» Elle affola cet homme qui, pour continuer avec elle plus librement ses relations, trouva le prétexte de renvoyer sa femme dans sa famille, à Colmar.

» Pourtant, il était malheureux. Il se savait coupable et il était honnête.

» Ces jours et ces nuits d'amours furent des heures d'angoisses et de remords.

» Puis l'inévitable arriva... les éveillant tous deux de leur rêve...

» Emilienne devint enceinte...

» Le drame d'amour était terminé...

» La tragédie arrivait....

» Après le premier effarement, Emilienne s'est reprise. C'est une fille d'énergie. Elle ne veut pas que sa faute soit connue. Et pour se dérober au scandale, elle est prête à tout entreprendre, à accepter toutes les combinaisons...

» Mais seule, elle ne peut rien...

» Marcel Kordan. que pourrait-il ?

» Quoiqu'il en coûte à Emilienne, il faut qu'elle avoue sa faute à Reiter.

» Elle s'y résigna.

» Que se passa-t-il entre le père et la fille ?... quels reproches ? quels outrages ? quelles résolutions ?... On ne le sut point et personne ne put le dire... On en est réduit aux conjectures... Les événements qui suivirent purent seuls jeter quelque lumière sur la scène qui eut lieu alors entre Reiter et sa fille.

» Tout d'abord, il y eut rupture...

» Brusquement, sans avoir hésité, sans qu'aucun chagrin se manifestât chez elle, Emilienne cessa de s'occuper de Kordan, d'aller aux rendez-vous qu'il donnait, de répondre aux lettres qu'il écrivait... Or, l'homme s'était mis à aimer avec passion, résumant tout en elle, rapportant tout à l'amour... Son travail en souffrait. Il encourait des reproches. On menaça de le chasser. Il était fou, sa vie était là. Emilienne la lui reprenait. Il s'y accrochait en désespéré, éperdument...

» Il réussit pourtant à la revoir.

» Il supplia... Elle resta insensible... Elle s'était donnée, elle se reprenait... qu'y avait-il là de si étrange ?... Elle ne lui devait rien... Elle ne l'aimait plus.

» Il réussit à la revoir.

» Et il menaça, dans un emportement de colère...

» Elle haussa les épaules et se contenta de dire :

» — Prenez garde !

» Alors, ce furent des imprudences, commises par lui, au risque de la compromettre.

» Le premier acte de la tragédie allait se dénouer.

» Dans sa folie, Marcel Kordan n'était plus capable de réfléchir.

» Du reste, il ne se doutait pas du piège qui, lentement, lui était tendu. Il n'était que coupable d'aimer... Sa loyauté se fût refusée à toute honteuse compromission.... Et malgré tout, c'était un homme qui supposait chez les autres la loyauté qu'il ressentait en lui.

» Dès lors, il devait succomber.

» Il était condamné d'avance.

» Voilà donc le piège qui lui fut tendu :

» La dernière fois qu'il put rejoindre Emilienne, il sollicita une entrevue... Il était à bout de force, à bout de souffrances... Agité et fiévreux, il ne ressemblait guère au robuste garçon plein d'espoir en l'avenir, qui, quelques mois à peine aparavant, était venu prendre possession de son poste, aux usines Reiter... Il sollicitait cette entrevue humblement, à voix basse... Comme implore une aumône un mendiant à l'agonie, mourant de faim...

» Elle parut s'apitoyer, ce jour-là...

» Depuis longtemps, il ne l'avait vue sourire... depuis longtemps il n'avait pas vu, surtout, l'expression de tendresse voluptueuse des jolis yeux bleus, des yeux de vierge... et ce fut cela qu'il vit, le sourire et les yeux passionnés...

» Et tout de suite, il oublia tout, et ce fut une folie de joie.

» Elle avait dit simplement :

— Oui... ce soir...

— Vous m'aimez toujours ?

— Puisque je vous dis : ce soir ! fit-elle avec son regard tendre.

— Chez vous ?

— Non.

— Pourquoi ?

— Il y a trop de danger.

— J'y suis venu cent fois !

— On me surveille... Jadis on ne soupçonnait rien.

— Alors, où voulez-vous que j'aille vous retrouver ?.... Partout où vous direz, j'irai... j'irai sans crainte... j'irai avec bonheur... dussé-je, de là, descendre au bagne, à l'échafaud, en enfer ! !

» Les lèvres d'Emilienne se plissèrent en une contraction énigmatique.

— Au bagne ! à l'échafaud ! fit-elle... A quoi pensez-vous donc ?

— Dites !... oh ! dites !... où dois-je vous rejoindre cette nuit ?

— Je descendrai dans les bureaux de l'usine... Ils sont fermés tous les soirs avec soin, car, comme vous le savez, il reste souvent des sommes importantes dans le coffre-fort, mais je sais comment me procurer la clef...

— Toutes les nuits, le gardien Schwartz couche près de la caisse...

— Si depuis quelques jours vous ne négligiez pas votre service au point de vous attirer les reproches de mon père, vous sauriez que Schwartz est malade...

— On a dû le remplacer.

— On ne l'a pas encore remplacé ! La nuit, les bureaux sont déserts. Comprenez-vous ?

— Oh ! Emilienne, fit-il d'une voix étouffée, j'avais cru que vous ne m'aimiez plus...

— Le pourrais-je ? dit-elle en l'affolant de son regard tendre...

— Alors, à ce soir ?

— Oui, vers onze heures, je serai la première au rendez-vous... Tâchez de vous procurer une petite lanterne, car il faudra que nous soyons prudents... Il n'est pas rare que des ouvriers attardés rôdent dans la cour de la fabrique.

— C'est entendu, comment connaîtrai-je votre présence ?

— J'entr'ouvrirai légèrement la persienne à l'une des fenêtres du bureau de mon père.

» Il lui tendit les bras. Elle ne refusa point son baiser. Elle se jouait de cet homme, et il était nécessaire à son plan qu'elle le trompât jusqu'au bout... »

Le vieillard s'arrêta dans son récit et releva sur Elise un regard froid.

— Vous intéressez-vous à cette histoire ?

— Oui, mais je me demande pourquoi vous me la racontez.

— Parce que c'est la vôtre !

— J'ai affaire à un fou... à un fou dangereux ! se dit-elle tout haut.

— Vous niez ?

— Je ne prendrai même pas cette peine...

Et avec un grand calme apparent :

— Mais puisque vous y prenez plaisir, continuez donc, monsieur, je vous prie.

— Je vous obéis... Le temps de recharger ma pipe.

Ce qu'il fit, méthodiquement, sans paraître autrement se préoccuper d'elle. Et c'était un spectacle étrange que celui de ce vieillard et de cette jeune fille, vaguement éclairés par la lueur d'une bougie, en cette chambre délabrée, presque en ruines, où cela sentait l'humidité et la pourriture des solives... pendant qu'au-dessus de leur tête, dans l'ancienne pièce du moulin où se trouvait la turbine, trottinaient des légions de rats... de ce vieillard qui avait condamné à mort cette jeune fille... qui lui lisait son arrêt de mort... et de cette fille qui se savait condamnée, mais dont l'orgueil superbe et l'indomptable énergie tendaient à un seul but : lui échapper encore !

Après deux ou trois bouffées, la pipe tirant bien, il reprit :

» La nuit favorisa les deux amants. La pluie qui tombait éloignait toute envie de se promener, de s'attarder, de telle sorte que la solitude était complète autour de l'usine. Kordan put s'approcher des bureaux sans être vu, se cacha contre la margelle d'un puits pour se protéger contre les averses incessantes, et attendit le signal d'Emilienne, les yeux fixés sur les fenêtres du cabinet de Reiter.

Les bureaux formaient un pavillon relié au château par une serre d'hiver, et c'était par la serre que la jeune fille comptait entrer, sans quitter l'intérieur et s'exposer à recevoir une ondée violente.

» Marcel n'attendit pas longtemps. Emilienne tint, ce soir-là, à être exacte. Un des battants d'une persienne s'agita faiblement, s'entr'ouvrit une seconde...

» La seconde d'après, Kordan avait escaladé la fenêtre et se trouvait près de sa maîtresse.

» Fenêtre et persienne restèrent ouvertes, et telle était la fièvre de sa joie que le jeune homme n'y prit point garde. Or, Emilienne devait partager cette même joie, être en proie à la même fièvre, car elle, qui avait recommandé tant de prudence, laissa les choses en l'état, sans se soucier que, du dehors, l'attention pouvait être éveillée, l'alarme donnée... et qu'un danger pouvait les surprendre...

» Il s'était muni d'une lanterne sourde.

» Il la fit jouer.

» Un peu de lumière lui montra Emilienne, pâle, avec des yeux qu'il ne lui connaissait pas.

» Il lui prit la main et il lui parut qu'il étreignait un morceau de glace.

— Qu'as-tu, chère Emilienne ?

— Ne fais pas attention... j'ai peur !

» Elle l'entraîna hors du bureau de Reiter. Ils s'arrêtèrent dans la salle voisine, coupée par un couloir avec
un guichet. Elle vint tomber défaillante, sur un canapé de
cuir marron, contre le coffre-fort. Et tout de suite, il se
mit à genoux pour lui parler de son amour... Déjà, il
avait oublié tout ce qu'il avait souffert en ces derniers
temps, l'abandon auquel il avait cru... son désespoir... Il
la voyait près de lui, il la serrait, inerte dans ses bras...
C'était elle ! Elle était revenue ! Il la retrouvait ! Il était
heureux...

» Quel temps se passa ainsi ?... Cinq minutes ?... Une
heure ?... Il ne le sut jamais...

» Il fut tiré de sa folie de bonheur par un cri étouffé
de la jeune fille.

— J'entends du bruit !... des bruits de pas... on vient de
ce côté !...

» Kordan écoute... C'est vrai... Des murmures, dans la
cour... Il semble que l'on s'appelle, à voix basse... que
l'on se concerte... Et Emilienne, la première, se souvient
de l'imprudence qu'ils ont commise :

— Nous avons laissé la fenêtre ouverte... Quelqu'un
l'aura remarqué.... Nous sommes perdus !

» Une angoisse étreignit Marcel. Il avait reconquis la
foi en cet amour. Il fallait sauver la jeune fille, malgré
tout... d'abord... Après quoi, il songeait à son propre
salut...

» Dans la cour, une voix se fit plus distincte :

— Veillez à toutes les issues. S'il y a là un voleur, il
ne nous échappera pas !

— Mon père ! !

» Il la sentit défaillante, terrifiée.

— Fuyez ! Laissez-moi ! vous pouvez regagner votre
appartement par la serre...

» Déjà elle est partie... Elle est partie, le laissant seul...
sans une parole, sans un baiser... et malgré l'horreur de
la situation où il se débat, il remarque que sa défaillance
n'a pas été bien longue et que c'est d'un pas sûr, rapide
et silencieux qu'elle vient de prendre la fuite.

» Donc, elle avait gardé tout son sang-froid ?...

» Fuir du même côté qu'Emilienne, il n'y faut pas songer. Il se trouverait par là, dans l'intérieur du château où il lui serait plus impossible encore d'expliquer sa présence.

» Il se rapproche de la fenêtre ouverte... il prête l'oreille.

» On ouvre la porte des bureaux qui donne sur la cour... il entend le grincement de la clef dans la serrure... Dans une minute, les bureaux seront envahis... Il sera pris... Le danger est atroce... Le pauvre garçon sent la folie battre à son cerveau... Il penche la tête hors de la persienne et s'imagine que la cour est déserte.... C'est par là qu'est le salut... Il saute et s'enfuit à toutes jambes, comptant sur la nuit pour le protéger...

» Il se heurte à la margelle du puits, et il n'a pas fait cinquante pas que des bras l'enserrent... qu'il est réduit à l'impuissance...

» Des gens s'approchent, portant des lanternes...

» On le reconnaît et son nom vole de bouche en bouche :

— Marcel Kordan, le contremaître ! !

» Pendant que la voix âpre et mordante de Reiter ajoute :

— Hé, mon garçon, je ne comptais pas vous rencontrer ici cette nuit ! !

» Il ne répond rien.

» Il se sent perdu.

» Pas un moment ne lui vient la pensée qu'il est le jouet d'une comédie infâme, de toute une intrigue savante, longuement préparée. Il a foi en Emilienne, ne songe qu'à elle. Peu importe ce qui lui arrivera, puisqu'il a retrouvé, ardente et passionnée, sa maîtresse ! !...

» On le transporte dans les bureaux. Il se laisse faire, n'oppose aucune résistance

» Il est anéanti...

» Son premier regard est pour s'assurer qu'elle n'est pas là... qu'on ne l'a pas vue... qu'on ne l'a pas obligée à revenir.... Donc, elle a réussi à s'échapper... Elle est hors de danger, hors de soupçon... Il respire... Le reste n'est rien... De quoi pourrait-on l'accuser ? On sait bien qu'il n'est pas un voleur ? Oui, mais sa présence, la nuit, dans les bureaux... après l'escalade de la fenêtre, une lanterne sourde en mains... Quelles raisons va-t-il donner ?... Car Emilienne doit être hors de cause... Il ne la sacrifiera pour rien au monde...

» Un long frisson d'horreur l'agite...

» Il entrevoit l'abîme....

» Trois ou quatre ouvriers de l'usine sont là qui le regardent avec stupeur. Ils n'osent en croire leurs yeux... Et dans leurs yeux, Kordan, lit clairement l'odieux, l'abominable doute.

» Il a un grand cri d'effroi et d'indignation :

— Je ne suis pas un voleur !

» Alors, Reiter, froidement, réplique :

— Personne ne vous accuse encore... Mais si vous n'êtes pas venu ici pour voler la caisse, dites-nous, du moins, ce que vous y êtes venu faire...

» Le malheureux se débat dans un cercle infernal... Pas d'issue, que le crime de dire :

— Je suis l'amant de votre fille !

» Mais s'il dit cela, il se déshonorera... Il encourt le mépris, le dégoût d'Emilienne.

» Et ce dégoût n'amènera-t-il pas la jeune fille à dire, à son tour :

— Cet homme est un imposteur et un lâche !

» Perdu ! oui, perdu ! De toutes parts, c'est bien l'abîme !!

» Les gens ont allumé des lampes. On y voit maintenant, comme en plein jour. Et deux d'entre eux, sur l'ordre de Reiter, visitent, pour s'assurer qu'aucun vol n'a été commis, les meubles, les secrétaires, le coffre-fort....

» D'abord, on ne découvre d'indices nulle part.

» Mais, devant le coffre-fort, une exclamation :

— On a dû essayer de l'ouvrir... il y a des traces, des éraflures visibles.

» Reiter s'approche, regarde à son tour, revient à Kordan :

— Malheureux !

» Celui-ci comprend à peine ce qui se passe... Son

regard loyal, désespéré, se relève sur son patron... Et celui-ci ne peut réprimer un moment de trouble.

— Quoi donc ? fait le pauvre garçon.

Reiter s'est ressaisi.

— Que veniez-vous faire ici ?

— Je ne peux ni ne veux vous le dire ?...

— Moi, je vous le dirai... vous vouliez voler la caisse dans laquelle vous saviez parfaitement qu'il y avait près de deux cent mille marks, de nos rentrées récentes.... Il est inutile de nier... Le coffre-fort vous accuse... vous êtes un voleur...

» Kordan fait un signe négatif. Il n'a plus la force de répondre. Que dire ?

— Oui, votre silence est un aveu et votre aveu, seul, peut vous mériter ma pitié...

» D'un geste, Reiter écarte les ouvriers qui s'éloignent.

— Restez deux ici... et deux au-dehors... dans la crainte qu'il ne tente de s'échapper... Mais ne rentrez que si je vous appelle....

» Quand il est seul avec Kordan :

— Oui, j'aurai pitié de vous, à cause de vos services passés... Je ne tiens pas à ce que cette triste affaire s'ébruite... Je vous laisse la vie et la liberté, mais j'ai le droit de disposer de l'une et de l'autre... Vous quitterez ce pays... vous quitterez l'Allemagne et vous n'y reparaîtrez jamais plus... Vous partirez pour notre colonie du Cameroun, où vous pourrez vous faire oublier et vous refaire une existence de probité, si vous avez quelque remords.... car je veux croire que vous n'êtes pas gangrené jusqu'à la moelle et que l'acte criminel de cette nuit vous a été inspiré dans une heure de folie... peut-être d'ivresse.. Vous m'écouter ?

— Oui... je ne suis pas un voleur....

— Le hasard seul a fait que vous n'avez pas eu le temps de le devenir... Tels sont mes ordres... Obéirez-vous ?... Si vous n'obéissez pas, je vous avertis que vous ne sortirez d'ici, que pour être livré aux tribunaux...

— Mais je ne suis pas un voleur ! bégaya le malheureux.

— Je vous donne cinq minutes pour prendre une décision.

» Kordan eut un geste de désespoir.

— J'accepte, dit-il sourdement... mais si le hasard voulait qu'un jour je puisse me disculper de cette accusation qui me déshonore...

— Ce jour-là, vous reprendriez votre place parmi nous.

— Ne me laisserez-vous pas quelques jours de répit, avant le départ que vous m'ordonnez, afin que je vous prouve mon innocence ? Aujourd'hui, je ne peux vous crier qu'une chose, c'est que je ne suis pas un voleur... Demain, qui sait si vous n'entendrez pas un autre cri, en ma faveur, auquel vous serez obligé de croire ?...

— Si vous avez une preuve, parlez tout de suite...

— Je n'en ai pas.

— Tant pis pour vous.. Dans deux jours, je veux que vous soyez embarqué pour le sud-ouest africain.

— Vous tenez donc bien à vous débarrasser de moi ! fit-il soudain.

— Un reste de pitié... Oui ou non, décidez !

— C'est oui !

— Bon, asseyez-vous à cette table, et écrivez sous ma dictée.

» Il obéit docilement, sous la main de la fatalité. Le gouffre l'attirait, le roulait.

» Reiter lui dicta le récit de la scène du flagrant délit. Kordan reconnaissait avoir été surpris, la nuit, après escalade, près du coffre-fort. Mais il refusa d'avouer qu'il était venu pour voler. Reiter, finalement, passa outre. La reconnaissance toute simple du fait, en lui, suffisait pour prouver la tentative de vol... pour enchaîner à jamais dans son esclavage Marcel Kordan...

» Il signa...

» Reiter fit rentrer les ouvriers qui signèrent, eux aussi, en témoignage de la vérité.

» Ce fut alors que Reiter dit :

— Avez-vous bien cherché ? Comment se fait-il qu'on ne retrouve nulle part les instruments dont cet homme s'est servi ?

— Faut croire qu'en fuyant il les aura jetés dans le puits, fit l'un

— Je ferai sonder le puits.

» Kordan haussa les épaules :

— Epargnez-vous cette peine.. Vous ne trouverez rien...

» Après quoi, il partit, en liberté, mais ivre et chancelant sur ses jambes, se demandant s'il ne venait pas de faire un mauvais rêve... Il pleurait toujours, et il restait insensibles aux averses froides... Il se coucha le long d'une haie, grelottant la fièvre.... les yeux attentifs à tout ce qui pouvait se passer au château... Il espérait on ne sait quel moyen de salut, quelles choses insensées et impossibles, comme l'apparition soudaine de sa maîtresse... qui accourait lui dire : « Je t'aime et je ne veux pas que l'on te prenne pour un voleur !...

» Mais Emilienne n'apparut point...

» Toute la nuit, toute la matinée du lendemain, il attendit en une détresse mortelle.

— Elle viendra... elle m'écrira...

» Emilienne ne vint pas et n'écrivit pas...

» Il était si confiant qu'il se disait encore :

— Elle n'a pas pu, et elle doit être torturée autant que moi !...

» Et il quitta la fabrique sans avoir revu la jeune fille...

....

— Prenez-vous intérêt à cette lecture ? interrogeait le grand-père ?

— Comme à un roman !...

— C'est un roman vécu...

Tout le temps que le vieillard lisait, Elise se posa la même question :

— Comment cet homme a-t-il été mis au courant de cette histoire ?

Ces détails publiés dans le journal de Metz, c'était le scandale affreux, inévitable, car la vérité serait vite connue... sous le voile léger qui la recouvrait encore... Puis, les ouvriers parleraient, qui avaient prêté leur aide à Reiter, pendant la nuit où Kordan avait été pris... Ensuite, sous ce nom de Reiter, qui ne devinerait Fischer ?... Sous celui d'Emilienne, Elise !... Sous celui du contremaître Marcel Kordan, celui, transparent, que personne n'avait oublié, de Michaël Klées ?...

....

— Puisque cela vous intéresse, je poursuis la lecture de ce roman, fit le vieux qui avait eu le temps de bourrer une troisième fois sa pipe et de l'allumer.

« Lorsque Kordan fut loin, un peu de calme revint dans son esprit. Il repassa, un à un, avec plus de lucidité, les événements de la fatale nuit... Déjà il était en mer et voguait vers l'Afrique... A sa femme, il avait expliqué, vaille que vaille, sa brusque résolution... Elle le rejoindrait plus tard... Mais il pensait, maintenant, combien avait été étrange ce rendez-vous donné par Emilienne dans les bureaux de la fabrique... Et la coïncidence de la fenêtre ouverte, de la fuite si aisée de la jeune fille par la serre, de l'arrivée de Reiter, avec des ouvriers, sous la pluie battante, comme si tout le monde se fût douté qu'il y aurait, eu cette nuit, un attentat, et comme si toutes les circonstances en avaient été minutieusement prévues... que dis-je !... réglées peut-être ! !...

» Quand il eut ce soupçon, Marcel Kordan pensa devenir fou...

» Mais quelles preuves ? Et n'était-ce pas plutôt folie que d'imaginer pareille infamie...

— Elle m'écrira, dans mon exil... elle me consolera.... elle m'attendra...

» Il était à peine installé, dans une station du Cameroun, centre de commerce du caoutchouc de toute la région, et il se préparait à suivre une expédition dirigée vers l'intérieur, lorsqu'une lettre de Lorraine lui arriva bien, en effet, par le premier courrier d'Europe. Mais elle n'était pas d'Emilienne...

» Il reconnut l'écriture de Reiter et il la décacheta en tremblant :

— J'ai fait sonder le puits de la fabrique et nous avons
» fini par découvrir tout un attirail d'outils perfectionnés,
» destinés au percement de mon coffre-fort, que vous y
» aviez jetés certaine nuit... C'est une nouvelle preuve
» contre vous dont je n'avais nul besoin... Et je ne me
» servirai ni de celle-là ni des autres, tant que vous reste-
» rez vous-même fidèle à l'engagement que vous avez
» pris... »

» Or, cette lettre fut une imprudence grave. Qui veut

trop prouver ne prouve rien, dit un proverbe. Brusquement, les yeux du pauvre exilé s'ouvrirent à la vérité. Elle lui apparut dans tout son éclat, dans toute son horreur...

» Il avait été le jouet d'une comédie infâme.

» Et Emilienne avait été complice de l'infamie...

» Alors, tout, il comprit tout...

» Il eut un accès de folie furieuse. On dut le surveiller, l'attacher dans son lit. Quand il reprit sa raison, il se vit si faible qu'il sentit qu'il allait mourir, et il recueillit ses dernières forces, car il ne voulait pas mourir sans vengeance...

» Tous les détails que l'on vient de lire, il les écrivit à sa femme... Avouant sa faute d'amour commise, et implorant son pardon....

» L'aveu de tout ce qu'il avait souffert se terminait par ce terrible doute :

» Emilienne est enceinte... J'ai peur de tout, pour mon enfant ! »

. . . .

Le vieillard regarda Elise. Sur sa chaise en face de lui, dans la pâle et incertaine lueur de la bougie qui était près de s'éteindre, la jeune fille avait les yeux fermés. On eût dit qu'elle s'était laissée aller au sommeil, sous le débit monotone de cette lecture...

Le silence parut la réveiller. Ses yeux s'ouvrirent. Ils étaient fous de terreur...

La fin du récit, elle l'entrevoyait.

Elle se voyait enlever la possibilité même d'espérer...

Sa respiration était oppressée, râlante, et ses mains se portaient fréquemment à son corsage et à sa gorge, comme pour aider son souffle rauque...

— Vous souffrez ? dit-il... Désirez-vous que je vous laisse reposer un peu ?

— Non, allez jusqu'au bout, puisque vous êtes sans pitié....

— Vous êtes-vous reconnue en cette Emilienne sans amour et sans cœur ?

— Je ne reconnais rien.

— Vous n'avouez **pas** ?

— Jamais, jamais vous n'obtiendrez de moi un aveu...

Le père Sauvageot sourit, branla sa vieille tête ridée et chauve :

— Je suis certain du contraire... Vous avouerez tout à l'heure !...

Les lèvres de la jeune fille, en une contraction bizarre, se pincèrent, s'amincirent, disparurent, serrées par les dents, comme si elle avait voulu, de la sorte, échapper, par un effort tout physique, à l'aveu dont il la menaçait...

— Je demanderai encore quelques minutes à votre patience, dit-il... Je n'ai plus que quelques pages... Je suis assuré de leur succès auprès de vous... Mais nous allons tomber dans l'obscurité... Permettez que je remplace cette bougie...

Il le fit, se rassit.

Cette fois, il posa sa pipe sur la table, sans la bourrer...

Et reprenant la page interrompue :

. . . .

« Ainsi, Kordan prévoyait un crime de la mère... Nous allons voir s'il avait tort...

» On eût dit qu'il avait attendu l'envoi de sa lettre et que, la lettre partie, ses dernières forces allaient l'abandonner. Il mourut le lendemain.

» Mais son aveu ne devait pas être perdu.

» La femme de Kordan était originaire de Lorraine... Elle y avait des amis, des protecteurs.... Ce fut à eux qu'elle se confia et qu'elle vint demander secours... Elle fut aidée... Elle ne connut point la misère... et elle vit toujours... Elle ne voulut pas garder pour elle le secret de son mari ; et la lettre accusatrice fut remise à un vieillard bien près de la tombe, afin que, seul, dans sa conscience, il eût à juger ce qui devait être fait.

» Le vieillard attendit. C'était une arme qu'on lui livrait, mais il ne s'en servirait que s'il y était contraint... Très près de la mort, vivant loin de la vie, solitaire et triste, il eût préféré ne pas être pris pour confident de tant de méchanceté... De tout ce qu'il apprit et lut, de la funèbre histoire de l'amour de Marcel Kordan, il ne retint qu'un détail, qu'une terreur exprimée en un dernier cri par le moribond....

» — J'ai peur de tout pour mon enfant !

» Dès lors, Emilienne, sans qu'elle le soupçonnât, vécut sous des yeux attentifs qui ne perdirent plus rien de ses actes... Ses actes étaient prévus avant même qu'ils fussent accomplis... Ses pensées, on les devinait... Elle ne se douta jamais de rien... Une femme attachée à son service, intelligente, dévouée au vieillard, veillait sans cesse...

» Par elle, il sut tout à coup qu'Emilienne se préparait à partir, pour un long voyage, nécessité, disait-on, par sa santé qui donnait des inquiétudes.

» Le vieillard comprit.

» Emilienne, arrivant aux derniers mois de sa grossesse, s'exilait pour cacher à tous sa maternité... et reviendrait d'exil, sans son enfant, pour reprendre auprès des siens, dans le monde, son visage de vierge aux yeux candides.

» Le destin se mit en travers de ce projet.

» La veille même de son départ, elle était prise de douleurs, prématurément, et dans l'impossibilité absolue d'être transportée hors du château, sans péril de mort.

» Aucun médecin ne fut appelé... On trouva des prétextes pour éloigner tous les gens du château... C'était la nuit... et ce fut une nuit de terreurs...

» Hors du château, le vieillard, seul en cette nuit, était debout...

» Il avait été averti, sans qu'il lui fût donné de certitude... Un doute horrible... Il était venu... et il attendait sans savoir quoi, espérant que son attente serait vaine.

» Elle ne le fut pas...

» Vers une heure du matin, dans les ténèbres, un homme sortit en se cachant, vêtu d'un long manteau flottant, et portant sous ce manteau un fardeau qu'on devinait, mais qui ne devait pas être bien lourd, car il ne ralentissait pas sa marche... Dans les champs, il prit sa course, courant droit vers la rivière....

» Le vieillard le suivit sans être aperçu...

» L'homme au manteau, c'était le père d'Emilienne, c'était Reiter...

» Quand il s'arrêta, sans souffle, contre le tronc d'un arbre mort, dans la prairie déserte d'où montaient des parfums d'absinthe et de menthe, le tourbillon de la Moselle était devant lui, et ce fut vers le tourbillon qu'il marcha, après avoir repris haleine...

» Le vieillard vit balancer un paquet blanc qui décrivit une courbe et s'enfonça.

» Et Reiter, en se cachant les yeux, avec des cris rauques, s'enfuit...

» Le vieillard resta...

. . . .

Le grand-père demanda à Elise, immobile et blême :

— Cette Émilienne commence-t-elle, enfin, à retenir votre intérêt ?

— Personnage de roman... et roman, que tout ceci ! dit-elle si bas, que le vieillard devina les paroles plutôt qu'il ne les entendit.

— Vous niez toujours ? fit le vieux avec une gravité douloureuse.

— Je n'en prendrai même pas la peine !

— Vous avouerez tout à l'heure... Je vous en préviens!...

— Non ! Je n'ai rien à avouer.... Je suis étrangère à votre récit....

— Vous avouerez, reprit-il presque avec solennité, ou bien, si vous n'avouez pas, c'est qu'il n'y aura jamais rien eu en vous ni de la femme, ni de la mère !...

Elle le regarda et se tut. Ses yeux étaient empreints de folie...

— Ecoutez donc !

. . . .

» Le vieillard était resté...

» En une seconde, il fut déshabillé et se jeta dans le courant...

» Et, une minute après, il était remonté sur la berge et il portait, à son tour, dans ses bras, le fardeau dont l'autre s'était débarrassé...

» Comme il l'avait bien compris, c'était un pauvre enfant nouveau-né....

» Un enfant venu avant terme, c'est vrai.

» Un enfant qui était mort...

» Mais un enfant qui pouvait vivre !...

» Un enfant qui avait vécu !...

....

Un cri affreux, un hurlement plutôt, lamentable, terrible, où passent des douleurs, des remords enfin, des épouvantes, a interrrompu la lecture et fait bondir le vieillard sur sa chaise...

— Vous mentez ! vous mentez !... L'enfant était mort !... L'enfant n'avait pas vécu !...

Le grand-père a fermé son cahier.

Il ne songe pas à triompher.

Il est triste.

Il se contente de dire :

— Vous avouez donc ?... Je vous l'avais prédit !

Alors elle s'écroule à genoux, avec des sanglots, éperdue, échevelée... Et il la laisse pleurer, parce que c'est le repentir qui vient dans cette âme rude...

Longtemps, longtemps, le silence entre eux, un silence tragique...

Elle est roulée à ses pieds, et pleure sourdement, la tête cachée dans ses bras.

Enfin, elle se relève...

Ce n'est plus la jolie Elise, aux yeux de douceur, au frais visage rose, au séduisant sourire... C'est une fille vieillie, fatiguée, torturée... c'est une fille aux abois... qui voit la mort et qui ne pense même plus à se défendre...

Le grand-père a réuni les feuilles éparses de son récit...

Il les approche de la flamme de la bougie...

Elles prennent feu... et il les y retient, tant qu'elles ne sont pas brûlées jusqu'au bout.

— Il est inutile que ce récit paraisse dans le journal auquel il était destiné... Vous pourrez donc mourir tranquille...

— Merci !...

Mais elle ne bouge pas... on dirait que c'est elle qui voudrait maintenant adresser au vieillard une question... une question terrible, sans doute, puisqu'elle n'ose...

Lui, devine, et il attend...

Très bas, et comme en agonie, elle balbutie :

— L'enfant !... qu'avez-vous fait de l'enfant ?...

— Quand je me fus assuré qu'il était mort... qu'il ne pouvait avoir vécu... je l'ai caché à mon tour sous mon

marteau, comme avait fait Fischer... et j'ai repris le chemin de Haute-Goulaine.... Cinq minutes après j'en sortais
avec une bêche... Une demi-heure après, j'entrais au cimetière de Villaville... Une heure après j'en sortais, sans
avoir été surpris, sans avoir, fait de fâcheuse rencontre...
J'ai enterré l'enfant...

Un sanglot, chez Elise...

— Je l'ai enterré tout en haut du cimetière, à l'angle
extrême du mur où se trouve le grand cyprès... Il n'y a
pas de place pour une autre tombe et il est impossible
qu'on vienne y remuer la terre... J'eus soin de reposer
les gazons par dessus et le fossoyeur ne s'est jamais douté
que j'avais fait son office...

— Je vois, je vois !... bégayait-elle, haletante.

— Vous verrez la place d'autant mieux que quelque
temps après, j'ai planté un églantier... personne n'y a
pris garde... L'églantier a poussé... On le laissa... Ne
donnait-il pas des fleurs, en ce coin du champ funèbre ?...
Puis, un jour, je dis au fossoyeur : « Pourquoi ne le
greffez-vous pas ? Il vous donnerait des roses. » L'homme
se mit à rire et répliqua : « Greffez-le vous-même ! » Ce
que je fis... Et l'églantier a donné des roses...

Le vieillard alla chercher, au fond de la chambre obscure, un petit vase très simple, en porcelaine, dans lequel
il y avait cinq ou six roses communes... .

— Voici des fleurs cueillies par moi sur la terre qui re-
couvre le corps de l'enfant.

Elle se jeta sur la main du vieillard.

Elle arracha les fleurs, les porta à ses lèvres et les baisa
avec délire...

— Pauvre petit ! Pauvre petit !...

— Bon ! Bon ! fit-il... Pourquoi votre repentir est-il
venu si tard ?... Je n'ai plus rien à vous dire maintenant...
J'ai confiance que vous ne me tromperez plus... Allez, mademoiselle Elise, je vous laisse libre de faire ce que vous
voudrez...

Et il ajouta, hochant le front :

— Je ne recommencerai pas à écrire le récit que je
viens de brûler devant vous... Contre vous, je ne tenterai
plus rien... j'ai vu des larmes sincères briller dans vos

yeux, des sanglots de vraie et pure souffrance tordre vos lèvres... Ces larmes et ces sanglots m'ont désarmé...

— Alors... j'aurais votre pardon ?

Il secoua la tête :

— Vous pardonner, cela ne se peut... Vous avez causé des maux irréparables...

— C'est bien, dit-elle... j'ai compris... Adieu !

— Adieu !

Elle sortit lentement, sans même songer à rabattre le capuchon qui lui avait servi à se cacher la figure lorsqu'elle était venue... Il entendit son pas léger dans les broussailles... Elle s'arrêtait parfois... pour respirer... car les battements de son cœur la suffoquaient... Puis, il n'entendit plus rien...

Alors, le vieillard passa lentement la main sur son front. Son regard exprima un peu de tristesse, mais il ne se demanda pas s'il avait eu raison de rester jusqu'au bout impitoyable... Il savait qu'il n'avait été que juste...

Puis, Elise était partie libre... Elle pouvait, créature avilie, profiter pour vivre de la suprême pitié du vieillard... Elle pouvait, en mourant, prouver son repentir.

Voilà pourquoi ces mots tombèrent dans le silence profond du moulin :

— Que va-t-elle faire ?

La nuit était près de sa fin. Des lueurs grises flottaient au ciel. Une buée se formait sur le petit ruisseau et déjà, sous les feuilles, des ailes remuaient... et des petits gosiers s'essayaient à saluer l'aurore.

Quand elle fut hors du bois, la jeune fille ne prit point le chemin de Montecreux. Elle se dirigea droit vers Villaville, traversa le village en toute hâte ; car, bientôt, l'activité allait renaître dans les fermes et des yeux curieux pourraient la voir....

De l'autre côté du village, elle monta droit au cimetière...

Elle n'hésita pas.

C'était là-bas, dans l'angle du mur, tout en haut, que le vieillard avait dit...

Il ne l'avait pas trompée...

Un rosier y fleurissait et, en avance sur les autres, bien qu'on ne fût qu'au début du printemps, il était fleuri....

Elle s'agenouilla....

Elle ne pleurait pas...

Elle n'avait pas peur d'être surprise...

Elle souffrait... et rien n'existait plus, en dehors de sa souffrance, ni espoir d'être encore heureuse, ni même espoir de ne plus souffrir...

C'était la souffrance infinie, que les années qui s'écouleraient n'adouciraient plus, puisque c'était la souffrance avec le remords....

Là, sous elle, oh ! pas très profond dans la terre, reposait l'enfant, son enfant !

Elle appuya ses mains jointes dans l'herbe mouillée par la rosée :

Et elle murmura :

— Oh ! petit ! petit ! tu n'avais pas vécu !

Puis, fiévreusement, elle arrache au rosier toutes ses roses, celles qui étaient fleuries et celles qui étaient en boutons...

Elle les respire...

Elle les embrasse avec folie...

Après quoi, elle les attache à son corsage...

Et elle retraverse le cimetière...

Ce n'est pas encore le chemin de Montecreux qu'elle va prendre...

L'aurore apparaît, mais un fort brouillard flotte, au ras des champs, enveloppe la campagne comme d'un suaire... Ce brouillard protège Elise... Elle y passe en fantôme invisible... Le village qui s'éveille ne l'a pas vue... Quelques chiens seulement ont aboyé plus fort lorsqu'elle est passée devant les fermes...

Par les prairies, elle descend vers la rivière...

Là, le brouillard est plus épais... elle frôle, presque sans les voir, des arbres et des haies, sur lequels des oiseaux étonnés et craintifs poussent de petits cris... Elle les toucherait de la main, tant ils sont près... si elle les apercevait... elle flotte en cette brume, comme si elle roulait dans le fond des flots... déjà...

Car voilà ce qu'elle veut, et à quoi elle pense...

Ce brouillard lui donne un avant-goût de la mort qu'elle vient chercher là...

Elle arrive au bord de la Moselle, sans presque s'en douter... et ses pas l'ont conduite, instinctivement, à l'endroit sinistre qui hante ses nuits et les peuple de cauchemars.

A l'arbre mort du Tourbillon.

Déjà elle ne vit plus... elle roule dans le néant... et c'est dans le néant qu'elle écoute, pour la dernière fois, les paroles mystérieuses qui l'ont tant torturée, mais auxquelles, tout à l'heure, elle échappera... « Quels soins comptez-vous donner, pour le faire revivre, à l'arbre mort du Tourbillon de la Moselle ? » Et celle-ci : « Rien ne peut faire revivre l'arbre mort, dont les racines se pourrissent au courant profond de la rivière... »

Elle se redit tout haut :

— Il n'avait pas vécu ! Il n'avait pas vécu ! !

Elle se laisse glisser dans l'herbe du talus...

Et l'herbe la dépose doucement sur l'eau qui s'entr'ouvre et l'engloutit...

Son corps fut retrouvé dans la matinée par des mariniers qui le virent flotter, entraîné par les eaux...

Sans doute qu'elle n'avait voulu faire aucun effort pour remonter à la surface et se sauver, même dans les dernières affres de l'agonie, car on remarqua qu'elle étreignait à pleines mains un bouquet de roses attaché à son corsage...

Cette mort resta mystérieuse et rien ne transpira du scandale redouté.

Le soir, quand il l'apprit par la rumeur publique, le grand-père partit sur-le-champ pour Nancy.

Et le lendemain matin, à la première heure, il demandait à être entendu par le juge d'instruction.

IV

LA MORT DE LILIENTHAL

Et voici ce que le juge entendit, raconté par le vieillard :

Le soir de la réception de l'empereur Guillaume à

Haute-Goulaine, réception à laquelle le vieux avait voulu rester étranger, il était sorti vers dix heures pour fumer sa pipe dans le verger, car, à cause du bruit, de l'orchestre, des éclats de voix, des chants patriotiques et des feux d'artifice, il ne pouvait dormir...

Dans le verger, il avait aperçu devant lui, se dérobant comme lui-même à la fête, un homme et une femme, Elise et le capitaine Lilienthal.

Pourquoi les avait-il suivis, lui qui s'était détaché, égoïstement, de tout ce qui se passait à Haute-Goulaine ?

C'est parce qu'il avait entendu la femme prononcer un nom, et ce nom l'avait retenu, attiré sur leurs pas, avait fait de lui un espion voulant savoir...

Ce nom était celui de Josette.

Penché au ras du mur, invisible dans les ténèbres, non loin du kiosque qui surplombe la route, il avait surpris l'entretien qui eut lieu entre l'officier et la jeune fille.

Et quand il eut deviné de quoi il s'agissait, l'effroyable lâcheté commise dans la carrière abandonnée, inspirée par la femme, il s'était senti mourir...

Avait-il si longtemps vécu pour assister à pareille infamie ?

Sous l'apparence glacée d'indifférence méprisante dont il avait composé son visage, sous la froideur avec laquelle il traitait les siens, malgré l'absolue solitude et le silence où il avait voulu vivre ses dernières années de vieillesse, il avait gardé un cœur chaud, l'affection violente pour ceux qu'il aimait...

Sa froideur était un masque...

Il vibrait à toutes les douleurs qu'on lui faisait connaître et son âme était en une fièvre perpétuelle.

Il méprisait Joseph le Dur...

Il aimait Clément, son préféré...

Mais ceux qu'il adorait par-dessus tout au monde, c'était la pauvre malade, souffreteuse et douce, la mère de Renaud...

C'était Renaud...

C'était Josette aussi, Josette surtout, Josette par-dessus tous les autres.

Alors, lorsqu'il eut entendu, compris les âpres paroles

échangées entre l'homme et la jeune fille, l'ironie cruelle de l'une, les remords, les outrages et la détresse de l'autre qui s'était déshonoré, il fut comme fou !...

Il erra dans la nuit, loin des bruits de cette fête qui l'horrifiaient...

Il ne retrouva un peu de calme que lorsqu'ils ne parvinrent plus jusqu'à lui...

Ce fut pendant cette course de folie et de délire que Renaud, sur les bords de la Moselle, aperçut la haute silhouette du vieillard, les bras levés vers les étoiles en un reproche et en anathème, et clamant dans la nuit :

— Josette ! ma pauvre Josette !...

Il n'avait pas aperçu Renaud... Le hasard, l'instinct, l'avait ramené vers la route que la frontière traversait.

Le clocher de Thiancourt et le clocher de Villaville se renvoyaient, à tour de rôle, les quarts, les demies et les heures, il ne les entendait pas. .

Les bras vers le ciel et parfois les poings fermés en un accès de rage, il clamait sans cesse, douloureusement :

— Josette ! ma pauvre Josette ! !

Et ce fut ainsi que tout à coup, sur la route, que la lune à présent éclairait de sa froide lumière, il aperçut un homme, arrêté et pensif.

Il reconnut que cet homme était un officier allemand... venu sans doute de la fête de Haute-Goulaine et qui avait franchi la frontière par mégarde.

Et s'étant approché encore, il reconnut l'officier...

C'était Lilienthal...

Lilienthal était si absorbé qu'il n'entendit pas le vieillard.

Et il tressaillit violemment lorsqu'il sentit une main qui se posait sur son bras...

Il se retourna, et porta la main à la poignée de son sabre, d'un geste machinal, croyant à quelque aventure...

— Que voulez-vous ?

— Je ne voulais rien et je jure que je ne vous cherchais pas... mais il faut bien croire que Dieu existe puisqu'il vient de permettre que je vous rencontre...

— Qui êtes-vous ?

— C'est vrai... Vous ne me reconnaissez pas... Moi, par malheur, je vous connais...

L'officier tira à demi son sabre.

Il se recula d'un pas pour se mettre, à tout hasard, sur la défensive.

Et il redemanda, la voix sèche, autoritaire :

— Qui êtes-vous ?

— Je pourrais vous répondre que vous n'avez aucun droit pour m'interroger... Vous êtes en France... et l'uniforme allemand n'y est pas très aimé...

L'officier tira son sabre tout à fait.

— Pour la dernière fois qui êtes-vous ?...

— Je suis le père de Joseph et de Clément Sauvageot...

L'officier parut se rassurer.

Mais le vieillard ajoutait sourdement :

— Je suis le grand-père de Josette...

Lilienthal, à ce simple mot, eût reçu un coup en plein cœur, qu'il n'eût pas tremblé davantage... Il fléchit un instant sur les jarrets... un rauque soupir s'échappa de sa poitrine... Puis, il se raidit, essaya de reprendre une allure insouciante :

— Le grand-père de... ah ! très bien !... Tous mes compliments... elle est charmante !

— Misérable !

Un sursaut chez Lilienthal. Il n'a pas le temps de réfléchir... Le vieillard lui a saisi les poignets... Il veut se dégager... ses mains sont broyées par des doigts d'une force extraordinaire, et des yeux emplis de flammes plongent jusqu'au fond des yeux de l'officier un regard funèbre, un regard de mort... La main tordue laisse tomber le sabre sur un tas de pierres...

— Je jure encore que je ne vous cherchais pas... Mais, vous l'avez entendu, je suis le grand-père de Josette... je connais votre crime... et vous allez mourir...

Il lâcha les mains de Lilienthal, mais il avait mis le pied sur la lame du sabre pour empêcher l'officier d'y toucher.

— Soyez sans crainte... je vous rendrai votre arme tout à l'heure.

— Que parlez-vous de crime ? dit-il avec hauteur, se débattant contre un effroi.

— J'ai entendu votre entretien avec Elise... et j'en ai

deviné le sens... oh ! je ne voulais pas deviner... je ne
pouvais pas... tant d'horreur m'épouvantait... mais c'était
si clair, les paroles que vous échangiez, si claires, ses
allusions, à elles, si claires vos réponses, qu'il m'a bien
fallu me rendre à l'évidence...

Il essaya de nier et ricana :

— Vous avez mal entendu, mon bonhomme...

— Oui, j'ai mal entendu... oh ! que je le voudrais ! !...
j'ai mal entendu, dites-le-moi, jurez-le-moi... par pitié !...
si vous tenez à enlever de mon cerveau la plus effroyable
des détresses et si vous ne voulez pas faire de ma vieillesse
quelque chose de lamentable... Ai-je donc mal entendu,
est-il vrai ? lorsque vous avez avoué à cette fille dont
l'ironique et cruel sourire vous bravait et méprisait vos
remords, lorsque vous avez avoué que vous aviez été
lâche et infâme ?... et que vous aviez peur qu'on ne lût
votre crime dans votre regard ?... lorsque vous avez dit
à cette fille qui vous avait amené, par son artifice et sa tentation, jusqu'au bord du crime, qu'elle était plus lâche
encore et plus infâme que vous ?

— Taisez-vous, dit Lilienthal sourdement.

— Ai-je donc mal compris ? Ai-je donc mal entendu,
lorsque vous rappelliez la scène terrible... et quand vous
échappaient, à vous-même, des cris de compassion pour
la pauvre enfant qui avait été votre victime ?... qui avait
imploré... qui s'était traînée à genoux... si belle dans ses
larmes, disiez-vous ; si belle dans ses terreurs ? Ai-je donc
mal entendu ces paroles de vous, Lilienthal : « J'ai commis ce crime odieux et il ne s'est trouvé personne pour
accourir à son aide, pour venir à moi et me souffleter
comme je le méritais !... Si celui-là, quel qu'il fût, était
survenu pour cet outrage, il me semble à présent que je
me serais courbé, sans révolte, sous le soufflet et que,
peut-être, j'aurais demandé pardon !... »

L'officier se tenait très droit, raide, en son attitude accoutumée...

Seulement, il avait les yeux fermés et sa pâleur était
extrême.

— Ai-je mal entendu ?

— Non, fit-il, la voix changée, lassée...

— Ce sont bien là vos paroles ?

— Oui.

— Le crime, vous l'avez commis ?

— Oui....

— Et vous avez dit encore : « Que faire pour racheter, expier, ne plus penser ? »... Et de votre loyauté ancienne, de votre pitié d'amour, un grand cri est monté : « Je suis condamné à ne pas oublier !... Une petite Française innocente a été victime... et je n'ai plus d'honneur ! ! »

— Oui, j'ai dit cela !...

— Alors, fit le vieillard, voici l'expiation !

Il recula d'un pas !... Et sa main vengeresse s'abattit sur le visage de l'homme...

Celui-ci eut un cri étouffé... chancela... Fut-ce un cri ?... fut-ce un sanglot ?...

Et à ce cri avait répondu, sur la route, à quelque distance, une exclamation à laquelle ni le grand-père ni l'officier ne prirent garde.

C'était Pervenche qui avait vu...

Pervenche qui avait dit, en abandonnant Line et en se mettant à courir :

— Oh! mon bon Dieu de bon Dieu, ayez pitié de nous!...

Le noué avait vu l'outrage, il avait reconnu le grand-père... et il s'était dit :

— L'autre va le tuer !

Et il courait au secours du vieillard.

Lilienthal venait de se jeter comme un fou sur son sabre que le pied de Sauvageot avait abandonné !...

Et il le brandissait, en un geste terrible, au-dessus de la vieille tête, ridée et chauve...

Le grand-père ne fit pas un mouvement pour échapper à la mort...

Et l'arme ne frappa point...

Elle s'abaissa lentement...

Un rauque sanglot sortit de nouveau de la poitrine de cet homme qui souffrait.

Il répéta, tout bas :

— Une petite Française innocente a été victime... et je n'ai plus d'honneur ! !

Puis, ce fut rapide comme la foudre...

L'officier a retourné l'arme contre lui-même...

Il a appuyé la poignée du sabre contre le tas de cailloux...

Il maintient d'une main la pointe dirigée contre sa poitrine, et il se laisse tomber, il se précipite dessus avec une sorte de sauvagerie...

La moitié de la lame ressort par son dos...

Il roule sur les pierres... il râle... il se meurt...

Et le grand-père n'a pas pu retenir une exclamation de pitié et d'horreur.

Celui-là a mieux aimé mourir que vivre dans le souvenir d'une honte...

Il a racheté son crime...

Mais le grand-père tressaille... Quelqu'un vient de murmurer derrière lui :

— Bon Dieu de bon Dieu !

C'est Pervenche... et les deux hommes se regardent longuement, très troublés.

Après quoi, le vieillard lève le doigt vers le jeune paysan et ordonne à voix basse :

— Tu te tairas !

— Oui...

Il s'éloigne dans la nuit et regagne Haute-Goulaine.

Pervenche, penché sur l'officier, le soulève... La tête ballotte sur les épaules... C'est fini... Et le simple ne s'aperçoit pas qu'un flot de sang vient de s'épancher sur lui... Il repose l'homme au bord du fossé et revient vers Line, en détresse sur la route...

Ce fut tout...

Le berger Blanquin, le lendemain à l'aube, trouvait le cadavre dans sa mare rouge...

. . . .

Le juge n'avait plus qu'à interroger Pervenche.

Celui-ci, confiant dans la parole, dans la promesse du vieux Sauvageot, prenait son mal en patience. Line était venue lui dire qu'il devait patienter une quinzaine de jours. Et c'est à peine si les quinze jours étaient écoulés.

En interrogeant Pervenche, M. de Saint-Cast contrôlerait le récit du grand-père, il le fallait, bien qu'il ne doutât point de la vérité.

Il le fit donc amener sur-le-champ.

Mais aux premiers mots, Pervenche répliqua avec rudesse :

— Je ne savions ren de ren... ren que ce que je vous ons dit...

Malgré tous ses efforts, malgré les pièges d'autant plus faciles à lui tendre que M. de Saint-Cast n'ignorait plus rien maintenant, Pervenche n'en voulut pas démordre et s'obstina dans le même entêtement.

Dès lors, il n'y avait plus qu'un moyen de le faire sortir de ce mutisme.

C'était le grand-père lui-même, qui lui avait ordonné de se taire, lui ordonnât de parler...

M. de Saint-Cast mit le grand-père en présence du jeune paysan.

— Lucas, je t'avais prié de garder le silence sur la mort de Lilienthal... et tu me l'avais promis... Je te délie de ta promesse... tu peux parler, dire au juge ce que tu sais sans rien omettre.

— Vous le commandez, monsieur Sauvageot ?

— Oui, Lucas, je te l'ordonne... sans réticence ni hésitation, raconte ce que tu as vu...

Le grand-père sortit, afin de ne point paraître influencer Pervenche par sa présence, par un geste, par un regard...

Ainsi le voulait le juge.

Et Pervenche, aussitôt, commença son récit.

Il ne pouvait qu'être en tous points conforme à celui du grand-père, pour toute la partie de la scène qu'il avait surprise, depuis son apparition sur la route.

Il y ajouta un détail sur lequel il avait jusqu'à présent gardé le secret.

Il raconta sa première rencontre avec l'officier, le jour où, dans le bois des Moines, en compagnie de Line, il avait sauvé Josette d'une première brutalité.

Et cette intervention expliquait la rancune de l'officier contre Pervenche... et ce qui s'était passé quelques jours après, à Metz, entre eux deux... de même que ce qui s'était passé pendant les préparatifs de la réception de l'empereur.

Ainsi, un à un, tous les voiles se déchiraient.

Le meurtre de Lilienthal n'était plus un mystère...

L'homme, dans son remords de la terrible faute commise, n'avait pas voulu survivre à son déshonneur... le poids de ce souvenir eût été trop lourd...

Le mystère, cependant, demeurait entier pour le public...

Les détails restèrent le secret de la justice, et ne furent connus que des rares personnes autour desquelles ce drame venait de se dénouer.

Quelques jour plus tard, après une longue prévention, Pervenche était libre.

M. de Saint-Cast avait rendu, en sa faveur, une ordonnance de non-lieu.

On était alors vers la fin de mai.

Deux mois après, Josette mettait au monde un fils.

C'était le 15 juillet, jour de la Saint-Henri.

L'enfant, fils de Lilienthal, s'appela Henri...

V

EN FORTERESSE

Renaud avait été condamné à quatre mois de forteresse. Les juges militaires avaient montré pour lui plus de sévérité que pour tout autre, car son affaire s'aggravait de sa résistance aux autorités allemandes.

Une première fois, sous un costume d'officier prussien, il avait mis toute la police de la frontière à ses trousses.

Une seconde fois, en sautant du haut du mur, au cimetière, il avait à demi assommé un gendarme.

Il n'en fallait pas davantage pour faire tripler la peine.

Ce fut en prison que des lettres l'avertirent du dénouement de l'enquête, en ce qui concernait Pervenche, car ce ne fut que beaucoup plus tard qu'il put connaître de quelle nature avait été l'intervention du grand-père.

Dans une de ces lettres, Pervenche lui faisait dire, par la plume de Josette :

« Puisque te voilà soldat chez eux, j'irai me rendre, moi,
» de mon côté, au recrutement, lorsque viendra le mo-
» ment où tu sortiras de prison... Je ne veux pas te quit-
» ter... Nous serons soldats ensemble, et malheureux en-
» semble si nous devons être malheureux... »

Lorsque Clément lui annonça la délivrance de Josette
il versa des larmes :

— Pauvre Josette !

Puis il tomba dans une rêverie dans laquelle il prévoyait
l'avenir.

Cet enfant qui venait de naître, ce fils de Lilienthal,
c'est lui, Renaud, qui avait pris l'engagement d'en être
le père... non seulement aux yeux de tous, publiquement,
puisqu'il avait réclamé cette paternité pour sauver Josette,
mais le père légal...

Quelle âme un jour allait-il trouver devant lui ?

Une âme allemande, contre laquelle se révolteraient tous
les instincts de sa race ?

Une âme française... qui finirait par conquérir Renaud
et Josette, pour avoir raison de leurs répugnances, même
de leur haine ?

· Douloureux problème, dont il éloigna la pensée, en se
disant tout haut :

— Plus tard ! Plus tard !... A chaque jour suffit sa
souffrance !...

Ce serait mal connaître Renaud que de s'imaginer qu'il
se laissait aller au découragement, depuis qu'il était
sous les verrous.

Jamais, au contraire, son énergie n'avait été plus
grande...

En prison, chose étrange et paradoxale, il se considérait comme presque libre, en comparaison de l'esclavage
qui l'attendait au régiment.

Et toute la force de son esprit se tendit vers un seul but :

S'enfuir !... Regagner la France, avant d'être soldat.

Il avait été interné à la prison militaire de Metz... Ah !
ce premier jour ! cette entrée ! la lourde porte se refer-
mant, et qui semblait quelque chose s'interposant entre
lui et la lumière du jour !... Un gros surveillant, au ventre
énorme, et qui, du reste, n'avait rien de menaçant sur son

visage rubicond de buveur entêté !... La traversée de la
cour... La montée de l'escalier des bureaux... Un autre
surveillant, puis l'administration... Les formalités de
l'écrou... Ensuite, l'équipement... costume de prison...
un bain... la tête et le visage rasés complètement... la
prise de possession de sa cellule, n° 102, troisième étage,
aile gauche C. H... Il était midi, l'heure des rations... Des
verrous qui se tirent... des portes qui s'ouvrent.. des cas-
serole qui s'entre-choquent... Un troisième surveillant qui
entre : « Votre écuelle... allons, oust ! » Un morceau de
pain, une écuelle de gruau d'orge, du fromage... c'est
tout !... Deux heures de repos... Apparition d'un surveillant chef, qui prévint Renaud de toutes les punitions et
châtiments corporels qu'il encourrait en cas de réponse
insolente, de refus de travail, de mutinerie, de tentative
d'évasion... Pour un rien, trente coups de fouet, même
cinquante... et des travaux supplémentaires. Visite d'un
aumônier, brave homme paternel, qui offrit des livres...
Le soir, à sept heures, soupe au riz et morceau de pain...
A huit heures, extinction des feux... Le lendemain, à
à cinq heures, la cloche sonnant le réveil... et tout de
suite la promenade réglementaire en tenue, veston, béret,
les prisonniers distants l'un de l'autre de six mètres,
entre les immenses murailles de la cour-jardin, badigon-
nées à la chaux, après quoi, rentrée en cellule... Il n'y
aurait pas, pour Renaud, de travail en commun... l'administration prussienne isole ses prisonniers, lorsque
ce ne sont point des récidivistes, et le jeune homme se
plaisait dans sa solitude... Il venait, en quelques semaines,
de traverser tant d'événements dramatiques qu'il avait
besoin d'y penser, de les revivre dans ses réflexions...
Puis certains voisinages lui eussent paru bien durs, insupportables...

Et les jours ressemblèrent aux jours... les écuellées de
rata, fait avec le gruau d'orge, variant avec la purée de
pois au lard... un litre de purée et deux cent cinquante
grammes de pain de seigle ; tout ce qui restait, tout ce
qu'il y avait de trop pour certains prisonniers était dis-
tribué, en rabiot, aux autres... qui le réclamaient...
« Nachtisch !... Wer noch will Klingeln !! »... Sonnez

ceux qui veulent du dessert !!... Variant avec les haricots réservés au dimanche, le riz étant pour le lundi... les pois au lard le mardi... le gruau le mercredi... Les derniers jours de la semaine étaient plus favorisés, le matin... Le jeudi, choucroute... le vendredi, poisson aux pommes de terre... le samedi, lentilles au lard... ou purée de pommes de terre... le tout avec la demi-livre de pain bis... Le soir, soupe au riz, le dimanche, soupe à la farine de froment ; le lundi, soupe aux pommes de terre ; le mardi, soupe à la farine de seigle ; le mercredi, soupe au pain ; le jeudi, soupe au riz ; le vendredi, pommes de terre au four, et hareng salé le samedi.

Renaud se hissa jusqu'à sa fenêtre en se servant de son lit de camp qu'il avait réussi à détacher de ses crampons... Les toits des maisons de la ville fuyaient au loin devant lui et il apercevait même, sous un rayon de soleil, les ondulations de la rivière... En bas, c'était la cour, martelée par le pas dur d'un factionnaire. le fusil à l'épaule... La fuite était impossible de ce côté-là... La guérite du soldat était juste sous sa fenêtre... L'homme faisait vingt pas à gauche, pivotait brusquement, mécanique vivante, et refaisait vingt pas à droite...

Et pourtant Renaud avait entendu parler d'évasions audacieuses...

Il était hardi. Pourquoi ne réussirait-il pas où d'autres avaient réussi ?

Quelques jours après, on le mettait dans sa cellule, à la fabrication des blouses et pantalons de treillis pour les soldats...

Ce fut là, au bout d'une quinzaine de jours, qu'il reçut les propositions, vagues et prudentes tout d'abord — l'homme ne voulant pas se livrer — et ensuite plus claires et plus précises, d'un contremaître de l'atelier, nommé Walter.

Pour cinq mille marks, payés après la réussite de l'évasion, le contremaître s'était engagé à favoriser la fuite de Renaud, selon un projet qu'il avait conçu, et qui, disait-il, avait déjà réussi avec deux prisonniers.

Renaud, sans défiance, accepta. Pourtant, la figure de l'homme ne lui avait pas plu, mais il le savait pauvre et chargé de famille, et l'appât d'une somme importante avait pu le tenter... Puis Renaud était décidé à tout tenter, non pour échapper à ces quatre mois de forteresse... Quatre mois sont passés bien vite, quand on a vingt ans et qu'on a devant soi toute la vie... Mais il savait qu'au sortir de prison, il serait envoyé dans son régiment, et il s'y refusait dans le suprême effort de son énergie...

Avec l'assistance de Walter, voici quels furent ses préparatifs.

Il avait longuement réfléchi à son projet, tout à la fois simple et compliqué dans l'exécution, comme tous les projets d'évasion... Il avait besoin d'une scie très fine destinée à scier l'un, peut-être deux, des barreaux de la fenêtre de sa cellule. Il tresserait une corde avec tout ce que le contremaître lui remettrait pour cela... Cette corde était indispensable pour descendre le long des quinze mètres de muraille lisse qui séparaient sa cellule de la guérite du factionnaire. Un hasard était propice à cette descente et pouvait favoriser Renaud en lui permettant, une fois parvenu en bas, de se cacher de la sentinelle. Un côté de la prison était en réparation, après un commencement d'incendie ; mais un mur avait été effondré, et le long de la muraille, où était percée la fenêtre grillée de sa cellule, se trouvaient des amas de poutres et de pierres noircies, de gravats, de détritus de toute sorte... Ces ruines lui permettraient, en rampant, de gagner le mur de clôture, à l'autre bout de la cour. Ce mur était haut de six mètres. Et là se présentait une difficulté nouvelle.

Mais, on ne bâtit point en un jour le plan d'une évasion.

Renaud avait confiance dans son étoile.

Quand il devrait s'accrocher aux amorces des pierres, dans les interstices où le mortier était tombé, s'y accrocher avec les ongles, s'y retenir avec les dents, il saurait bien escalader le mur et sauter de l'autre côté.

Il savait aussi qu'il jouait gros jeu et que, s'il était pris, on ne l'épargnerait guère, lui moins que tout autre.

Deux années de forteresse le puniraient de sa tentative.

En plus, cinquante coups de fouet.

Il avait assisté une fois à pareille exécution... On avait

obligé le prisonnier condamné à se dévêtir... le malheureux n'avait gardé pour tout vêtement qu'un pantalon de coutil... on l'avait lié sur un chevalet de bois et un surveillant, un hercule, avait administré le fouet... Au deuxième, au troisième, tout au plus au cinquième coup, le prisonnier hurlait, les chairs meurtries et sanglantes, déchiquetées par la lanière... Au dernier coup, il était évanoui et on l'emportait comme mort, non point pour le soigner dans sa cellule, mais pour le mettre à un second supplice, les deux poignets pris dans une barre de fer, une chaîne s'enroulant autour de sa taille, et assujettie aux chevilles par un anneau...

— Et mourir aussi, plutôt que la honte d'un pareil châtiment.

Il fallait un mois pour que ces préparatifs fussent complets : un mois pour la confection de la corde. Le contremaître avait apporté des pantalons de treillis auxquels Renaud devait travailler, mais qui servaient en réalité à cacher les morceaux de corde, au fur et à mesure qu'ils étaient tressés avec le fil solide dont Renaud avait la libre disposition, en aussi grande quantité qu'il le voulait. Lorsque quelques mètres de corde étaient tressés, il y faisait des nœuds de distance en distance, qui devaient lui faciliter la montée ou la descente.

Les jours, les semaines s'écoulaient, mais lentement la corde s'allongeait.

Entre temps, il prenait sur ses nuits pour commencer à scier les barreaux de la fenêtre avec l'instrument délicat et solide que lui avait procuré le contremaître.

Ce travail devait être exécuté promptement et au dernier moment.

Il ne fallait pas, en effet, laisser au surveillant le temps de venir, comme il le faisait, frapper avec un marteau contre les barreaux pour s'assurer que le prisonnier ne les avait pas attaqués.

Et que de précautions !

Il devait se défier de tout le monde...

Des voisins qui pouvaient entendre le léger grincement, deviner sa tentative, et le vendre, afin de bénéficier d'une faveur quelconque.

Du factionnaire, en bas, dont l'attention pouvait être mise en éveil...

Des rondes de nuit...

Et des surprises ; car souvent, le judas de la porte glissait au dehors, une tête barbue s'y encadrait et des yeux curieux, fureteurs, cherchaient le prisonnier.

Le hasard le protégeait.

Il échappa à tous ces dangers.

Et ainsi qu'il l'avait prévu, il ne lui avait fallu qu'un mois pour mettre au point tous ces préparatifs.

Alors, d'un commun accord, avec le contremaître Walter, ils choisirent pour la tentative audacieuse, la journée du surlendemain.

Le surlendemain était un vendredi.

Il avait été convenu que, de l'autre côté du mur de ronde, à un endroit précis qu'ils arrêtèrent avec soin, Walter attendrait Renaud, avec des chaussures, des vêtements, une coiffure, du linge...

Et surtout, avec une corde qu'il lancerait par-dessus le mur, au signal de Renaud, et qui permettrait à celui-ci de franchir le dernier obstacle.

Le sort en était jeté... La décision de Renaud était prise.

Deux jours auparavant, Renaud s'attaqua aux barreaux. Le travail fut silencieux et ne provoqua aucune attention. La section des deux barreaux, très fine, déjà presque invisible, fut rendue invisible tout à fait avec de la mie de pain que le jeune homme incrusta dans la rainure, après l'avoir roulée contre le plancher de la cellule. Le travail eût disparu, même pour un observateur attentif. Il avait calculé la longueur de la corde dont le dernier nœud devait traîner sur le sol. Inutile de l'essayer. Les fils gris dont la corde était tressée devaient se confondre avec la couleur de la muraille, et il portait autour de ses reins, enroulé depuis quelque temps déjà, cet instrument précieux de sa délivrance.

Un danger à craindre de ce côté...

La corde était-elle assez forte ?

Il avait tiré dessus de toutes ses forces, la nuit précédente, après l'avoir accrochée à l'un des barreaux restants.

Pas un fil n'avait cédé, par un toron ne s'était détendu.

La veille au soir, Walter dit :

— Est-ce pour cette nuit ?

— Oui.

— Sans remise ?

— Coûte que coûte.

— Alors, c'est dit...

— Je vous trouverai au rendez-vous ?

— Vous pouvez compter sur moi.

Les yeux indécis de Walter flottèrent un instant, comme s'il n'eût osé les fixer sur Renaud. Et ce fut alors, et pour la première fois, que le jeune homme remarqua cette indécision... Il eut froid au cœur...

Avait-il affaire à un misérable ?

A un traître ?...

Tout à coup, Walter murmura, timide, avec un sourire triste :

— Monsieur, je sais ce que vous pensez en ce moment... Oui, j'ai une figure qui ne prévient pas en ma faveur... Que voulez-vous ? On ne m'a pas demandé mon avis quand on me l'a fabriquée... Et ça m'a déjà fait bien du tort ; mais je vais vous rassurer bien vite... Je ne vous trahirai pas... Je n'en ai jamais eu l'intention... Voyez-vous... je sais que vous êtes Français, et que vous n'avez pas voulu faire votre service militaire chez nous... Ça, je ne peux pas l'approuver, car je suis un bon Allemand ; mais en 1870, mon père, blessé à Sedan, a été soigné chez de braves gens d'un petit pays qu'on appelle Launois, dans les Ardennes, bien soigné et guéri, grâce à ces bons soins... Quand il est mort, longtemps après, il chantait encore vos louanges et il m'a dit bien des fois : « Si tu peux rendre un grand service à un Français, fais-le pour moi... tu payeras ma dette... » Voilà, monsieur, pourquoi vous devez compter sur mon dévouement... Je n'aurais pas dû accepter l'argent que vous m'avez offert, mais je risque gros, c'est un fait, si nous sommes découverts, et j'ai une femme et quatre enfants en bas âge qui souffriraient sans moi... C'est tout...

— Cela suffit, Walter... vous êtes un brave homme...

— Oui, monsieur, je suis un brave homme, dit simplement le contremaître.

Ils se séparèrent ce soir-là non sans une certaine émotion.

— Ma foi, murmura Renaud, il a bien fait de me rassurer... j'avais peur !

Ce ne fut pas sans une grande fièvre, sans une anxiété profonde, qu'il attendit la nuit.

Dans les deux ou trois heures qui précédèrent la nuit complète, il crut, à tous les bruits perçus, les mêmes que tous les jours, pourtant, qu'il était découvert : c'était le surveillant qui ouvrait brusquement sa porte pour lui apporter sa pâtée du vendredi soir... soupe au riz... le surveillant qui vint ouvrir le judas pour tâcher de le surprendre en flagrant délit d'une faute quelconque, d'une infraction aux règlements... le pas mécanique du factionnaire en bas, dans la cour, le passage de la ronde de neuf heures... puis, ce fut tout...

Un grand silence se fit... le couvre-feu avait sonné !...

L'heure solennelle pour Renaud...

Il s'était étendu sur sa couchette. Maintenant qu'il allait payer de sa personne, au lieu d'être plus fiévreux, il se sentait au contraire très calme. Son cœur ne battait pas plus vite. Il avait une merveilleuse présence d'esprit.

Dix heures sonnent à l'horloge de la prison.

Une ronde martèle le pavé de la cour... s'approche du factionnaire :

— *Halt ! Wer da ?...*

Et des paroles s'échangent après le mot d'ordre.

La ronde est passée. Désormais Renaud a du temps devant lui ! Il se lève, décroche les crampons, roule son lit sous la fenêtre, arrache lentement les barreaux sciés, accroche la corde aux barreaux restants...

Il s'enlève, à la force des poignets, passe la tête dans l'espace libre et jette un coup d'œil circonspect dans la cour...

Dans sa promenade, le soldat disparaît, parfois à sa vue, lorsqu'il passe le long des décombres sur la droite de la guérite... Par contre, lorsque sa promenade le ramène sur la gauche, il est en pleine lumière, éclairé par un bec de gaz voisin... Il va falloir descendre avec une prudence extrême, s'arrêter en l'air, les pieds reposés sur l'un des nœuds, tout le temps que durera la moitié de la promenade, sur la gauche, pour reprendre ensuite, au retour du soldat sur la droite...

Renaud déroule à l'extérieur, le long du mur, la corde qui, un instant, s'y balance comme un immense serpent, puis s'immobilise. De la même couleur que les pierres, elle y est invisible. Renaud se coule entre les barreaux, saisit le câble et glisse...

A la grâce de Dieu !

Certes, si l'évasion réussit, on ne tardera pas à s'en apercevoir. Cette corde, suspendue, attirera l'attention aux premières lueurs du jour.

Mais alors, il sera loin...

Il est vigoureux et agile... Il dégringole avec la légèreté d'un chat... De temps en temps, il s'arrête... jette un coup d'œil autour de lui...

La sentinelle est toujours derrière les décombres...

Tant qu'elle sera là, il est en sûreté.

Hors des décombres, le danger pour Renaud est presque certain.

Il faut donc qu'il ait atteint le sol avant la fin de la promenade méthodique du soldat, sur la droite.

Il se hâte...

Ce qu'il faut, surtout, c'est qu'il n'érafle point le mur...

Cela ferait du bruit... de la poussière, des pierrailles détachées tomberaient peut-être... le factionnaire accourrait, lèverait le nez... et tirerait.

C'était l'ordre rigoureux, la mort...

La mort, ce n'était pas ce qui effrayait Renaud... Il n'y pensait pas... S'il devait retomber aux mains des Allemands, il préférait y retomber mort...

Il arrive sur les dalles de la cour, juste au moment où le soldat commence la seconde moitié de sa promenade, la plus dangereuse.

Renaud s'est collé à plat ventre contre un tas de décombres.

Il attend, reprend son souffle.

Le soldat a l'oreille fine, sans doute, car il paraît tout à coup donner des signes d'inquiétude, il a interrompu sa

promenade ; et, appuyé des deux mains sur le canon
de son fusil, la tête légèrement penchée, il écoute.

Aucun bruit... le soldat s'est trompé...

Lentement, avec des ondulations de couleuvre, Renaud
se glisse en rampant à travers les démolitions, opérant,
cette fois, en sens contraire du factionnaire, c'est-à-dire
qu'il lui fallait profiter, pour avancer de quelques pas,
du moment où le soldat poursuivait sa promenade sur la
gauche...

Combien de temps mit-il à se rapprocher du mur de
ronde ?...

Un quart d'heure ? Des heures entières ?... Il ne savait.
Il lui semblait que la nuit allait finir...

Quand il levait les yeux vers le ciel étoilé, il croyait y
voir, déjà, les lueurs grises indécises, qui annoncent l'approche de l'aurore...

Soudain, un bruit de pas... lointain d'abord, mais qui
se rapproche, sonnant sur les dalles.

Quelqu'un vient de son côté, va passer tout près de lui...
Par bonheur, il se trouve dans l'ombre, noir contre des
poutrelles calcinées...

C'est un sous-officier, commandant le corps de garde,
qui fait sa ronde...

Comme il n'est pas sous l'œil d'un supérieur, il en prend
à son aise et s'en vient, les mains dans les poches, en
chantonnant entre ses dents.

Par habitude, le soldat crie :

— *Halt ! Wer da ?...*

Et il croise la baïonnette...

Les deux hommes échangent quelques mots sur le temps
qu'il fait, la douceur de la nuit, le temps qu'il fera demain,
les manœuvres de l'automne prochain, l'arrivée des recrues, après quoi, le sous-officier s'éloigne, continuant sa
ronde.

Lorsqu'il est loin, le soldat reprend sa promenade monotone.

Et Renaud l'entend qui murmure, avec satisfaction :

— Plus que 403 jours !...

Après quoi, il fredonne le refrain fameux des soldats de
la deuxième année :

La classe a du repos
La classe a du repos
Et quand la classe a du repos
La classe a du repos

La lune vient d'apparaître au-dessus des bâtiments de la prison, face au mur. La fenêtre de la cellule de Renaud est éclairée en plein... éclairé aussi le long serpent de corde, qui pend de là-haut jusqu'en bas...

Maintenant, il ne faudrait qu'un coup d'œil pour tout voir.

Mais le soldat n'y songe guère...

Et quand la classe a du repos
La classe a du repos

Puis, comme il s'ennuie de sa faction, le voilà qui, pour s'amuser, prend le pas de parade, et les coups de botte sur les dalles sont si bruyantes que Renaud peut effectuer sans péril la dernière partie de son voyage..

Le voici au pied du mur de ronde...

Il a ainsi donné rendez-vous à Walter :

— Juste en face de la première fenêtre de l'atelier de cordonnerie...

L'atelier de cordonnerie est plus loin...

Il s'y glisse... Maintenant, plus de décombres pour se garer... mais de sa place de guérite, de ses vingt pas à gauche ou à droite, le soldat ne peut plus guère l'apercevoir... Le bruit seul peut attirer son attention et le faire accourir...

La classe a du repos...

Encore une alerte... Deux soldats du poste, envoyés du corps de garde pour une commission quelconque, et qui s'arrêtent à causer avec le factionnaire, malgré la sévérité des règlements... Ils plaisantent et rient à haute voix...

Ils se trouvent si près de la corde que c'est miracle qu'ils ne le découvrent pas ; et Renaud, qui ne peut les apercevoir, qui ne peut que les entendre, prête l'oreille, croyant à chaque seconde qu'un cri d'appel, d'alarme, va réveiller la prison entière...

Pourtant, aucune émotion. Sa présence d'esprit est complète.

Maintenant, nul bruit. Les paroles s'éloignent. Tout rentre dans le silence.

Renaud rampe vers le mur.

Là, soudain, une épouvante...

A quelques pas, près de lui, un second soldat, qu'il n'avait ni vu ni prévu, et qui est le factionnaire de l'autre section de la cour... Il y en a quatre qui gardent ainsi le rayon de l'enceinte, à l'intérieur...

Impossible à Renaud de bouger, tant que l'homme sera là, si près.

Et celui-ci ne semble pas, comme l'autre, posséder la manie de la promenade.

Il se tient en place, sans un mouvement, à moitié endormi, tournant le dos... Le va-et-vient de sa tête qui oscille, tombe et se relève, indique un irrésistible besoin de dormir... Cédera-t-il au sommeil? La crainte de la punition qui l'attend, s'il est surpris, sera-t-elle plus forte?

C'est le sommeil qui l'emporte...

Le soldat entre dans sa guérite...

Renaud attend toujours et il écoute.

Deux ou trois minutes à peine s'écoulent, et il perçoit un ronflement profond.

L'homme a cédé à l'impérieuse force du sommeil.

Il n'est que onze heures. On relève les factionnaires à minuit, après deux heures de faction. Une heure de tranquillité. Et, sans doute, plus de ronde.

Un coup d'œil vers la prison... Là-haut, les ateliers de cordonnerie.

Si Walter a été fidèle au rendez-vous, il est là, de l'autre côté du mur.

L'épaisseur seule des pierres sépare les deux hommes.

Il a été convenu que Renaud lancerait quelques gravats et pierrailles de l'autre côté, pour signaler son arrivée. Le contremaître répondrait à cet appel en lançant une corde à Renaud... Renaud tirerait sur la corde, qui amènerait en haut de la muraille une échelle... L'échelle basculerait; Renaud grimperait, enlèverait l'échelle, s'en servirait, de l'autre côté, pour descendre... Le secours de Walter ferait le reste... Et vive la liberté !...

Renaud ramasse une poignée de gravats et la lance par-dessus le mur.

Son cœur s'arrête de battre... Il attend la réponse à ce signal...

Aucune réponse... Il lance de nouveau de la terre et des pierres... Cette fois, son cœur bat en tumulte, ses tempes battent avec violence...

Rien ne répond...

Alors renaissent les premiers soupçons, les premières défiances contre Walter.

Cet homme serait-il un traître ?

Il était convenu que Walter serait derrière le mur à partir de dix heures. Le contremaître est-il venu ? Ne se serait-il pas fatigué d'attendre ? Ne serait-il point reparti, convaincu que Renaud avait remis à plus tard son évasion ?

Mais non ; il était impossible d'admettre cette hypothèse. Walter devait penser que certains obstacles pouvaient surgir, qui retarderaient sa tentative...

Pour la troisième fois, une poignée de pierres s'abat hors du mur.

Il existe une expression populaire pour dépeindre une émotion violente et brutale : « Son sang ne fit qu'un tour dans ses veines... » Ce fut la secousse que Renaud ressentit en entendant une voix inconnue crier, de l'autre côté :

— Hé ! vieux, n'auras-tu pas bientôt fini ?

Non seulement ce n'était pas la voix de Walter, mais ce ne pouvait être que la voix d'un factionnaire, sur la présence duquel ils ne comptaient pas, sans doute posé là dans le but de s'opposer à des tentatives d'évasion qu'eussent rendues possibles les démolitions de la cour...

Que ce fût cette raison ou toute autre, un soldat veillait... et son attention avait été attirée par ce déluge de terre, lui tombant sur la tête.

Par bonheur, pour l'instant, il ne soupçonnait rien.

Simplement, il croyait à quelque farce d'un camarade de l'intérieur.

Et Renaud l'entendait qui bougonnait, en frottant le cuir de son casque.

La rencontre imprévue du soldat avait empêché Walter de s'approcher du mur... Sans doute il était là, caché non loin, en train de guetter une occasion favorable... Mais l'occasion n'était plus possible... Ce coup était manqué.

Et, pour Renaud, la situation devenait terrible.

Dans un quart d'heure, minuit sonnerait... on relèverait les sentinelles... L'attention de celles-ci est toujours en éveil, dans les premières minutes de faction... Puis, ce va-et-vient de soldats et de sous-officiers était un danger extrême...

Il fallait rebrousser chemin, fuir, remonter dans sa cellule.

Renaud avait la rage au cœur.

Il essuya son front couvert d'une sueur froide.

Tant d'efforts perdus ! Tant de patience rendue inutile par le hasard... le hasard imbécile qui se met au travers des combinaisons les plus audacieuses... renverse les projets de toute une vie... sème les catastrophes... se joue des volontés et des intelligences...

Tout à l'heure, il n'avait devant lui qu'une espérance qui luisait, pareille à une étoile.

La liberté !

Maintenant, il n'a plus qu'un but :

Echapper à l'emprisonnement qu'il prévoit, si sa fuite est connue...

Echapper au supplice infamant du fouet, qui l'attend, s'il est pris...

Et pas une seconde à perdre...

Dans sa guérite, le factionnaire endormi depuis une demi-heure, paraissait se réveiller. Renaud l'entendit qui toussait, bâillait ; sans doute, il allait sortir et marcher vivement pour s'éveiller tout à fait.

Renaud, désespéré, ne l'attendit pas.

Il reprit, en sens inverse, la course lente et rampante, à travers les décombres.

Il arriva sans surprise, jusqu'au pied de la muraille où pendait la corde. Le soldat voisin continuait sa promenade régulière...

Renaud frémit...

Aurait-il jamais le temps de remonter à sa cellule par

la corde durant le temps que le soldat, de son côté, mettrait à sa promenade au long des démolitions ?

> La classe a du repos. .
> Et quand la classe a du repos
> La classe a du repos...

Question de vie ou de mort... vie et mort tenaient dans l'espace de cinq ou six secondes.

Renaud, tous ses muscles tendus, saisit le premier nœud et s'enleva...

Il ne pensa point à regarder en dessous...

Mais quand il fut à mi-chemin, il eut une surprise rapide et joyeuse dont il ne se souvint que plus tard... celle de n'avoir pas encore reçu une balle au travers du corps...

Et il continua de grimper, vigoureux, leste, silencieux...

Quand il fut en face de sa fenêtre, il lâcha la corde, saisit les barreaux...

Et là, il eut la curiosité de jeter un coup d'œil vers la cour...

Il aperçut, sous un rayon de lune, la pointe d'un casque qui brillait, derrière les poutres noires, et le casque était immobile...

Par-dessus le casque, le fusil pointait sa baïonnette vers le ciel.

Il crut d'abord qu'on le visait...

Il attendit la mort...

Il se trompait.

L'arme était sur l'épaule... Ce soldat n'entendait pas... ne se doutait de rien...

D'une enlevée brusque, Renaud est au niveau des barreaux, passe la tête, le buste suit, puis les jambes, et il retombe dans sa cellule...

Il est à bout de forces... l'émotion a été trop grande, presque mortelle...

Comment eut-il encore le sang-froid de rentrer la corde, dont la présence au long de la muraille, vacillante, l'eût certainement trahi ?

Il ne le sut jamais... Il le fit d'instinct... Dans ces crises, l'instinct remplace la volonté... Il venait de s'évanouir... Et lorsqu'il reprit connaissance, il se vit couché sur le plancher, avec la corde enroulée autour de lui...

Deux heures sonnèrent à l'horloge de la prison.

Il y avait plus de deux heures qu'il était évanoui...

Il était de première nécessité de réparer le désordre de sa cellule. Renaud commença par replacer tant bien que mal les deux barreaux, qu'il recolla en haut et en bas avec de la cire que Walter lui avait procurée. Ensuite, il enroula la corde autour de son corps pour la faire disparaître. Il la donnerait au contremaître qui la détruirait, car il était peu probable, désormais, qu'une autre tentative fût possible. Il arrivait aux derniers jours des quatre mois de sa condamnation. Ce qui importait maintenant, c'était d'empêcher qu'on ne découvrît le projet avorté. Sa toilette était en désordre. Il la répara de son mieux, lava soigneusement les taches de boue et de poussière, les unes faites quand il se glissait parmi les décombres, les autres quand il descendait ou grimpait à la corde.

Il était fiévreux et il avait peur...

Oui, cette fois, il avait peur... au milieu du silence, en attendant la cloche du réveil... Le réveil sonna à cinq heures, sans qu'il eût dormi...

A six heures, avant de se rendre à l'atelier, Walter se présenta et put lui parler en secret... Le contremaître était très pâle et tremblant. Ce qu'il put dire, Renaud le savait, il l'avait deviné... Le factionnaire, à l'extérieur, n'était là que pour quelques jours seulement... Un peu avant, la tentative d'évasion réussissait. Pendant toute la nuit, jusqu'à cinq heures, Walter avait rôdé, en détresse, autour de la prison, espérant entendre, d'autre part, le signal promis...

Le lendemain, Walter apportait à Renaud du mastic de fer, avec lequel le prisonnier recollait les barreaux. Ils ne présentaient aucune fissure en apparence, mais le moindre coup de marteau d'un gardien les eût fait sauter en l'air.

Ce malheur n'arriva pas : quinze jours après, vers le milieu d'octobre, Renaud était extrait de sa prison, et rendu à la liberté...

C'est-à-dire conduit, entre deux gendarmes, à la caserne de Coblentz...

TROISIÈME PARTIE
LA CASERNE ALLEMANDE

I

L'ARRIVÉE DES RECRUES

Ce fut le 20 octobre... jour de l'arrivée du nouveau contingent au 8e corps d'armée, à Coblentz... Y eut-il là simple hasard, ou n'était-ce pas, plutôt, préméditation, de la part des autorités allemandes qui voulaient frapper plus fortement l'esprit de Renaud, réfractaire, en faisant coïncider son incorporation au régiment prussien avec l'entrée des jeunes soldats qui allaient devenir ses camarades ?

Et le même hasard, ou la même préméditation le fit voyager, depuis Metz avec les conscrits qui emplissaient le train.

Avec cette différence, toutefois, que le trajet s'effectua pour lui, ainsi que nous l'avons dit, sous l'escorte de deux gendarmes, qui ne devaient le quitter qu'en gare de Coblentz, au moment où ils le remettraient aux sous-officiers de service qui attendaient les recrues.

Pendant la première partie du trajet, le voyage fut assez tranquille. Renaud occupait un compartiment de troisième classe où, en somme, il paraissait et où il était libre, les gendarmes étant seulement chargés de veiller à ce qu'il arrivât sans encombre, et sans tentative de fuite. Ils avaient l'air de deux amis, voyageant pour tenir compagnie — d'un peu près — à Renaud.

Mais lorsqu'on ne fut plus qu'à une heure ou deux de Coblentz, la physionomie du train changea. La tranquillité — relative — disparut pour faire place aux chants, aux cris, aux rires, à un vacarme de tous les diables...

C'était les recrues qui, de gare en gare, tout le long de la ligne du chemin de fer, emplissaient les wagons.

Les yeux à la portière, tantôt à droite, tantôt à gauche, Renaud avait vu s'enfuir rapidement les paysages, familiers à son âme, de la Lorraine française... Et pourtant, tout ce qu'il voyait maintenant n'en était guère dissemblable. C'était le même pays... et il savait que la Moselle, qu'il venait de quitter, il la retrouverait à Coblentz venant mêler ses eaux vertes aux flots verts du Rhin magnifique, au pied de la colossale statue de Guillaume Ier, vainqueur de la France... Le train avait quitté la vallée de la Moselle et se dirigeait par Sarrebruck jusqu'à Mayence... De Mayence à Coblentz, il ne quittait plus la rive gauche du Rhin, parmi les coteaux en haut desquels se voyaient, sur toutes les cimes, des ruines de forteresses, pans de murailles démantelées, déchiquetées par les bombes ou par la mine, et dont la vue faisait dire aux gendarmes, à l'adresse de Renaud, et non sans une sourde rancune :

— Châteaux brûlés par les armées françaises pendant les anciennes guerres...

Du reste, Renaud ne s'était pas contenté de l'histoire apprise aux écoles germaniques. Il aimait trop son pays d'origine pour n'avoir pas étudié le passé de la France et il savait qu'il foulait, au long du fleuve, une terre qui avait été gauloise... Toute cette rive recèle des vestiges qui prouvent qu'elle fut durant des siècles la possession de nos ancêtres... Des centaines de localités, de cours d'eau, ou simplement d'accidents de terrain portent des dénominations celtiques, à peine déformées par le temps. Et si quelques centaines de noms ont été relevés seulement, il a été reconnu et il demeure certain qu'avec un peu de patience et du loisir, on en découvrirait un nombre incalculable ayant la même origine, rappelant l'existence des Gaulois sur cette terre.

A chaque station, c'était sur les quais, un tumulte indescriptible.

On avait ajouté des wagons à Mayence, et le train comptait maintenant quarante voitures d'où partaient, à présent, des vociférations de toute sorte, hurlement, appels, chansons patriotiques et cris d'animaux.

Les jeunes gens avaient bu beaucoup ; ils étaient gris, en grand nombre, et ils se grisaient, en plus, de bruit pour oublier l'heure qui coulait, inflexiblement.

Vers trois heures et demie, on approcha de Coblentz...

Et soudain, les plus braillards se turent... Un peu d'anxiété régna... Tout à l'heure, dans quelques minutes, ce serait une vie nouvelle, dure, parfois cruelle...

Ils la connaissaient, par les anciens... Mais dès l'école, le patriotisme, enseigné comme une foi, leur avait fait une religion, la religion de l'Allemagne dominant le monde... Dès l'âge de six ans, l'Etat les avait pris et leur avait modelé le cerveau, formant ces cœurs à l'orgueil d'être allemands, et les préparant à la discipline...

Pourtant, dans ce premier silence on entendit une voix qui essayait :

Tous les hommes sont frères...

Et ce fut comme le signal d'une tempête qui se déchaîna.

— Assez ! Assez !

L'homme finit par se taire, dans un hoquet.

Et du compartiment de Renaud, un robuste gaillard, haut en couleur, et brasseur de son métier, cria, en manière de protestation :

— Ferme ta vanne, vieux... Ce n'est plus le moment de blaguer !...

Lui-même, alors, entonna aussitôt le chant national de « l'Allemagne au-dessus de tout » suivi par le tonnerre des voix qui partirent de tous les compartiments, de tous les wagons, de la tête à la queue du train :

Deutschland, Deutschland über alles in der Welt !...

Le roulement du train arrivant en gare s'éteignit, fut couvert, par les voix répétant le refrain patriotique, et tous les conscrits descendirent, en se bousculant.

Mais la bousculade fut silencieuse... ni paroles, ni rires... Des yeux apeurés, ici et là.. des fronts pâlis... l'empressement de l'effroi, déjà... l'épouvante du sous-officier casqué, en manteau grande tenue, qui se tient sur le quai... de l'officier portant casque et écharpe, raidé, hautain, qui regarde du lointain de sa caste qui le fait si différent des autres, cette tourbe humaine, devenue sa chose, et qu'il va malaxer à sa guise...

Sur les quais de la gare, des écriteaux indiquent les rassemblements, pour éviter tout désordre, toute perte de temps...

Juste en face du wagon de Renaud, un écriteau étale le numéro du régiment.

Et déjà un groupe de jeunes gens s'y trouve, valises ou baluchons en mains.

Les deux gendarmes, compagnons de route du pauvre garçon, se dirigent là, saluent, indiquent Renaud d'un geste... et l'officier dit, seulement :

— Ah ! oui, le rapport sur cet homme est arrivé... Nous savons... C'est bien.

Les gendarmes saluent et se retirent. Ils n'ont plus rien à faire. Leur mission est terminée.

Toutes les recrues sont rassemblées. Un commandement sec :

— Les bagages à la main... Marche !

Le détachement se met en marche, l'officier en tête et flanqué par deux sous-officiers.

Pas un mot. Pas un regard. Déjà ils sont sous la férule. Mais soudain, au sortir de la gare, ils relèvent la tête, joyeusement. Une musique militaire a pris la tête, rythme le pas... et le pas devient cadencé, solide... Les yeux s'animent... sur ces lèvres charnues de bons garçons arrachés au calme de la douce vie familiale, un sourire de fierté... Ils se sentent soldats, sous la blouse et la casquette... Et ils font sonner les pavés de la rue comme si déjà ils étaient chaussés des lourdes demi-bottes.

Ils s'en vont par quatre. Renaud est au milieu du détachement, encadré par le brasseur, qui s'appelle Stiegler, et un mécanicien brun et sec, nommé Lorenz. Il marche sans penser, emmené par la force de la foule.

Ainsi, la catastrophe est déchaînée. Il a eu beau faire.

Il a eu beau se débattre, prévoir de loin ce malheur afin de l'éviter, le malheur s'est abattu.

Le voici soldat chez eux... soldat allemand !...

Ses yeux se mouillent... Mais un violent effort de sa volonté refoule ses larmes. Ce qu'il souffre, il le souffrira en silence... Il ne faut point, car il est fier, que personne s'en doute... Tout de même, il n'a pu réprimer un soupir...

Stiegler dit, en riant :

— Ne te désole pas, ça passera !

Et Lorenz, type de Méridional maigre, égaré chez ces Germains.

— N'y pense pas !

Un brutal : « Silence ! » leur fait baisser la tête. La férule n'est pas loin !

Au son de la marche entraînante, jouée par la musique, ils suivent la rue qui les conduit à la caserne, passent devant la statue de l'impératrice Augusta, font un à gauche et arrivent devant les bâtiments neufs qui, désormais, les abriteront pendant deux ans. Dans la grande cour, ils s'arrêtent et se mettent sur deux rangs, au hasard, sans ordre, le long du mur. Le soir tombe lentement et il souffle un vent aigre qui soulève de la poussière dans la cour. Celle-ci apparaissait sombre et noire. Aucune fenêtre n'était éclairée. Quelques hommes de la classe la traversaient. D'autres venaient, en flânant, examiner les nouveaux venus. Un officier s'approcha, avec des sous-officiers qui portaient des registres, une table avec une lampe. Des soldats allaient et venaient avec des lanternes. L'appel commença.

Renaud entendit son nom, comme dans un rêve, prononcé avec l'accent tudesque :

— Saufachot !...

Il répondit et sortit du rang. Il pensait, à ce moment, à la Faloise, aux travaux d'automne, aux labours, aux semailles, et à la quiétude des soirs, au foyer de Josette. Et cela était loin, très loin, derrière les brouillards.... Autour de lui, des inconnus... devant lui, des gens qui l'examinaient, les uns avec indifférence, les autres avec un mépris prometteur de malveillance... Ce sont les officiers du régiment, rangés en cercle, qui attendent... Un mot a couru parmi eux, qu'ils chuchotent... un mot accoté au nom de Sauvageot :

— Déserteur lorrain...

Mais Renaud n'y prend pas garde. Il est accablé, incapable d'une autre souffrance que celle de son anéantissement. Tout ce qui se passe s'accomplit dans le même cauchemar, depuis sa sortie de la prison et son départ de Metz. L'adjudant-major du régiment, avec les adjudants-majors des bataillons, se promenait devant les hommes, les répartissait entre les bataillons et les compagnies. Après quoi, les capitaines s'approchaient à leur tour, pour examiner les soldats qui leur étaient affectés, suivis partout du feldwebel, auquel ils transmettaient leurs observations.

— Renaud Sauvageot, 3ᵉ compagnie...

Sur un geste du sous-officier, Renaud gagna un groupe de recrues. Un lieutenant les plaça par rang de taille, les fit se décoiffer, les mesura, changea les numéros, les divisa en escouades. C'était un grand garçon sans un poil de barbe, qui commandait la compagnie en l'absence du capitaine, malade... On l'appelait monsieur le lieutenant...

— Renaud Sauvageot, 5ᵉ escouade...

Pour ce soir-là, le rôle des officiers était terminé. Celui des sous-officiers commençait. Un rengagé prit la tête de la 5ᵉ escouade, et fit de nouveau l'appel. Sa voix était dure, impérieuse, cassante... Quand Renaud répondit à son nom, le rengagé le regarda longuement ; sa mâchoire s'avança pour mordre, ses épaules se haussèrent... il dit :

— Ah ! bien, bien !...

La cour de la caserne venait de s'éclairer.

C'était un grand carré, sablé et ratissé soigneusement, avec un tilleul à chaque coin, défeuillé depuis longtemps et poussiéreux. De temps en temps, une des rares feuilles mortes encore attachées aux branches tombait en tournoyant et s'abattait dans la cour. Beaucoup des fenêtres aux quatre murs étaient dans l'ombre. Deux ou trois seulement, par-ci, par-là, s'éclairaient faiblement de l'intérieur, laissant voir des rideaux blancs. C'était les logements habités par les sous-officiers. Des ombres, soldats en corvées, se mouvaient partout, rapides.

La chambre de la 5ᵉ escouade était située au second étage. Elle était nue, assez grande, à deux fenêtres à stores. Douze lits étaient rangés deux par deux, contre le mur. Ces douze lits étaient pour les recrues, complètement séparées des anciens soldats, tant que leur première instruction militaire, confiée aux sous-officiers, ne serait pas avancée et ne leur permettrait pas de faire partie du bataillon. En face des lits, douze petites armoires, une pour chaque homme, étaient alignées. Un gros poêle en fonte. Une tablette avec une énorme cruche en grès, une longue table au milieu, avec des tabourets. Et c'était tout...

Le sous-officier, nommé Schade, indiqua les lits et les armoires correspondantes qui, toutes, étaient munies d'une clef. Les hommes y déposèrent leurs valises. Après quoi, il y eut une galopade. Il fallait aller chercher la literie, paillasse, oreiller en paille avec taie, une paire de draps, trois couvertures de laine. Puis, nouvelle galopade vers le magasin d'habillement.

Renaud se laissait entraîner dans la cohue des hommes que l'âpre et mordante parole de Schade étrillait. Il s'aperçut alors que l'escouade n'était composée que de onze recrues, au lieu de douze...

— Hé ! là, bougres d'endormis... On secouera vos puces...

Le brasseur Stiegler glissa à l'oreille de Renaud.

— J'ai des renseignements sur lui... Une v... ! Faudra que nous ayons la peau dure...

Lorenz montra ses dents blanches et murmura :

— Moi, décidé à ne pas me laisser faire...

— Tu feras comme les autres... vantard !!...

Schade avait-il entendu ? ou simplement compris ? Ses yeux se posèrent sur les deux hommes.

Tout à coup, comme on traversait la cour, il se mit à marcher derrière Lorenz...

— Une, deux !... Une, deux !... Marquez le pas !...

Et à chaque pas, la lourde botte du sous-officier martelait les talons du mécanicien. Il se retourna, regarda Schade ; au même instant, la botte martela plus fort...

Quand on arriva au magasin, Lorenz boitait mais n'avait rien dit.

Stiegler lui souffla.

— Tu vois ?... Vaut mieux se résigner !...

Renaud, qui avait tout vu, tout deviné, frémit.

Le magasin d'habillement était sous les combles. Un vieux sous-officier y présidait qui les accueillit avec des plaisanteries.

— Tas de bossus ! On va vous redresser !...

Et il jetait pêle-mêle, à leur nez, les uniformes, les treillis, les bottes, les casques... Renaud reçut une tunique rapiécée dans le dos avec un morceau de drap neuf qui jurait auprès de la râpure grise de l'ensemble. Peu lui importait. Il n'était pas là pour parader, il montait un calvaire. Chacun essaya, s'habilla. Tenue n° 6... les autres viendraient plus tard... Quant aux menus objets nécessaires, les soldats les payaient de leur bourse... Cire, encaustique, cirage, savon, brosses, patience, martinet, tripoli, chiffons, curettes, tous les accessoires du troupier, il faut qu'ils les achètent... Renaud se débattait contre une paire de bottes si larges que chacune offrait une place à ses deux pieds... Il en fit l'observation :

— Taisez-vous !... Vous ne devez parler que si l'on vous interroge....

— Je laisserai mes chaussures à la première marche...

Le sergent blêmit de fureur et avança sa tête grisonnante contre le visage du jeune homme.

Schade intervint... Son intérêt était que son escouade ne manquât de rien et fût propre.

Renaud eut les bottes qui lui convenaient.

Ils reprirent le chemin de la chambre. Schade exigea que les vêtements civils fussent enlevés et enfermés le même soir. Il ne voulait plus, dès le lendemain, avoir à s'occuper de ces vétilles.

Pour Renaud, ce fut la première station du calvaire...

Il approcha un tabouret de son armoire, et se dévêtit pour prendre l'uniforme. Alors, l'observation qu'il avait faite tout à l'heure, sur le nombre des recrues de la chambre, fut formulée par Lorenz à son tour :

— Il en manque un !...

C'était vrai. Il n'y avait que onze hommes pour occuper les douze lits. Mais ils remarquèrent que, si personne

4

n'occupait le douzième châssis, encore vierge de sa paillasse et de ses couvertures, il n'en était pas de même de
la douzième armoire correspondant à ce lit. La clef n'était
plus sur la porte, et la porte était fermée. Donc, il y avait,
quelque part, un douzième soldat, qui était à la caserne,
qui y avait devancé les autres ?...

Les hommes, tout en s'habillant, échangeaient là-dessus
leurs réflexions.

Schade les écoutait, regardait chacun, après l'autre...
et ne disait mot... que pour les gourmander et les faire se
presser.

— Tas de tortues ! c'est votre dernier jour de bon... Demain, nous verrons à causer... Sauvageot, est-ce que vous
vous payez ma tête ?

Renaud enfilait lentement le pantalon gris foncé, à liseré
rouge, la tunique rapiécée, se coiffait du béret, et il avait
le cœur bien gros, parce qu'il voyait la même scène se
passer très loin, à l'ouest, de l'autre côté de la frontière,
des jeunes gens à l'œil gai et un peu blagueur, enfiler le
pantalon rouge, la veste bleue, et se coiffer du bonnet de
police, crânement, sur l'oreille... Il feignit de n'avoir pas
entendu Schade... Il finissait d'empaqueter ses vêtements
civils, qu'il glissait dans l'armoire... Tous, du reste, étaient
silencieux, comme hébétés, affalés sur leurs tabourets...
L'obscurité régnait... Personne n'avait songé, dans le désarroi des esprits, à allumer les deux lampes... Quand on
y pensa, une sonnerie se fit entendre et il y eut, dans tous
les escaliers, une dégringolade en tempête...

— En bas, à la pâtée, tas de chiens !

Chaque homme s'empara d'un récipient en faïence, qu'il
avait trouvé dans son armoire. Ils se dirigèrent en commun vers le réfectoire situé à proximité des cuisines. La
distribution du rata se fit individuellement, chaque soldat
venant chercher sa ration : repas réglementaire depuis
quelques années seulement ; car auparavant, le troupier
allemand n'était pas nourri le soir. Il se nourrissait sur sa
solde.

Renaud n'avait pas d'argent. On avait veillé, en prison,
à ce qu'il ne reçût ni visite, ni aucun subside de sa famille.
Plus tard, il dînerait à la cantine de la caserne, s'il lui en

prenait fantaisie. Mais ce soir-là, cantine ou repas en commun ne lui plaisait guère. Le pauvre garçon se sentait le cœur trop gros pour avoir faim.

Il voulut rester à la chambre, mais il avait compté sans le *gefreite*, chef de chambrée, qui entrait.

— Eh bien ! es-tu sourd ?...

— Je n'ai pas envie de manger...

— Descends, tu donneras ta part aux autres...

Il obéit. Ce fut le gros brasseur Stiegler qui en bénéficia et vit sa part s'augmenter d'un hareng saur et de pommes de terre cuites au four.

— Merci, vieux, fit le gros garçon... Je comprends que t'aies pas envie de boulotter, ce soir, mais t'apprendras vite à ne pas faire la fine bouche... Et puis, à la cantine, on est mieux...

Il remonta ensuite, s'assit sur son lit et rêva ; cette fois, il était seul. Il était débarrassé du sous-officier Schade jusqu'au lendemain. Quant au gefreite et aux bleus, ils s'attardaient sans doute, à la cantine, où Lorenz avait promis une régalade générale. Rêver..., le pouvait-il même ? Non... Il tournait dans un vide... Son corps, son âme, son cerveau, tout se noyait dans le néant... Une seule chose surnageait en ce désarroi, c'est que la catastrophe si redoutée pendant sa vie entière était arrivée en dépit de tout ce qu'il avait fait pour y échapper... Il n'avait jamais cru que cela pût être... Il avait espéré toujours qu'au suprême moment, un secours viendrait qui le tirerait de là !... Il devait donc se résigner... agir de son mieux... résister à la formidable coalition qu'il sentait, d'instinct, dirigée contre lui pour le jeter en quelque danger terrible... Les injures, passe encore... on les supporte... Mais il est des outrages sanglants qui n'atteignent pas un homme sans exciter sa révolte... Et là, c'était le péril vers lequel, peut-être, on tenterait de le pousser... Les mots, les gestes, les attitudes, les regards, tout servirait, serait observé.... utilisé... retourné contre lui... Les esclaves ont toujours tort...

Du bruit dans l'escalier lui annonça le retour de l'escouade.

Ils firent irruption, gaiement. Le gefreite les accompagnait. Le couvre-feu allait sonner. Renaud les examina les uns après les autres. Déjà, pour les avoir entendus deux ou trois fois, il connaissait leurs noms... En dehors de Stiegler et de Lorenz, voici là-bas Thielke, le cordonnier, qui portait de larges lunettes, et Wolff, sortant d'une maison de banque, et Gotlieb, un paysan aux larges épaules, aux yeux bleus naïfs, prêts à recevoir toutes les mauvaises plaisanteries, et Spiess, un mineur à l'œil noir, maigre, silencieux et réfléchi, comme s'il se trouvait tout dépaysé de se voir en pleine lumière, lui qui gagnait sa vie dans un travail de taupe... en Landeberg, un ouvrier d'usine... celui qui avait entonné : « Tous les hommes sont frères », si bien rabroué par le gros brasseur... et Reimer, qui chantait dans les concerts, et Vog, qui était serrurier, et Schultz, qui les avait tous épatés en arrivant, lorsqu'il leur avait dit d'un ton de négligence distinguée : « J'ai eu pour maîtresse la baronne de von Stettin... et pour maîtresse aussi la duchesse de Gotha-Batterbourg. » Il avait été, en effet, valet de chambre ou laveur de vaisselle chez l'une et chez l'autre.

En somme, de bonnes et honnêtes figures, pas méchantes, dont Renaud aurait vite fait la conquête. Deux seulement l'inquiétaient, cachaient des mystères d'âme... Spiess, le mineur, et le chanteur international Landeberg... Landeberg avait des manières cauteleuses et patelines qui lui déplaisaient. Quant à Spiess, son regard semblait se partager en deux expressions, alternativement changeantes... l'une d'abrutissement... l'autre de cruauté... Ces gros yeux noirs, parfois, roulaient des pensées qui leur amenaient des étincelles... C'était l'homme rude et têtu qui ne comprend pas toujours l'idée pour laquelle il marche, mais qui ne recule pas et se fait tuer pour la défendre, sans savoir...

Quant aux deux supérieurs immédiats, auxquels les recrues auraient affaire, le gefreite Heyneman ne semblait pas un mauvais homme.

Schade, seul, était dangereux... et Lorenz avait donné un détail qui avait fait frémir les jeunes gens :

— Il a déjà été condamné à six semaines de prison pour des faits de brutalité !...

C'est la plus méchante rosse de tout le régiment...

A cet instant, sonna l'extinction des feux... un peu avant dix heures.

Le gefreite l'interprétait entre ses dents :

> Soldats, au repos
> On va fermer la porte de la caserne
> Au repos ! au repos !

Chaque note entrait comme une douleur cuisante dans le cœur de Renaud.

Reimer, en se déshabillant pour se fourrer dans les toïes, fredonnait :

> Quand le soldat part pour la guerre
> Il est le plus heureux sur terre...

Mais tout à coup, le gefreite intervint, lui fit signe de se taire... On avait encore cinq minutes de liberté, cinq minutes de bruit... avant le premier coup de l'horloge...

— Demain, on trimera... N'oubliez pas que vous êtes ici pour faire de bons soldats... rudes, et qu'on ne supporte rien au régiment contre la discipline... Les plus petites fautes sont punies. C'est à vous de n'en point commettre... Alors, vous serez heureux et fiers... Autrement, tant pis pour les fortes têtes... Ici, c'est la meule... et la meule écrase tout... Compris ?... C'est bon...

Ils gardaient un silence peureux, et pour ne pas les laisser sous l'impression de l'effroi des sévérités futures, le gefreite entonna d'une voix forte :

> Un appel gronde comme le bruit du tonnerre

C'était le fameux chant patriotique et les yeux enflammés, les recrues chantèrent :

> Un appel gronde comme le bruit du tonnerre
> Comme le fracas des armes, le tumulte des flots
> « Vers le Rhin ! Vers le Rhin ! Vers le Rhin allemand !!
> « Qui veut garder le fleuve ?... »
> Chère patrie, tu peux être tranquille...
> La garde est fidèle et sûre
> La garde le long du Rhin...

Renaud montait toujours son calvaire... Il le connaissait, ce chant, pour l'avoir, en Lorraine, entendu bien des fois.

Et il lui semblait que c'était la première fois qu'il écoutait, en cette nuit de la caserne, ces accents d'enthousiasme...

Un quart d'heure après, ce fut le silence. Tout le monde était au lit, sauf Spiess et Landeberg, qui lentement se déshabillaient.

Renaud les avait regardés, par hasard, durant que les recrues chantaient.

Les deux hommes se taisaient. Ils avaient échangé, entre eux, des signes en dessous et reporté ensuite les yeux autour d'eux sur ce qui était devenu leur logement de tous les jours.

Spiess murmura deux mots entre ses dents et Renaud crut les comprendre au mouvement des lèvres :

— La prisons !

Renaud s'endormit difficilement et une partie de la nuit s'était écoulée déjà lorsque le sommeil eut enfin raison de son énervement. La sonnerie le réveilla presque aussitôt. Il eut la sensation de n'avoir pas dormi un quart d'heure.

Le gefreite hurlait :

— Debout tas de flemmards.

Ils passèrent la tenue de treillis, touchée la veille, descendirent aux robinets où ils se débarbouillèrent sous la poussée du gefreite qui ne leur laissait pas une minute de répit, remontèrent, firent les lits à l'ordonnance, toutes fenêtres ouvertes. Le jour n'avait point paru encore et un fort brouillard humide et froid emplissait la cour de la caserne. On avala le café. Il était six heures quand le sous-officier Schade parut sur le seuil.

L'instruction militaire des recrues commençait.

Le gefreite, du reste, les avait renseignés, en plaisantant :

— Vous n'aurez pas le temps de vous ennuyer, espèces de propres à rien... A cinq heures et demie, réveil ; à six heures, instruction ; de sept heures et demie à midi, exercices variés, comme au cirque ; de deux heures à quatre, exercice à la baïonnette ; de quatre à cinq, exercices de visée ; de cinq à six, exercice ; de six à sept, maniement d'armes ; de sept à huit, astiquage, raccommodage ; et pas de sorties ni de congés avant la Noël, mes garçons... En dehors de ça, et du moment que vous ne découchez pas, la plus extrême liberté vous est permise...

Il disait cela derrière Renaud, en marchant.

Il lui tapa sur l'épaule.

— Hein ? Ça n'est pas comme là-bas ? Paraît qu'ils se la coulent douce, les pantalons rouges ?

Renaud répliqua simplement :

— Pas tant que ça ! Et ils ne rechignent pas à la besogne...

Mais le gefreite était passé en riant. Décidément, il n'avait pas l'air d'un mauvais bougre.

Schade enseigna le salut, revers de la main en avant, tandis qu'en France le soldat présente sa main ouverte qu'il rejette vivement, par un large geste plein de grâce et d'aisance, tandis que l'Allemand baisse le bras, le coude en charnière.

On répéta cet exercice le soir même, dans la cour, en défilant un à un devant le lieutenant von Karten, remplaçant le capitaine malade. Quand ce fut le tour de Renaud, Schade lui fit répéter trois fois l'exercice, et dit :

— C'est une buse !

Le lieutenant paraissait s'amuser, en dedans, car rien ne transparaissait sur la rigidité réglementaire de son jeune visage imberbe.

Il commanda tout à coup :

— Recrue Sauvageot, sortez du rang !

Renaud obéit.

— Reculez de trois pas...

Renaud recula.

— Où êtes-vous né ?

— Au village de Villaville, en Lorraine, monsieur le lieutenant.

— Ah ! ah ! je vois que vous êtes un bon Allemand.... C'est bien... Rentrez !

Les yeux de Schade avaient souri. Un peu de glace fondit sur le cœur de Renaud. Mais quelques minutes après, il éprouva soudain l'une des plus fortes joies de sa vie. Comme l'escouade rentrait à la chambre, pour les exercices préparatoires de tir et de mise en joue, les soldats rencontrèrent, dans l'escalier du second étage, une recrue qui encombrait le couloir en portant sur la tête toute la cargaison de son lit ?

Il y eut un cri :

— C'est le douzième ! c'est le douzième qui manque !

Et ils le bousculèrent.

Empêtré dans sa paillasse, son polochon, ses toiles, l'autre perdit pied, roula sur les marches au milieu de son fourniment jusqu'au palier du premier étage. Ses draps s'étaient déroulés autour de sa tête. Il n'y voyait plus, jurait, se débattait, pendant que les autres, là-haut, se tenaient les côtes...

Mais Schade arrivait. Les hommes se turent, tremblants. A coups de botte, le sous-officier obligea le nouveau venu à se redresser, avec un sourd gémissement. Les draps se déroulèrent, tombèrent, et une tête effarée apparut, sur un corps de colosse...

Et à cette apparition un grand cri répondit... d'en haut :

— Pervenche ! Pervenche ! !

La recrue leva le front... Deux bons yeux naïfs s'éclairèrent :

— Renaud ! oh ! mon Renaud ! !

Mais ce fut tout. Schade cria :

— Silence ! !

Son poing s'abattit sur l'épaule de Pervenche, qui ne bougea même pas.

— Toi, l'ivrogne, prends garde... et au trot !

Ivrogne ! Pervenche ouvrit une large bouche pour éclater de rire, mais la figure du sous-officier n'était pas pour exciter la gaieté. Le garçon avait ramassé sa literie, la monta, fit son lit. De temps en temps il échangeait un regard, un sourire, avec Renaud. C'était tout. Oh ! en dépit des efforts des autres, ils trouveraient bien un moyen de se dire quelques mots. Pour le moment, ils étaient heureux infiniment de ce rapprochement. Ils ne seraient pas seuls. L'âme de l'un comprendrait l'âme de l'autre. Ils étaient de même race, de même sang. Leurs pensées étaient communes. Et il sembla à Renaud, soudain, que grâce à la présence de Pervenche, sa vie d'esclavage s'éclairait et qu'il la supporterait avec plus de vaillance...

Mais comment Pervenche était-il là ?...

Surtout, comment les avait-on réunis dans le même régiment, dans la même compagnie, dans la même escouade ?

Etait-ce vraiment hasard ? N'y avait-il pas lieu de croire, au contraire, à une intention, à une préméditation qui aurait conseillé ce choix, cet envoi, ce rapprochement? L'autorité militaire avait tout intérêt, pour l'exemple, à conquérir ces deux âmes, à les pétrir et à les rendre allemandes, à les renvoyer, après deux ans, coulées au moule de la discipline ; alors, il fallait éviter une révolte de l'un ou de l'autre des deux soldats ; abandonné à lui-même, l'un ou l'autre pouvait faiblir ; se soutenant l'un l'autre, ils auraient plus de patience et les mois de caserne feraient le reste... On en avait maté de plus redoutables et de plus rétifs...

Ou bien, pensait Renaud, ne serait-ce point simplement par pitié...

Seulement cette pensée lui fit hausser les épaules. La pitié ne franchit pas le seuil de la caserne. Quoi qu'il en fût, c'était un grand bonheur et il en était profondément heureux.

Le soir, Pervenche pu lui expliquer comment il était venu.

Son intention avait toujours été de suivre Renaud. Renaud s'engageait-il dans la Légion ? Il entraînait avec lui Pervenche.

Renaud repris par le recrutement allemand, Pervenche, affecté au même régiment de Coblentz, résolut, de le rejoindre. En cela, il fut servi par son instinct qui le rendit aussi perspicace, aussi clairvoyant, que s'il avait été doué du sens de l'observation psychologique la plus aiguë...

Il se dit :

— Renaud, seul, deviendra fou... ou il fera un mauvais coup !... Même si je ne suis pas avec lui, il lui suffira de savoir que je suis non loin de lui, il suffira que nous puissions nous rencontrer, nous voir de temps en temps, pour que cela lui redonne du courage... et nous abattrons nos deux années sans qu'il arrive de catastrophe...

Il raisonnait juste...

Mais il ne pouvait prévoir que la catastrophe, si elle

survenait, pourrait les emporter tous les deux, dans le même coup de tempête...

Donc, ayant ainsi pensé, Pervenche calcula que les mois de forteresse de Renaud allaient finir, que la fin coïnciderait avec l'arrivée du contingent, et que Renaud ne sortirait de prison que pour entrer au régiment.

Alors il alla se constituer prisonnier, à Metz.

En raison de sa reddition volontaire, il ne fut condamné qu'à quinze jours de prison qu'il fît à Coblentz ; ces quinze jours venaient d'expirer et Pervenche prenait sa place, la douzième, à la chambre, le lendemain même de l'arrivée de Renaud avec le contingent.

— Mon pauvre Pervenche, pourquoi n'es-tu pas resté là-bas ?

— Impossible, mon Renaud, je n'aurais pas pu vivre, j'aurais eu trop peur... Tout seul, vois-tu, tu aurais couru trop de dangers... A nous deux, nous serons plus forts...

Renaud secoua la tête. Pourtant, l'espérance renaissait, en dépit de tout.

Pendant que Pervenche ajoutait :

— S'il arrive malheur à l'un de nous, il arrivera malheur à tous les deux, voilà !

Les jours qui suivirent furent des jours d'attente : sorte d'accalmie, durant laquelle, non point Pervenche, mais Renaud sentit qu'il était tenu de près en observation. Il s'en souciait peu, décidé à faire tout ce qui était en son pouvoir pour éviter la moindre réprimande, et du reste, persuadé que les motifs, même injustes, de réprimandes, d'injures blessantes et de gourmades viendraient, sous la poussée brutale de Schade aux aguets. Mais la première semaine se passa en assouplissements avec ou sans armes, gymnastique aux agrès, où Renaud, agile et familier avec cet exercice, se montra de première force... en rassemblement sur un rang, mouvements individuels sans armes, marche et théorie. Dans la seconde semaine, ce fut le maniement d'armes et l'instruction du tirailleur en terrain varié. Tout cela, comme plus tard le reste, devait être un jeu pour Renaud. Mais il n'en fut pas de même pour Pervenche. Le noué eut à souffrir. Il avait l'intelligence lente. Une fois l'explication entrée dans son cerveau, elle y restait, mais il fallait, avant cela, qu'elle eut à franchir l'épaisseur du crâne.

Dès le premier jour où il sentit la résistance du bon garçon à comprendre, Schade s'acharna contre lui avec une animosité, sous laquelle il fut facile de deviner qu'il se vengeait sur Pervenche, de ce qu'il ne pouvait rien contre Renaud.

Cela débuta par les imprécations et les injures.

— Tête droite, cochon !... Rentre les genoux, porte le pied à terre, la pointe en bas, les épaules effacées, charogne... Autant, sale rossard !... (1)

Et ses poings qui s'ouvraient et se fermaient trahissaient l'envie d'une brutalité.

Dans l'armée allemande, les règlements proscrivent toute voie de fait, mais les règlements restent lettre morte. Les tribunaux militaires jugent et condamnent à des peines légères, tous les ans, des centaines de sous-officiers qui se sont rendus coupables de cruautés souvent atroces, à la suite desquelles des soldats sont devenus fous ou ont déserté. Les milliers de désertion qu'accuse chaque année l'armée de nos voisins sont motivées par les mauvais traitements. Les officiers connaissent les faits ; mais pour ne pas s'attirer d'histoires et ne point faire mal noter le régiment, ils ferment les yeux.

Et jamais les plaintes des soldats, cloués par la terreur, retenus par l'effroi de l'avenir que leur préparait une dénonciation, n'arrivent jusqu'aux officiers.

Ils souffrent et se taisent... Parfois il y en a qui se pendent !...

Parfois un crime retentissant, l'assassinat d'un officier ou d'un sous-officier en pleine caserne, avec la complicité du silence de tous les soldats — telle, l'affaire Krosigk — secoue un moment l'opinion publique... Les journaux s'émeuvent... puis tout se calme et rien ne change... Le romancier qui veut peindre ces mœurs, qui semblent d'un

(1) Nous prions nos lecteurs d'excuser les termes parfois vifs qu'ils rencontreront çà et là sous notre plume. Nous avons voulu peindre la caserne allemande, avec ses grandeurs et ses bassesses, telle qu'elle est, sans parti pris, mais sans voile. — J. M.

âge lointain, n'a donc pas besoin de recourir à son imagination... Les documents abondent...

Si simple qu'il fût, Pervenche ne manquait pas de jugement. Il savait ce qui l'attendait à la caserne, et du jour où il y mit le pied, son parti fut pris : aux injures et aux coups, il offrirait une âme fermée... comme absente...

Il était venu là pour Renaud... Renaud seul importait...

Les outrages de Schade glissèrent sur lui sans l'atteindre. Il n'eut pas un frisson. Il n'eut pas peur. Il tâcha de comprendre ce qu'on lui voulait et ce fut tout.

Mais Schade paraissait vouloir s'acharner sur Pervenche, de même, du reste, que sur Gotlieb, dont la lourde tête était pareillement rebelle à la théorie. Le maniement d'armes ne comprend que trois mouvements : reposer l'arme, l'arme sur l'épaule, présenter l'arme. Le sous-officier, mécontent, avait saisi le mauser de Pervenche par le bout du canon et lui frappa la botte avec la crosse de toutes ses forces. La première souffrance de son pied à moitié écrasé fit fermer les yeux du noué. Il les rouvrit presque aussitôt et ses jolis yeux caressèrent doucement le bourreau, sans qu'un muscle bougeât sur sa figure. Cette caresse voulait dire le mot qui lui était favori :

— Si ça me plaisait, tu ne pèserions pas lourd !... Mais je me fâcherai point...

Renaud regarda son ami. Renaud, lui, était très pâle. Schade s'en aperçut, courut à lui, se planta devant les bras croisés, les lèvres écumantes.

— Tête droite, fixe !... Et après, as-tu quelque chose à dire ?...

Les yeux calmes de Renaud allèrent chercher les yeux du sous-officier et ne s'en détachèrent plus... Les deux figures étaient si proches l'une de l'autre qu'elles avaient l'air de se rapprocher pour un baiser... ou pour une morsure... Les hommes tremblaient...

Alors, ce fut sur Renaud qu'il s'acharna.

Il le fit sortir du rang, lui commanda l'exercice de visée. C'est un simple mouvement mécanique qui consiste à porter l'arme à l'épaule et à viser, mais ce mouvement s'il se répète souvent, et surtout s'il se prolonge devient une fatigue inouïe. Et Schade y apportait de l'invention et de la fantaisie, et de cette fatigue faisait une torture où il était passé maître. La position du fusil en joue nécessite une dépense de force et une tension extrême des muscles, lorsque cette position se prolonge au delà de quelques instants.

Or, Schade commanda cet exercice, le fit se prolonger. Il le commanda, non pas seulement debout ou à genoux ou couché, dans des positions réglementaires, mais avec des flexions des genoux. Bien plus, lorsqu'il vit Renaud exténué, les jambes tremblantes, les bras si faibles que le mauser semblait lui échapper des mains, blême et la sueur au front, il commanda la mise en joue en l'obligeant à relever les talons et à se placer debout sur la pointe des pieds. Il y avait une demi-heure que ce supplice durait. Renaud était à bout de forces. Un nuage obscurcissait ses yeux. Son fusil lui échappa des mains, il plia les genoux et s'abattit sur le sol. Mais à peine eût-il donné cette marque — hélas ! si naturelle — de faiblesse qu'il se relevait brusquement... Schade parut satisfait. Un mauvais sourire illuminait sa physionomie... Il ordonna à Renaud de rentrer dans le rang...

Un par file à gauche, l'escouade, arme à l'épaule, revint à la chambre.

En arrivant au corridor du rez-de-chaussée, on rompit le pas... Et tout à coup, du centre de l'escouade, ou de la gauche, ou de la droite, on ne sait jamais, partit un cri sourd :

— Brute !!

Schade se retourne avec violence...

— Qui a parlé ! qui a dit ?...

Sa colère est telle que ses dents convulsées, serrées les unes contre les autres, l'empêchent de prononcer une parole de plus... Mais que deviner sur ces visages impassibles ?... Ils ont peur... Alors, Schade lève les deux poings fermés sur le premier des soldats qui se trouve près de lui.

C'est le paysan Gotlieb, aux yeux naïfs.

Les poings s'abattent avec une telle force que Gotlieb s'écroule sur le sol. Il se relève le visage ensanglanté et Schade le pousse dans le corridor et les escaliers à coups de bottes.

Un officier se promenait dans la cour de la caserne.

Il vit, tourna le dos brusquement et s'éloigna, comme s'il n'avait rien vu...

C'était le jeune lieutenant von Karten.

Dans la chambre, Gotlieb tomba sur son lit, en versant des larmes...

La nuit, on l'entendit longtemps qui pleurait, sous son drap, tout bas, tous bas.

Le lendemain, le lieutenant von Karten assista aux exercices d'ensemble du maniement d'armes de l'escouade. Schade se contint, du moins comme voies de fait, et nul n'eut à souffrir de sa brutalité, mais les épithètes injurieuses ne furent épargnées ni aux uns ni aux autres. Là-dessus, il avait le champ libre. Une de ses manies qu'il trouvait spirituelle, était parfois de faire sortir un homme du rang et de lui dire à brûle-pourpoint :

— Tu es un cochon. Dis-moi ce que tu es...

Et l'homme, apeuré, devait répondre.

Il n'y manqua pas ce jour-là, sentant von Karten, immobile, derrière lui et voulant attirer un sourire sur le visage imberbe du lieutenant.

Une fois, comme Pervenche, assez lourd dans ses mouvements, était arrivé à frapper le sol avec la crosse de son fusil, un dixième de seconde trop tard — et que, l'instant d'après, au « Présentez l'arme ! » son fusil s'était trouvé un centimètre trop bas, Schade vint se planter devant lui, bras croisés, posture favorite de sa fureur :

— Toi, tu es une charogne... Dis-moi ce que tu es !...

C'était la première fois que Pervenche entendait ce trait d'esprit et il en fut suffoqué, dans sa simplicité. Ses petits yeux, de si jolie couleur, s'ouvrirent aussi grands qu'ils purent, sa bouche se fendit, formidable, en un étonnement qui était de la stupéfaction.

Et, regardant Schade, il oubliait de répondre.

— As-tu entendu et veux-tu répondre, sale rossard ?

Une révolte s'agitait confusément dans le cerveau du bon garçon... si simple, si noué qu'il fût, il avait de la fierté...

Ses lèvres restaient obstinément closes.

Schade bégaya :

— Tu refuses de répondre ? Refus d'obéissance, alors ?

Ce mot dessilla les yeux de Pervenche. Il comprit. Oui, voilà où on voulait l'amener... à un semblant de révolte qui autorisait toutes les sévérités... Alors son regard caressa le sous-officier, des pieds jusqu'à la tête... « Toi, tu pèserions pas lourd ! » et très grave, sans sourciller, il réplique :

— A vos ordres, monsieur le sergent, et par obéissance, oui, je suis une charogne !

Avec sa finesse de paysan, il esquivait la réponse.

Schade comprit, mais n'osa insister... Oui, il venait, malgré lui, de se sentir gêné par le singulier regard caressant, étrange caresse, de Pervenche, se promenant sur lui et le détaillant pour ainsi dire... comme si, devant le bourreau, l'esclave s'était demandé par quel membre il commencerait son attaque, lorsque viendrait le jour de la revanche où Schade devrait expier... Lui tordrait-il les pieds ? Lui déboîterait-il les genoux ? Arracherait-il les cuisses du tronc ? Ecraserait-il contre lui cette poitrine... ou bien serrerait-il le cou dans sa main puissante, jusqu'à ce qu'il n'y eût plus qu'un petit frisson grêle, le long du corps, annonçant l'agonie ?... Car voilà ce que cette caresse signifiait, aux yeux de Schade, et voilà pourquoi Schade venait d'être gêné, brusquement.

Le lieutenant von Karten appela, d'un cri bref :

— Sauvageot !...

Renaud sortit du rang, s'approcha de l'officier, rectifia et attendit.

— Vous avez bien débuté... J'ai de bons renseignements sur vous... Vous continuerez... et j'espère que vous allez devenir un bon Allemand ?...

Renaud se tut, von Karten attendit.

Il insista :

— Je puis compter que vous deviendrez un bon Allemand ?

Cette fois, la question était directe.

Il fallait une réponse.

Renaud se trouvait devant l'implacable nécessité d'obéir. Il se tenait devant von Karten dans une immobilité absolue, tout mouvement, même le plus léger, étant défendu par la discipline, le buste en avant, la tête haute, les yeux fixés sur le lieutenant.

Les soldats écoutaient, curieux, sans haine. Seul, Schade exultait, en dessous.

Renaud répondit enfin, et sa voix était ferme et grave :

— A vos ordres, monsieur le lieutenant, et puisque monsieur le lieutenant veut bien m'interroger, je lui dirai que je suis, en effet, résolu à être un bon soldat.

Pervenche sourit et saisit la nuance.

De même que lui, Renaud venait d'esquiver le danger.

L'officier n'insista pas sur ce point, mais il avait son idée car il poursuivit :

— Je connais votre histoire... Vous êtes de Villaville... Vous avez déserté et vous vous êtes laissé reprendre... Vous avez été inculpé dans une grave affaire, l'assassinat d'un officier d'infanterie de la garnison de Metz... On vous a gardé longtemps sous les verrous et on a fini par vous remettre en liberté faute de preuves, mais cette mise en liberté ne vous a pas lavé complètement de l'accusation de meurtre, ni vous ni votre complice Lucas Giraud... Votre devoir est de vous efforcer qu'on oublie... Et pour qu'on oublie, il faut que vous soyez le modèle des soldats de votre compagnie...

Renaud ouvrait la bouche pour répliquer.

Un brutal : « Taisez-vous ! Je ne vous autorise point à parler ! » lui ferma les lèvres.

Il eût voulu dire :

— Je suis innocent de ce meurtre... Il serait injuste d'en rejeter le poids sur ma tête...

Von Karten commanda :

— Rentrez dans le rang !

Schade fit exécuter quelques exercices, l'officier s'éloigna. Dans l'escouade, une émotion profonde qu'on ne pouvait deviner sur ces visages impassibles, apeurés par la présence de Schade, mais qui se manifesta pourtant, coup sur coup, par des mouvements défectueux. L'émotion venait de ce qu'ils venaient d'entendre... Renaud, assassin d'un officier allemand !... Ils n'en croyaient pas leurs oreilles !... Une stupeur énorme d'épouvante ! Pour se rendre compte de cette sensation, il faut se souvenir de la crainte superstitieuse qu'inspire aux hommes l'officier qui, pour eux, est d'une autre caste, d'un autre sang... Entre l'officier et le soldat, nulle affection, jamais... Seulement un invincible effroi... du respect engendré par la terreur.... Or, ils venaient d'entendre dire que Renaud avait été accusé d'avoir assassiné un de ces hommes, un officier, créature supérieure, flottant au-dessus d'eux dans un monde inaccessible... Et la stupeur les rendait tremblants... Schade, lui-même fut si secoué, qu'il ne prit point garde aux irrégularités qu'il eût relevées, à un autre moment, à grand renfort de coups de poings ou d'injures. Mais lorsque l'escouade rentra à la chambre, il s'approcha de Renaud lui frappa sur l'épaule et lui dit :

— C'est vrai, cette histoire ?... On t'accuse d'avoir assassiné un officier allemand ?

— Oui, j'ai été accusé faussement. Je suis innocent. On l'a reconnu.

Schade eut un rire silencieux. Ses yeux durs s'emplirent d'une lueur terrible.

— Ah ! ah ! c'est bon ! Nous allons nous amuser !...

Renaud fit semblant de ne pas entendre et il étouffa un soupir

Il sentait que la torture n'était pas loin... Son bon temps était fini...

Pervenche lui glissa à l'oreille :

— Il avait bien besoin de parler de ça, le lieutenant.

Renaud haussa les épaules... Bast ! un peu plus tôt, un peu plus tard ! La chose ne pouvait manquer d'être connue, un jour ou l'autre... On allait se battre, voilà tout !...

Le lieutenant von Karten, de l'indiscrétion duquel allaient naître des incidents d'autant plus tragiques qu'ils se passeraient au milieu des chaînes d'une discipline de fer, n'était pourtant point un méchant homme. Pas même un mangeur de Français, comme il y en a tant parmi ces officiers prussiens qui nous méprisent. C'était un garçon d'une intelligence assez bornée, ne voyant guère plus loin que la visière de son casque, et dont la naïveté n'était pas sans avoir eu, en certaines garnisons, son heure de renommée. C'est lui qui était le héros d'une des fantaisies les plus populaires du baron de Schlicht, qui représenta von Karten, enseigne en garnison à Mayence. Von Karten était obligé de vivre avec les officiers et de les suivre partout. A la brasserie, on le laissait dans son coin, où il se morfondait, devant son verre de bière, attendant, comme l'exige la discipline, qu'un de ses supérieurs, attablés aux tables voisines, voulût bien lui adresser la parole... Or les officiers allemands sont quelquefois farceurs, et de plus ils savaient l'enseigne naïf...

L'un d'eux lui dit un soir :

— A votre santé, enseigne !

Von Karten, selon l'usage, se dressa, salua, avala son verre d'un trait et se rassit.

Cinq minutes après, un capitaine, assis non loin de l'enseigne, lui adressa la parole :

— Dites-moi, enseigne, quel âge avez-vous donc ?

— Vingt ans, mon capitaine.

— Vous êtes rudement vieux !

— A vos ordres, mon capitaine !

— Ça ne fait rien, du reste, et à votre santé, enseigne.

Comme poussé par un ressort, Karten bondit, salue, vide son verre d'un trait et se rassied.

A peine est-il assis, que la voix du commandant :

— Dites-moi, enseigne, quel âge avez-vous exactement ?

— Vingt ans, mon commandant.

— Tonnerre ! vous êtes bougrement vieux !

— A vos ordres, mon commandant.

— A votre santé quand même !

Et Karten, automatique, vida sa chope. Après quoi ce fut le tour du lieutenant. « Quel âge avez-vous donc ? » « Vingt ans ! » — « Ce n'est pas croyable... vous êtes diablement vieux. » Et aussitôt : « Du reste, ça m'est égal... A votre santé, enseigne ! » Mais Karten commençait à trouver qu'on s'intéressait beaucoup à sa santé... Et la bière, avalée trop vite, pesait un peu sur son estomac. Par malheur, ce n'est pas fini... Le major n'a rien dit... Et il parle.... Et d'autres parlent encore... Et la bière, vidée d'un trait, debout, pèse de plus en plus. Il veut partir... On le force à se rasseoir... « Quel âge avez-vous ? — Vingt ans ! — Que vous êtes vieux ! » A la fin Karten n'y voyait plus très clair, et n'entendait plus que dans une sorte de ronron qui bourdonnait à ses oreilles... Il vint encore une question :

— Quel âge avez-vous, enseigne ?

— J'ai vingt ans, oh ! je sais que je suis bougrement vieux !...

Il y eut, parmi les officiers, comme un silence offensé. Personne ne retint plus l'enseigne lorsqu'il voulut quitter la brasserie, ce qu'il fit avec une raideur plus que réglementaire, et non sans bousculer quelques tables...

Le lendemain, son capitaine le faisait appeler, et lui administrait une semonce... La veille, paraît-il, von Karten aurait répondu, à la brasserie, avec impertinence... Ceci ne se pouvait supporter... L'enseigne parlait trop, à tort et à travers, donnait son opinion sur tout sans y être sollicité... ce qui avait produit une impression exécrable... « Vous êtes beaucoup trop jeune, enseigne, pour avoir une opinion... beaucoup trop jeune ! »

A quoi l'infortuné, la main à la visière, répliqua, le cerveau un peu en désordre :

— A vos ordres, mon capitaine... je suis bougrement jeune !

II

LE SOUS-OFFICIER SCHADE S'AMUSE

Le contre-coup de la révélation ne fut pas longtemps sans se faire sentir et dès le jour même Renaud et Pervenche comprirent qu'ils étaient mis à l'index par leurs camarades de l'escouade et considérés comme des pestiférés. Même Stiegler et Lorenz qui leur avaient jusqu'à présent témoigné le plus de sympathie, s'éloignèrent d'eux avec une sorte de crainte superstitieuse.

Il n'y en eut qu'un, parmi les dix, le paysan Gotlieb, aux yeux naïfs et désespérés, la bête noire de Schade, qui vint dire à Renaud très bas :

— Puisque vous étiez innocent, vous n'en êtes que plus malheureux d'avoir été un instant soupçonné.

Renaud fut ému ! Les deux hommes se serrèrent les mains. Le malheur, ou plutôt la torture commune, sous la menace de Schade, les rapprochait, les faisait frères...

— Nous allons nous amuser ! avait dit le sous-officier, avec son méchant regard.

Cela signifiait que les antécédents, ainsi brusquement mis au jour, de Renaud et de Pervenche, allaient, pour ainsi dire, donner carte blanche à son besoin de brutalités sauvages. Désormais, n'était-il pas sûr que l'on fermerait les yeux, quoi qu'il arrivât ? Un soldat allait souffrir de la cruauté d'un supérieur ?... Ce soldat, qui donc ? Ah ! Renaud Sauvageot, le déserteur ?... l'assassin de l'officier ?... Rien à faire... qu'il se débrouille !... Et si Renaud s'avisait de réclamer, personne ne l'écouterait !... Certes, les sous-officiers n'ont pas le droit de punir. S'ils jugent qu'un de leurs inférieurs a mérité une punition, ils en rendent compte au capitaine, qui en fixe la nature et la durée... Mais comme il leur est facile d'éluder cette défense !... Et pourquoi recourir aux punitions, quand tant d'autres moyens leur sont offerts de satisfaire leur besoin d'autorité brutale, ou leurs rancunes, ou leurs instincts de cruauté ?... L'homme a le droit de réclamer contre une sévérité par laquelle il se trouve injustement lésé. C'est un droit illusoire, qu'il n'exerce jamais. L'expérience lui a bien vite appris que les malheureux qui se plaignent sont les premiers à pâtir de leurs plaintes. Dès son arrivée au corps, on apprend au jeune soldat ses devoirs et ses droits, mais on a soin de lui apprendre, en même temps, qu'il vaut mieux accepter les injures et les coups, et se taire !...

Lettre morte, les considérants des tribunaux qui ont eu à juger des affaires de ce genre, et où il est dit que «les chefs n'ont jamais le droit, dans les réprimandes qu'ils infligent à leurs subordonnés, de leur dire des choses blessantes pour leur honneur » ...

Lettre morte, le rapport du duc Georges de Saxe, en 1891. Après avoir constaté que les mauvais traitements infligés aux soldats ne sont pas le fait d'hommes se trouvant sous le coup d'une irritation passagère, mais le fait d'hommes animés constamment « de sentiments d'une grossièreté sauvage, que l'on croirait à peine possibles et témoignant de la volonté bien arrêtée d'infliger à leurs victimes des supplices raffinés », le duc ajoutait : « Des traitements indignes, contraires à toute loi, à tout ordre militaire, à toute dignité humaine, un terrorisme qui salit l'uniforme, ne peuvent, en aucun cas, faire mûrir les sentiments que l'armée doit développer... La discipline ne peut être fondée sur la crainte des coups... Si les officiers, même jusqu'au grade de capitaine, perdent la notion de la seule base de la véritable discipline dans la mesure qu'ont révélée les enquêtes, il ne faut vraiment pas s'étonner des actes commis par les sous-officiers, dont le niveau cultural est beaucoup plus bas.... En outre, il semble résulter de ces mêmes enquêtes que les supérieurs prennent parti pour le sous-officier qui a brutalisé contre le soldat maltraité... Dès lors, les soldats ne peuvent plus avoir confiance dans leurs chefs et leur témoigner de l'affection, et leur passage dans l'armée, au lieu de les prémunir contre les enseignements socialistes, les pousse, au contraire, aux sentiments révolutionnaires... »

Quant au droit de punir, enlevé au sous-officier, nous verrons par quoi il le remplace et comment, avec un raffinement de bestialité, Schade sut tourner la difficulté.

Il est rare que les hommes de cette nature ne soient pas des lâches.

Schade était lâche.

Il n'eut en vue que le supplice de Renaud.

Corvées sur corvées... Injustices sur injustices... tortures sur tortures...

Voilà ce qu'il rêva et en quoi devait se résumer pour lui la vie de la chambrée dans les jours qui allaient suivre.

Mais chose étrange, de Pervenche, il ne paraissait pas vouloir se préoccuper.

Pourtant Lucas Giraud aurait dû susciter la même haine, les mêmes ressentiments...

Entre lui et Renaud, quelle différence ? Aucune. Déserteur comme Renaud... Accusé comme Renaud d'avoir assassiné Lilienthal... Et même retenu en prison plus longtemps que Renaud, il aurait dû être l'objet des mêmes cruautés...

Il n'en fut rien...

Un soir, les hommes astiquaient leur fourniment autour de la table, assis sur les tabourets. Stiegler, en tirant sa blague de sa poche, fit sauter sa bourse qui s'ouvrit et deux ou trois pièces de cinq marks roulèrent sur le plancher.

Pervenche l'aida à les ramasser, et se rasseyant :

— Je parie que je te roule une pièce de cinq marks entre mes doigts comme tu roulerais une feuille de papier à cigarettes...

Il avait dit cela, naïf et paisible, avec son éternel sourire.

Les hommes se récrièrent... Une pièce d'argent, aussi large et aussi épaisse... Ce tour n'était pas possible...

— Je parie la pièce, dit Stiegler.

— Je tiens le pari, fit Pervenche, mais d'abord il faut que tout le monde essaye...

La pièce d'argent passa de mains en mains et revint indemne.

Schade, de sa chambre dont la porte était entr'ouverte, avait entendu, s'était rapproché, et il écoutait... Le gefreite Heyneman, qui passait pour un des hommes les plus vigoureux du régiment, avait usé ses ongles et fait saigner ses doigts à vouloir plier la lourde pièce... Dépité, il disait :

— Gare si tu te fiches de nous !

Pervenche prit les cinq marks, les tordit lentement sans effort apparent, les roula, en fit un tube, qu'il tendit à Stiegler, stupéfait.

— Quelle poigne ! murmura le brasseur...

— Oui, dit Laurenz, je ne voudrais pas avoir le cou dans sa pince...

Schade avait vu. Il était rentré chez lui... Mais avant de rentrer, pourtant, le doux Pervenche, l'ayant aperçu, eut le temps de le caresser d'un long regard, de ce regard singulier qui gênait le sous-officier et lui faisait passer un frisson dans les os.

Disons-le : Schade avait peur de Pervenche... Il connaissait sa force prodigieuse, dont ce que Pervenche venait de faire là n'était que la première manifestation... Une fois, il l'avait surpris étant tout seul à la chambrée, s'amusant à tenir à bout de bras son fusil, dont il serrait seulement le bout du canon entre le pouce et l'index... Et Schade depuis lors, avait réfléchi...

En rendant la pièce à Stiegler, Pervenche avait dit, bonhomme :

— Si vous voulez m'en confier une autre,, j'en ferai un tire-bouchon !

— Merci, fit le brasseur en riant, ça me coûterait trop cher...

Dans la campagne qu'il avait entreprise contre Renaud, Schade mit de la méthode.

Il avait commencé par vouloir le lasser à force de questions sur la théorie, mais Renaud ne put être mis en faute une seule fois. Il savait sa théorie sur le bout du doigt. Schade prit sa revanche d'une autre façon. L'ordre de travail, tous les jours, était écrasant. Il ne restait pas une minute de répit aux hommes et une punition, une corvée supplémentaire pouvait devenir un engrenage de retards sur retards et de punitions sur punitions, dans lequel l'homme, une fois surpris, se trouverait à jamais écrasé, broyé... Les recrues n'avaient que le bourgeron de travail et les tenues numéro cinq et six. Ces tenues doivent toujours être prêtes pour le service du lendemain, selon que Schade l'ordonnait au dernier moment. Or, un matin, le sous-officier commanda de descendre avec la tenue numéro six, celle qui était rapiécée de morceaux multicolores.

Et Renaud ne vit pas sans stupeur que ses boutons avaient été arrachés...

On avait donc forcé la porte de son armoire ?...

Il y courut, examina la serrure, dont seul il avait la clef. Nulle trace d'effraction. Il devenait évident qu'une clef quelconque ouvrait sa serrure — à moins qu'une clef spéciale n'eût été fabriquée sur empreinte...

Ses soupçons se portèrent aussitôt sur Schade...

Mais, que dire ? Et que faire ?... Ne rien dire... et re-

coudre les boutons, si possible... Cela ne fut pas possible.
Schade hurlait :

— En bas, sales rossards !

Et lorsque, en bas, il aperçut Renaud, il vint à lui, dans
le rang :

— Eh ! eh ! plus de boutons, maintenant ? On veut se
payer ma tête... infecte crapule" !

Il l'envoya au peloton de punition.

Et ce fut le début. Ce fut l'engrenage. Renaud sentit
qu'il venait de perdre pied. Jusque-là, depuis trois semaines, il s'était cramponné désespérément aux arbris-
seaux maigres et frémissants qui se penchaient au-dessus
de l'abîme... Maintenant, les branches où se retenaient
ses mains crispées se brisaient... Il était lancé dans l'inconnu... Et tout ce qui lui arriva, en effet, à partir de
cette heure où, pour ainsi dire, sa vie se déclancha, se
passa sans qu'il eût le temps d'y réfléchir, comme des
événements de cauchemars...

Pendant des heures, au peloton, ce fut la marche au
pas gymnastique, au pas de parade ; ce fut différents
maniements d'armes, couchés, sur le dos, sur le ventre,
sur le côté, sans une minute de pause, sans une seconde
de répit, jusqu'à ce que les hommes fussent exténués.
Leurs genoux tremblaient alors, et ne pouvaient plus les
porter. Le fusil, à plusieurs, tomba des mains. La sueur
ruisselait le long des visages, blêmes de fatigue, pendant
que la bise d'hiver, aiguë, chargée de givre, soufflait dans
la cour nue de la caserne. Le sous-officier qui commandait
le peloton ne s'arrêtait que lorsqu'il était visible que
l'épuisement des hommes était complet et qu'on ne pouvait, sans danger, leur demander plus...

Quand Schade revit Renaud, il lui sourit :

— Te sens-tu mieux ?

— A vos ordres.

— Et puis, tu sais ? Je veux que tu ailles en forteresse...
Je veux que tu en tâtes !...

Oui, c'était son plan. Renaud le savait. Schade ne s'en
cachait plus.

Il se redressa, répondit, narquois, tête droite, buste
bombé, talons joints :

— A vos ordres.

Schade lui jeta un regard de vipère.

Il comprit qu'il dompterait le corps, peut-être, mais qu'il ne dompterait pas l'âme.

Le lendemain, le service de l'escouade fut plus dur encore que d'habitude. Pendant des heures, on défila au pas de parade, tendant fortement la jambe, la projetant droite et rigide aussi loin que possible en avant, le buste raide, bras collés au corps, la laissant retomber, toujours tendue, en frappant le sol avec force et marchant en ligne, sans dévier d'un centimètre, comme des automates admirablement montés, mais des automates grotesques, dont la vue est ridicule, pénible et humiliante : exercice donnant le sentiment d'une sorte de dégradation morale des hommes qu'on y astreint.

Au moment où l'exercice prenait fin, on fit l'appel, dans les différentes escouades de la compagnie, manœuvrant séparément, des hommes punis du peloton de punition. Depuis la veille Schade avait en vain essayé de surprendre Renaud pour lui infliger ce surcroît énorme de fatigue. Il n'y avait pas réussi. Renaud fut donc très étonné quand il entendit quand même prononcer son nom pour faire partie du peloton disciplinaire, contre toute justice. Il dut sortir du rang.

Le feldwebel passait. Renaud s'approcha de lui à la distance réglementaire.

Ce sergent-major était un garçon à figure intelligente. Il reçut comme un choc le regard de flamme des yeux de Renaud et devina qu'il se passait une chose anormale.

— Vous désirez me parler ? fit-il d'une voix douce.

— Je désirerais que vous m'autorisiez à quitter le peloton pour adresser une réclamation à M. le lieutenant...

— Faites ; dit le feldwebel, dont le regard exprima une sorte de commisération.

Von Karten écouta la réclamation. Renaud ne devait pas faire partie du peloton. Son nom avait été appelé par erreur. Il priait le lieutenant de le renvoyer à la chambre. Von Karten parut écouter avec attention, ne répliqua rien, appela Schade, le questionna, écouta ses réponses, hocha la tête, haussa les épaules et s'éloigna, son service prenant fin...

Un peu plus de pitié emplit les yeux du feldwebel qui passa derrière Renaud, murmurant :

— Résignez-vous, mon pauvre garçon !

Le résultat de cette réclamation pour la justice fut que le peloton, ce jour-là, fut divisé en deux sections. La première trima, comme d'habitude. Mais la seconde, dont Renaud faisait partie, avec Thielke, le cordonnier, une autre victime sur laquelle — ainsi que sur Renaud et sur Gotlieb — s'acharnait le sous-officier — fut menée avec une brutalité inouïe. D'abord, Schade fit remplir les sacs de sable, autant qu'ils en pouvaient contenir, c'est-à-dire jusqu'à concurrence de 35 à 40 kilos. Le supplice ensuite commença. Ce fut une marche lente, pendant laquelle le chef de peloton faisait lever les pieds aux hommes à la hauteur d'un mètre cinquante centimètres, après quoi il fallait frapper le sol de toute sa force. Quelques minutes de cet exercice suffisaient. Les pieds étaient en feu. Alors, le pas s'accélérait, le pas devenait gymnastique, puis c'étaient des génuflexions, la marche les genoux pliés, avec du maniement d'armes... le tout durant une heure, sans une minute pour souffler...

Les hommes étaient fous de fatigue et de rage... mais l'épouvante ! l'épouvante était plus forte que le désespoir, que la folie, que la révolte...

Thielke, faible de la poitrine, tomba deux fois, la seconde fois évanoui... Le chef du peloton, émule de Schade, le redressa à coups de poing... Thielke eut le visage en sang...

Qui dira les malédictions et les menaces et les sombres fureurs qui se dérobent, dans ces lourdes têtes, derrière les yeux de soumission et d'indifférence ?

Mais c'en était trop pour Thielke. On le vit tout à coup lancer son fusil à la tête du sous-officier et s'abattre sur le sol en hurlant... Il était pris de convulsions, l'écume aux lèvres, les yeux retournés... tordu par des spasmes... Les longs cris qu'il poussait retentissaient dans la sonorité des murs de la caserne, comme les hurlements d'un chien perdu... et se terminaient par une sorte d'aboiement...

L'homme était aux prises avec un accès de fièvre chaude.

On le transporta à l'infirmerie... Les soldats se regardèrent... serrèrent leurs fusils dans une crispation des doigts... la mâchoire contractée...

Il en était, là, deux ou trois, qui n'avaient pas le cœur tendre... de fortes têtes...

Pourtant, tous avaient les yeux pleins de larmes.

On sut, le lendemain, que Thielke était devenu fou...

C'était bien Schade qui était le véritable auteur responsable de la folie du pauvre Thielke, bien qu'il ne commandât point, ce jour-là, le peloton de punition. Quand il connut ce drame, il prit peur, et pendant la moitié de la semaine, les hommes respirèrent, puis ne voyant rien venir et jugeant que cette affaire serait étouffée comme beaucoup d'autres afin de ne pas attirer d'histoires au régiment, il retrouva vite sa morgue, sa jactance et ses menaces.

L'impunité même dont il jouissait redoubla son assurance.

— N'oubliez pas que nous autres, les sous-officiers, nous avons sur vous une autorité absolue... Il faut tout souffrir et vous n'avez qu'à vous taire... Vous avez vu récemment comment a été reçue la réclamation de l'un d'entre vous. Que ceci serve d'exemple à tous — et en disant cela, il se tourna vers Renaud. Quant à toi, crapule, tu sauras ce que pèse mon grade, et que j'ai plus de pouvoir sur toi, à moi seul, que tous les officiers du bataillon réunis... Je t'ai promis la forteresse. Tu en tâteras... Si, une autre fois, tu ne fermes pas ta gueule, et si tu te plains encore... Quoi ? Qu'est-ce que tu as à répondre ? Tu as quelque chose à dire ?

— Il faut un motif, monsieur le sous-officier.

— Oui, je t'en salerai un quelque jour.

— A vos ordres, monsieur le sous-officier...

Et le regard de Renaud, planté droit dans le regard de Schade, ne broncha pas.

— Je t'ordonne de baisser les yeux...

Les yeux de Renaud ne se baissèrent point.

— Tu ne m'as pas entendu ? Tu ne m'as pas compris, chameau ?

Les yeux de Renaud restèrent droits et fixes.

— Tu me braves ? Refus d'obéissance ? Révolte ?... Une dernière fois ?...

Le poing fermé de Schade se haussait lentement, dans une envie terrible, furieuse, de s'abattre sur ce cerveau dont il sentait peser sur lui l'outrageant mépris... Mais derrière Renaud, il vit tout à coup se lever lentement un soldat, qui dépassa Sauvageot de toute la tête, et qui, pardessus, considéra longuement le sous-officier avec un sourire caressant... C'était le sourire et la caresse de l'honnête Pervenche. Alors, le poing menaçant qui, une seconde, avait préparé l'outrage mortel, l'outrage qui eut déchaîné la catastrophe, se desserra avec lenteur, le bras s'abaissa.

Et Schade, lâche, dompté, bégaya :

— Tu en tâteras, de la forteresse, c'est moi qui te l'affirme ; tu en tâteras !

— A vos ordres, monsieur le sous-officier.

Le lendemain, corvées sur corvées, en dehors des exercices, pleuvaient sur Renaud : corvée d'eau et service de chambre, et cette fois Schade était de complicité avec le gefreite qui n'osait se mettre en lutte contre lui ! Renaud dut recurer les sceaux et les crachoirs, porter les eaux sales dans la cour, monter de l'eau fraîche, nettoyer les râteliers d'armes, les carreaux des fenêtres, monter du charbon pour le chauffage de la journée, entretenir le poêle, faire la lampe, préparer le café pour l'escouade, laver les tables, essuyer les armoires, balayer et brosser le plancher... Et comme si cette besogne ne suffisait pas, Schade lui ordonna d'aider l'homme de corvée qui prenait régulièrement soin de ses vêtements. L'homme de corvée avait sans doute reçu le mot d'ordre, car il rejeta tout le travail complet sur Renaud.

Or, au milieu de cette bousculade, brusquement sonna l'appel des recrues dans la cour.

C'était encore un coup ménagé par Schade. L'exercice devait avoir lieu en uniforme. Les hommes étaient prêts et n'avaient qu'à passer leurs sacs. Au contraire, Renaud était, pour la corvée, en bourgeron et pantalon de treillis. Il lui fallait changer de tout au tout.

Le temps matériel lui manquait, en dépit de la diligence qu'il y mit.

Il arriva sur les rangs, sans retard, mais mal ajusté.

Il n'avait aucune illusion et savait que c'était tout ce que Schade avait voulu.

Les yeux triomphants du sous-officier lui disaient :

— Tu en tâteras ! Patience ! tu en tâteras !

Le sergent-major passait une revue minutieuse des hommes. En arrivant devant Renaud, il fronça le sourcil. Les bottes du jeune soldat étaient encore crottées de la marche exécutée la veille, les boutons de la tunique encore ternis de la pluie que l'on avait reçue, Renaud n'ayant pas trouvé une minute pour les astiquer ; le sac était accroché de travers, les courroies mal serrées.

Le feldwebel dit avec sévérité :

— Vous devriez avoir honte de vous présenter sur les rangs dans une tenue pareille. Je suis obligé de vous punir...

Il parlait avec douceur, et disait ces choses comme à regret.

Renaud ne pouvait rien répliquer, ne pouvait donner d'explications que si elles lui étaient demandées. Il attendit. Ses yeux, vifs, où la pensée se lisait ardente, prête à jaillir, frappèrent le feldwebel... Il resta pensif... puis, tout à coup :

— Dites-moi pourquoi vous êtes dans cette tenue...

— A vos ordres...

Et Renaud fit le récit des corvées qui l'avaient empêché de se tenir prêt.

Le feldwebel écoutait, mécontent et, à plusieurs reprises, son regard soupçonneux se porta sur Schade qui rongeait son frein, blême de fureur concentrée. Pourtant il ne fit pas d'observation. Le mot d'ordre: « Pas d'histoire! » existait pour lui, juste et généreux, cependant, comme pour les autres, il se contenta de dire :

— Vous donnerez à cet homme le temps de mettre de l'ordre dans ses affaires...

Et à Renaud, avec une douceur qui n'excluait pas la fermeté :

— Je ne vous porterai pas de motifs de punition. J'espère que vous saurez le reconnaître par un service où vous ne mériterez aucun reproche ?...

— A vos ordres, monsieur le feldwebel, dit Renaud dont la voix trembla d'émotion.

Mais le feldwebel n'était pas le chef direct de l'escouade. Schade l'avait bien dit. Le maître, le bourreau, presque sans contrôle, c'était lui. On ne pouvait l'empêcher d'infliger à l'homme qu'il avait pris en aversion dix jours, quinze jours, trois semaines de corvée d'eau ou de chambre et même les deux corvées à la fois. Ce fut le sort de Renaud, mais non pas de Renaud seul, car Gotlieb, aux yeux naïfs et résignés, partageait cette existence de tortures et de misères. Schade, retenu par le sourire caressant de Pervenche, n'osait se livrer à des voies de fait sur Renaud, mais il se vengeait de sa lâcheté sur Gotlieb en le frappant sous tous les prétextes et même sans prétextes avec une férocité inouïe.

Gotlieb n'avait pas de défense ; il pleurait.

Et Renaud avait pitié de lui.

Parfois, à la chambre, devant le poêle chauffé à blanc, Schade obligeait Gotlieb à faire du maniement d'armes jusqu'à ce que le paysan roulât inanimé.

Et Renaud l'entendit à plusieurs reprises qui murmurait :

— Il faut que ça finisse... et ça finira mal !

Alors, lui, qui avait besoin de tant de courage, essayait de réconforter cette victime.

Les corvées d'eau et de chambre ne suffisaient pas à Schade. Il choisissait ordinairement Renaud, avec Gotlieb, parmi les cinq hommes qu'il désignait pour transporter au stand le matériel de tir, la caisse de cartouches, les quatre grandes cibles, un énorme poêle en fonte et la caisse de coke. Réveillés avant le jour, quand les hommes dormaient encore, au pieu, ils allaient par la neige, enfonçant jusqu'à mi-jambe, et sac au dos, avec le fourniment ordinaire de la tenue de campagne. Au stand, ils dressaient les cibles en toute hâte, allumaient le poêle, mais le poêle allumé, le sous-officier leur défendait d'y réchauffer leurs pauvres doigts engourdis par la gelée.

Renaud était le meilleur fusil de l'escouade, et même,

Schade le savait par le nombre des points obtenus, le premier tireur de la compagnie. A partir du jour où il en fit la remarque, il s'arrangea pour que le jeune soldat, toujours de corvée au stand, autour des cibles, ne prît point part au tir, où son succès aurait pu lui attirer des marques de distinction et des exemptions de certains services.

Longue épreuve de misères, que Renaud subissait sans se plaindre, avec le plus admirable des stoïcismes.

Mais, pourtant, cette résignation n'était qu'apparente, et parfois, dans l'affreux courage qu'il lui fallait pour tout supporter, il se demandait avec angoisse, sentant son cerveau défaillir, s'il n'éprouverait pas le même sort que Thielke et ne deviendrait pas fou !... Dès lors, pris dans l'engrenage, accablé de corvées qui ne lui laissaient pas une minute de répit, il devint impossible à Renaud de soigner ses effets et son fourniment et d'être exact. Partout il arrivait toujours en retard. L'ère des punitions commença, chaque jour avec le même motif et chaque jour plus graves, s'augmentant le lendemain des punitions de la veille. Ce fut l'affolement, le tournoiement dans le vide, la débandade, le désespoir... Et l'image de Thielke, se roulant sur le sol, écume à la bouche et poussant des cris de bête, ne quittait plus son esprit en désordre...

Pervenche aussi avait peur, car il n'était pas sans comprendre le drame qui se passait en Renaud et il s'ingéniait à lui redonner du courage.

Et certes, une seule chose pouvait soutenir le jeune homme, en ces heures difficiles, c'était l'affection dévouée, infinie, de Lucas.

Mais en voyant devant lui se dérouler le long ruban des jours qui allaient remplir les deux années de service à vivre, alors que trois ou quatre semaines seulement s'étaient écoulées depuis son entrée au régiment, Renaud ne se faisait plus d'illusions.

Quelle que fût la surveillance dont il était l'objet et qui semblait être pour lui plus étroite que pour les autres, quels que fussent les dangers à courir, la désertion s'imposait comme une chose nécessaire, inéluctable, et comme une chose bienfaisante, car elle pouvait empêcher un acte criminel...

Et vers le crime, vers le meurtre, Renaud se sentait poussé par une main invisible et il montait chaque jour un degré de plus qui le rapprochait de la catastrophe.

La désertion, seule, pouvait le sauver.

Attentif à toutes les manifestations de la cruauté réfléchie de Schade, il devinait que quelque crainte vague, obscure, retenait encore la main du sous-officier prête à frapper. Peut-être devinait-il la supériorité de l'intelligence de Renaud, et il n'osait. Peut-être avait-il la prescience que l'outrage définitif serait suivi, pour lui, de la mort...

A la dernière seconde, chaque fois, prêt à l'outrage, il s'arrêtait.

Mais alors, il se vengeait en paroles.

Et il se vengeait — de cet effroi instinctif — en martyrisant Gotlieb un peu plus. Le pauvre paysan était devenu son souffre-douleurs. Il était couvert de plaies. Sur lui retombaient les violences du sous-officier qu'il n'osait tourner contre Renaud.

Renaud pensait :

— Il hésite encore. Cela s'approche un peu plus chaque jour.

Et comme si Schade avait besoin d'un secours, d'une protection morale pour s'abandonner à ses instincts de tortureur, cette aide lui vint tout à coup, en une heure où Renaud et Pervenche crurent sentir la foudre éclater sur leur tête. En cette heure, devant l'apparition qui se dressa devant eux, effarante, ils eurent le droit de se demander si vraiment la folie n'avait pas fait son œuvre en eux et si ce qu'ils voyaient soudain, là, sous leurs yeux, était bien de la vie, de la vie vraie, et non quelques fantasmagorie de leurs esprits détraqués.

III

UN FANTOME

Von Karten venait d'entrer à la chambre et annonçait aux recrues l'arrivée d'un nouveau capitaine, nommé en remplacement de celui qui était malade depuis longtemps et qui venait d'obtenir un congé illimité.

Il annonça l'arrivée de l'officier, commandant la compagnie, en termes qui ne semblaient pas de nature à faire désirer la prise de possession de son service.

— Vous m'avez peut-être trouvé sévère... Je ne crois pas vous avoir puni injustement. Votre nouveau capitaine est un homme également juste, mais qui ne vous passera rien... ni un soupir ni un regard... Donc, ouvrez l'œil... et, si vous ne voulez pas vous attirer des ennuis, ne bavardez pas trop, lorsque vous aurez été fortement secoués... Vous ne feriez, en mouchardant, que vous attirer des représailles... Les officiers ont le droit de vous mener comme il leur semble bon... et le capitaine a la main dure, je vous en préviens... Vos officiers ont aussi le droit de vous imposer, jusqu'à épuisement, les exercices les plus pénibles. C'est pour votre bien et votre entraînement... Ils ont le droit de vous prendre toutes vos heures de liberté... Vous n'êtes rien... Vous dépendez d'eux... Ne l'oubliez pas... et quand vous trouverez le métier trop dur, si vous avez le malheur de vous plaindre, tant pis pour vous !... Il vaut mieux recevoir des coups de poing que courir le risque de passer deux ans en forteresse... Avis à tous !...

Malheureusement pour von Karten — l'ancien enseigne de Munich, tout à la fois bougrement vieux et bougrement jeune — cette allocution fut rapportée, on ne sut jamais comment, au major, qui dut faire à son tour son rapport au colonel.

Le lieutenant dut tenir les arrêts de rigueur pendant un mois pour s'être permis de donner, devant les soldats, une appréciation de son supérieur immédiat.

Le coup n'en avait pas moins porté.

Et quand von Karten, ayant fini de parler, eut quitté la chambre, les hommes se regardèrent avec un sombre désespoir et dans un silence morne.

Si Schade se doublait maintenant d'un officier qui le valait, qu'allait-on devenir ?... La vie ne serait plus supportable... Malheur de malheur !!

Le lieutenant avait annoncé en même temps une revue de détail qui serait passée par le capitaine.

Sur quoi, Schade avait dit :

— Tas de chenapans, si l'un de vous s'attire une observation, l'escouade entière sera punie... vous êtes avertis...
Tant pis pour celui qui fera consigner les autres... Les
autres le feront trinquer à son tour en lui collant une
demi-heure de brimade...

Il ne put s'empêcher de regarder Renaud en parlant.
Et de fait, jusqu'au soir, Renaud n'eut pas une minute
pour préparer l'inspection du lendemain. Par bonheur,
Pervenche le suppléa. Mais Schade s'en aperçut et chargea
Pervenche de corvées qui lui prirent tout le temps à son
tour. Le pauvre Gotlieb lui-même s'offrit. Mal lui en prit, car
il récolta des coups. Schade veillait autour de sa victime.

Le lendemain matin, il y eut des exercices d'appréciation de distances, la connaissance des sonneries, puis de
l'escrime à la baïonnette. Aussitôt l'escrime terminée, les
recrues montèrent, et ils étaient à peine rentrée que Schade
apparaissait, ouvrant brusquement la porte.

Il précédait le nouveau capitaine, lequel était lui-même
suivi du feldwebel.

Le geifreite alla se présenter à l'officier et resta rigide,
la main au callot. Les hommes avaient pris l'attitude réglementaire, et jusqu'à présent pas un d'entre eux n'avait
tourné les yeux vers l'arrivant.

Le capitaine passa rapidement devant les recrues...

Et soudain deux cris d'épouvante, échappés à deux
hommes, furent suivis de l'écroulement de deux corps...

Renaud et Pervenche, comme si le plafond s'était effondré sur leur front, venaient de rouler assommés, éva-
nouis... après avoir aperçu l'officier...

Et le cri de leur terreur s'accompagnait d'un nom :
— Lilienthal !

Le capitaine, qui venait d'entrer, c'était le comte Ulrich
de Lilienthal, en effet. Il était impossible de s'y mépren-
dre. Qui avait connu l'un reconnaissait l'autre. De même
taille. haute et sèche, le même port de tête hautain, même
fierté rude dans le même regard des yeux absolument pareils,
même distinction qu'outrait encore, comme à plaisir, la
raideur habituelle de l'officier prussien... même petite
moustache d'un blond pâle... mêmes lèvres fines et mépri-
santes...

Et quand il parla, même voix !!

L'effet fut si saisissant, si imprévu pour Pervenche, superstitieux à l'excès, et sur Renaud, dont l'esprit était affaibli par les dernières souffrances de son incessant martyre, que ce fut comme un coup en plein cœur... Le souffle leur manqua... leurs yeux se dilatèrent... dans une angoisse pleine d'horreur... Ils sentirent le plancher qui s'entr'ouvrait pour les engloutir et s'affaissèrent...

Le capitaine nouveau venu était le frère jumeau du comte Ulrich !... Leur ressemblance était célèbre dans l'armée. Lorsqu'ils étaient enfants, les parents eux-mêmes s'y trompaient et pour les distinguer et permettre aux amis de les distinguer, les habillaient de vêtements différents. On crut que, l'âge venant, cette ressemblance perdrait de sa perfection. Il n'en fut rien. Elle parut s'accuser au contraire. Et du reste, les deux frères, qui s'adoraient comme s'adorent presque toujours les jumeaux, prenaient plaisir à l'accentuer de tout leur possible et faisaient leurs efforts pour se copier l'un l'autre... C'était donc vraiment Lilienthal qui surgissait tout à coup... Un Lilienthal vivant, agissant, comme l'autre avait vécu, comme l'autre avait agi... et non point le fantôme du mort... le mort lui-même, sortant de sa tombe...

L'officier demanda sèchement :

— Qu'arrive-t-il ? Quels sont ces hommes ? Pourquoi cet évanouissement ?

Les recrues ne comprenaient rien à ce drame. Seul, Schade et le geifreite peut-être, s'en rendaient compte. Schade, mis par la révélation de von Karten sur le chemin de la vérité, s'était informé, avait fini par savoir.

Aucun détail du meurtre ne lui était maintenant étranger.

Et le nom de l'officier tué, il l'avait bien vite connu... Lilienthal...

Or, sans savoir combien les deux frères se ressemblaient, ce sous-officier flaira cependant quelque chose de ce genre, car il savait également que le nouveau venu portait le nom de la victime trouvée sur la frontière française...

Un rapprochement se faisait dans son esprit. Il voulut en avoir le cœur net.

Lilienthal avait interrogé. Schade devait répondre.

Il prit la position rigide réglementaire, faisant claquer les talons des bottes.

— A vos ordres, monsieur le capitaine... ce sont deux recrues de Lorraine assez mauvais soldats, l'un surtout, mauvaise et forte tête... L'un s'appelle Lucas Giraud, c'est celui-là qui commence à reprendre connaissance et à se lever... l'autre dénommé Renaud Sauvageot... Ils sont déserteurs tous deux... Sauvageot a été repris et a fait quatre mois de forteresse... Ils ont eu en France, une sale histoire... monsieur le capitaine en a sans doute entendu parler, et pour cause. Ils ont été impliqués dans une affaire de meurtre et accusés d'avoir assassiné...

Pâle, les lèvres frémissantes d'une émotion et d'une douleur extraordinaires, l'officier a interrompu vivement Schade.

— D'avoir assassiné le capitaine comte Ulrich de Lilienthal...

— Oui, monsieur le capitaine...

— C'était mon frère ! acheva l'officier d'une voix sourde, et en moi ils ont cru reconnaître leur victime...

Renaud revenait à lui, se redressait, comprenant ce qui venait de se passer et reprenait l'attitude rigide, mais quelle pâleur !... Quel était ce fantôme ?... quelle étrange ressemblance, inouïe, déconcertante !... Pourtant, il se remit... redevint maître de ses nerfs.

Quant à Pervenche, ses dents claquaient, ses yeux étaient fous...

Pour lui, point de doute. Celui qu'il voyait là, c'était celui qu'il avait vu sanglant, dans la nuit d'épouvante, sur le tas de cailloux de la route de Metz... Tout le monde avait cru que l'homme était mort et l'homme n'était pas mort... telle était la vérité... Pervenche croyait aux revenants... il n'en avait jamais rencontré, mais en voici un, tout à coup, qui se dressait devant lui... et il ne pouvait retenir de rauques soupirs de détresse, ses jambes tremblaient... et lorsque le regard de Lilienthal tomba sur lui, il pensa s'évanouir de nouveau...

Instinctivement, il alla chercher un peu de courage dans les yeux de Renaud... y puiser un peu de forces...

Et il fit bien...

Il vit Renaud dont le visage restait impassible, **mais** dont les yeux lui souriaient...

Lilienthal commanda à Renaud :

— Approchez !

Renaud obéit, joignit les talons, le regard planté droit dans les yeux du fantôme. Cependant il venait de tressaillir encore, car la voix... la voix était également celle de l'autre !

L'officier se contenta de l'examiner, longuement, profondément...

— Ainsi, c'est vous qui avez été accusé d'avoir assassiné mon frère ?

Son frère ! Tout l'enchantement surhumain cessa pour Pervenche Ce n'était donc pas le fantôme, ce n'était pas le revenant... C'était le frère... Il respira, largement, soulagé.

— Soupçonné à tort... monsieur le capitaine...

— Pourtant je sais que vous le haïssiez ?... Et que lui aussi avait des raisons de vous haïr ?

Renaud ne répondit rien. La phrase ainsi prononcée n'appelait pas de réponse...

L'officier passa, sans rien dire de plus... Il fit sortir du rang Pervenche à son tour, mais ne lui adressa point la parole... Le pauvre garçon, un instant dérouté, soutint assez bien cet examen... Après quoi, Bernard de Lilienthal, frère d'Ulrich, commença la revue de détail. Revue du fusil, dont le bois devait briller comme un miroir, et du nécessaire d'armes, revue de chaussures... revue des uniformes... il ordonna :

— Qu'on ouvre les armoires !

Il inspecta, minutieusement... au-dessus des armoires était la terrine émaillée servant à la toilette... le couvre-casques... A l'intérieur, dans les casiers respectifs, le cirage, les brosses à astiquer, l'écritoire, même des réserves de comestibles... l'uniforme... le linge, le tout rangé dans un ordre méticuleux...

Sauf dans une armoire où tout était en désordre...

Celle de Renaud, qui n'avait pas trouvé cinq minutes de loisir pour la mettre en état... Ce qui fit que Lilienthal se retourna violemment vers Schade, criant :

— A qui cette saleté ? Où est l'homme ?

Schade désigna Renaud, et ses yeux étincelèrent :

— A vos ordres, monsieur le capitaine, le voici !

Tous s'attendaient à une punition, surtout après ce qui venait de se passer... La surprise fut donc grande, lorsqu'on vit Lilienthal se détourner de Renaud, après quelques secondes d'une méditation mystérieuse. On aurait pu croire que Schade allait être déconfit en perdant l'espérance d'un châtiment pour le jeune soldat.

Il n'en fut rien. Schade se disait :

— Il ne perdra rien pour patienter un peu !

Lilienthal faisait le tour de la chambre. Les carreaux des fenêtres étaient enduits de poussière mêlée à la gelée de tous les matins qui, en fondant, faisait une sorte de boue grisâtre et gluante. Le plancher n'avait pas été nettoyé le matin et il y avait des détritus qui traînaient partout, dans les coins. Le poêle n'avait pas été nettoyé et passé au cirage depuis plusieurs jours... Il en était de même de la grande table du milieu. Quant à la lampe à pétrole, elle avait fumé la veille, la mèche avait charbonné et le verre s'en était trouvé tout noirci. Personne n'avait songé à y passer un linge.

L'officier se tourna vers Schade :

— Saleté repoussante... L'homme de corvée ?...

Schade rectifia, désigna Renaud :

— A vos ordres, monsieur le capitaine... Le voici !

Alors Lilienthal prononça lentement :

— Il y a de la faute de tous... Tous, vous resterez consignés jusqu'aux fêtes de Noël... sauf le jour du serment au drapeau.

Et il sortit.

Un moment, tant qu'on put entendre le pas de l'officier dans le corridor, jusqu'à la porte de l'autre chambre, les hommes restèrent immobiles, médusés, ahuris. Et Schade lui-même, raide, les mains collées au liseré rouge de son pantalon, se mordait les lèvres avec une telle violence que le sang jaillit sur sa moustache.

Sa main s'abattit sur l'épaule de Renaud et le secoua rudement :

— Espèce de porc immonde, ce qui arrive, c'est ta faute !

Renaud, pâle, mais résolu, recula d'un pas pour échapper à la brutalité.

Sa voix ne trembla pas, quand il dit très haut :

— Je vous fais remarquer que vous portez la main sur moi !...

— Et après, charogne ?

— Et que vous n'avez pas le droit, et que ceci vous est défendu formellement par la sévérité des règlements que vous connaissez mieux que moi, puisque les règlements vous ont déjà valu six semaines de prison...

— Alors, de la désobéissance, de la révolte... Tu vas en tâter, de la forteresse !...

— Vous ne m'avez rien ordonné, je n'ai pas eu à désobéir... Tous ceux qui sont ici en témoigneront... Si vous me brutalisez, je me plaindrai... je me plaindrai non pas seulement pour mon compte personnel, mais pour le compte des autres... Et si je vais en forteresse pour vous avoir désobéi, vous y retournerez pour vos brutalités...

— Stiegler et Lorenz, prenez vos fusils et conduisez-le à la boîte... Je vais descendre pour faire mon rapport...

Sa fureur était si grande qu'il bégayait, tremblant de tous ses membres, comme s'il allait être pris de convulsions.

Déjà Lorenz et Stiégler encadraient Renaud, lorsque, tout à coup, devant Schade se dressa la large carrure de Pervenche...

De Pervenche qui souriant, énigmatique, et qui, d'un lent regard qui passait sur tout le corps du sous-officier, semblait le caresser...

Schade sentit un frémissement intérieur.

Il tenta de résister...

La caresse de Pervenche devint plus persuasive... et les yeux de Schade s'attachèrent par hasard sur les mains du soldat, des mains de géant... des mains irrésistibles.

La lâcheté fut plus forte que la haine.

Il céda...

Il bouscula Lorenz et Stiegler :

— C'est bon. Rentrez !...

Les deux hommes allèrent replacer leurs fusils au râtelier du couloir.

Schade disparut un moment, entra dans sa chambre,

revint et jeta aux pieds de Renaud une brosse à dents :

— Puisque tu dis que je ne t'ai rien commandé, voici ! Je t'ordonne d'essuyer le plancher avec cette brosse... jusqu'à ce qu'il reluise comme un miroir...

L'implacable nécessité d'obéir...

Si Renaud refusait, il n'ignorait pas que le sous-officier lui porterait au rapport un motif de révolte et d'insubordination qui le conduirait droit en forteresse... Et pourrait-il compter sur les hommes, abrutis par la terreur, qu'il appellerait en témoignage ? Non... Dès lors, il fallait s'incliner...

Il s'inclina...

Du reste, il entendait autour de lui des murmures... Les soldats étaient furieux de la punition générale infligée à l'escouade... Et ce que Schade avait prévu arriva... Ils parlaient entre eux de se venger et de brimer Renaud... ·
Des projets s'élaboraient... On le passerait à la couverte le premier jour où l'on serait libre, où Schade et le geifrite s'absenteraient... Des chuchotements... des rires... des menaces... Et pour qu'il n'en pût douter, Gotlieb vint avertir Renaud de ce qui se tramait contre lui...

— Merci, Gotlieb... cette fois, ils trouveront à qui parler.

IV

LA JOURNÉE GRANDIOSE

Et pourtant une plus grande souffrance, une torture plus angoissante que toutes celles endurées déjà, était réservée à Renaud, comme, du reste, à Pervenche. Une grandiose journée se préparait où allaient s'effacer toutes les hontes et les bassesses de la caserne, tous les écœurements et tous les dégoûts, pour ne plus laisser de place dans les cœurs qu'à la haute idée du devoir envers la patrie allemande, et du sacrifice à consentir pour sa gloire et sa grandeur...

La journée du serment au drapeau !

C'était une journée de repos, toutes punitions suspendues le matin jusqu'au lendemain à la même heure, où les soldats respiraient, dans un soulagement.

Dès le matin, les capitaines réunirent leurs compagnies pour les préparer à la cérémonie et leur en expliquer le but et la noblesse comme pour leur expliquer l'importance du serment qu'ils vont prêter au drapeau en entretenant en eux des sentiments de religion et de fidélité au souverain. Les officiers leur ont fait une théorie sur les devoirs d'obéissance aveugle et de dévouement à la patrie. L'aumônier leur a rappelé, en paroles graves, qu'il n'y a pas de plus belle mort que celle du champ de bataille, si obscure qu'elle soit, et que cette mort, pour le pays, rachète auprès du Juge souverain toutes les fautes de la vie, même les plus grandes. Quiconque meurt pour sa patrie peut mourir l'âme tranquille... Il est assuré de trouver l'éternel bonheur hors de la vie... Les hommes écoutaient les allocutions, parce qu'on savait trouver des paroles qui allaient au cœur, mais qui, également, s'adressaient à leur orgueil. La patrie allemande était au-dessus de tout... le pays allemand au-dessus de tous les autres pays... le Germain était appelé à conquérir le monde, à tenir la civilisation entière sous sa lourde botte... Et les yeux des recrues brillaient en entendant ces choses... et les cruautés, les injustices, les atrocités lâches de la caserne qui se passent dans le mystère des chambrées, étaient oubliées pour un moment... Une flamme de fierté montait de ces fronts... L'Allemagne au-dessus de tout... Le reste n'existait pas... L'Allemagne était un rocher contre lequel viendraient se heurter vainement toutes les nations du monde... Parfois, quand il le faudrait, un bloc se détacherait du haut de ces rochers, roulerait en catastrophe et s'abattrait en pulvérisant toutes les tentatives des pygmées autour de lui... Rien ne résisterait à la force teutonique.

Lorsque les recrues furent ainsi préparées, elles furent conduites à l'église, escouade par escouade. A l'église, l'aumônier les attendait.

Le drapeau les attendait aussi, entre les mains d'un officier.

Et c'était cela qui allait laisser dans l'esprit des hommes l'impression la plus durable.

Déjà les soldats avaient lu les noms gravés sur les anneaux d'or que porte la hampe et qui sont ceux de leurs aînés tombés en marchant à l'ennemi, ce drapeau à la main.

On leur dit :

« L'étendard n'est pas un morceau de soie fixé au bout « d'une perche. Béni par la main du prêtre, il est le palla- « dium de la troupe, le symbole de son honneur militaire « et de sa fidélité au prince. Le drapeau a été transmis « sans tache au bataillon. C'est maintenant le devoir du « soldat de le conserver pur de toute souillure et de « donner sa vie pour le sauver... L'aspect du drapeau « qu'on porte à l'ennemi fait battre plus fort le cœur du « guerrier, il exalte son courage. Le perdre lâchement « est la plus grande flétrissure qui puisse atteindre le « corps... C'est pourquoi tout soldat le suivra fidèlement « dans les circonstances les plus difficiles... »

Les recrues, à l'église, défilèrent escouade par escouade devant le drapeau et chaque homme plaçait la main gauche sur la hampe les trois premiers doigts de la main droite levée dans un geste symbolique.

Alors l'homme prêtait serment.

Il répétait phrase par phrase, d'une voix haute et claire, la formule de fidélité, d'obéissance et de dévouement jusqu'à la mort, que lui lisait l'officier.

L'officier, ce jour-là, était le capitaine Bernard de Lilienthal.

Renaud sentait en lui un trouble douloureux, infini... son cœur, son pauvre cœur de jeune Français était serré dans une étreinte horrible... C'était en lui, non pas seulement une douleur morale qui atteignait l'acuité où elle devient intolérable, c'était aussi la souffrance physique.

L'une à force d'être extrême, engendrait l'autre.

Et Pervenche, quoique résigné, moins nerveux, et moins torturé par conséquent, éprouvait une répulsion contre la chose qu'on lui commandait, parce que cela le forçait de mentir, et qu'une révolte se soulevait confusément en lui, contre cette fidélité qu'il allait jurer et qu'il n'observerait pas, le dévouement qu'il promettait par serment, alors qu'il était résolu à ne point tenir sa promesse.

Certes, c'était pour les deux pauvres garçons, issus de la terre de France, la station la plus douloureuse de cet affreux calvaire.

Et ce fut Pervenche qui, par un mot d'une admirable naïveté, sut redonner à Renaud le courage de monter ce calvaire.

Il lui dit :

— Renaud, tu fermeras les yeux... tu répéteras ces mots sans savoir... et pendant ce temps-là, tu penseras à ceux de l'autre côté de la frontière...

Le tour de Pervenche précédait celui de Renaud.

Le noué balbutia les mots... Il fut pris d'un violent éternuement quand il lui fallut prononcer le nom de « Sa Majesté l'Empereur d'Allemagne et roi de Prusse, Guillaume II, mon gracieux souverain. » Cet éternuement fut si violent et si répété qu'il y eut une légère interruption dans le serment. Et, du reste, le noué ayant cherché son mouchoir dans sa poche et ne l'ayant pas trouvé, se détourna légèrement et se moucha avec ses doigts en disant, par politesse, à ses voisins en manière d'excuse :

— La propreté n'est pas défendue...

Après quoi, gravement, il acheva la formule... et rentra dans le rang.

Renaud s'avança. Son visage était blême. Les lèvres toutes blanches. C'était un fantôme, image de la douleur, spectacle de l'homme aux prises avec la torture de l'âme, avec la détresse, avec le désespoir sans limite...

Lilienthal ne le perdait pas de vue...

Cette souffrance, qu'il ne devinait pas — qu'il voyait, car elle était visible, éclatante, semblait lui donner une joie mauvaise, car ses yeux étaient ardents, et un peu de rouge colorait les pommettes saillantes de ses joues maigres.

L'officier récita la première phrase... lentement... pour qu'elle entrât dans la mémoire du jeune soldat et qu'il pût la redire, sans se tromper...

Et Renaud, l'âme absente, l'âme errant sur la frontière de France, répéta, sans savoir quelles paroles tombaient de ses lèvres :

« Je jure à Dieu qui sait et peut tout, en un serment
« solennel, de servir toujours fidèlement et honnêtement
« Sa Majesté l'Empereur d'Allemagne et roi de Prusse,
« Guillaume II, mon gracieux souverain... »

La main gauche de Renaud appuyée par ordre, sur la
hampe du drapeau, s'en était détachée, et les trois doigts
du geste symbolique de la main droite s'étaient refermés.

Lilienthal commanda durement :

— Votre main sur le drapeau ! Ouvrez les doigts !!

Renaud obéit, semblant se réveiller d'un songe.

L'officier récita la seconde phrase, les yeux rivés dans
les yeux de Renaud :

« En toutes circonstances, sur terre et sur mer, en
« temps de paix et en temps de guerre, en quelque lieu
« que ce soit.. »

Renaud, fidèlement, récita les paroles, d'une voix lointaine, une voix étrange qui lui paraissait à lui, celle d'un
autre, et que Pervenche lui-même ne reconnut pas...

Et Lilienthal continua, repris aussitôt par Renaud :

« Je m'emploierai à tout ce qui peut être profitable à
« Sa Majesté, j'écarterai d'elle tout dommage et tout
« préjudice... J'observerai exactement les articles du code
« militaire, qui ont été lus devant moi, ainsi que les ins-
« tructions et les ordres qu'on me donnera... Je me con-
« duirai comme il convient à une honnête et brave soldat,
« fidèle à son devoir et à l'honneur. Aussi vrai que je
« désire que Dieu et son saint Evangile m'assistent. »

Là-bas, au loin, dans toutes les casernes de France, à
peu près au même jour, le matin, le régiment se réunissait
en grande tenue dans la cour... formant le carré... Au milieu du carré se tenait le drapeau tricolore, avec sa garde...
Les hommes, même les blagueurs et les sceptiques, regardent, avec un frisson ému... et quand le colonel parle,
simplement, sans emphase, comme un père parlerait à ses
enfants, le frisson s'accentue au fond de ces braves cœurs
et les mains serrent plus solidement la crosse du fusil...
Ce ne sont point les phrases officielles que l'on récite par
ordre et qui ont dans leur tournure, quelque chose de
l'inflexibilité et de la raideur allemandes, c'est un appr
clair comme un coup de clairon :

« Mes enfants, n'ayez ni peur ni tristesse... Vous êtes
« venus ici pour remplir un devoir !... Remplissez-le
« joyeusement et allègrement !... Si, à de certaines heures,
« il vous paraissait trop pénible, venez me trouver et
« parlez-moi comme vous le feriez à votre père. Je ne
« veux pas seulement votre obéissance... Je veux aussi
« votre confiance et votre affection... Ayez le respect de
« vos chefs... N'en ayez pas la crainte... Lorsque vous
« leur parlez, regardez-les hautement et fièrement, les
« yeux dans les yeux !... Conservez le culte du drapeau,
« surtout celui de votre régiment... Enfin, ayez la coquet-
« terie de votre uniforme... C'est un des plus glorieux qu'il
« y ait et il a conquis le respect et l'admiration du
« monde... »

. . . .

Les recrues rapportèrent à la chambre leur enthousiasme inspiré par la cérémonie. On leur permit de sortir.
Les hommes eurent deux heures de liberté, et plusieurs
de l'escouade en profitèrent.

Quelques-uns, assommés par les fatigues des jours précédents, restèrent à la caserne, se couchèrent et dormirent
une fois tout leur saoûl

Ils ne s'éveillèrent que lorsque sonna l'appel pour le
repas du soir et se précipitèrent vers les cantines.

A la chambre, dans la soirée, Schade et le gefreite ne
parurent pas. On savait que chacun d'eux avait une connaissance en ville, dans les faubourgs près de la Moselle,
et ils allaient passer là leurs heures de liberté.

Les hommes, rentrés de leur promenade en ville, avaient
l'air très monté et comme ils n'étaient pas sans avoir fait
des libations nombreuses, leur enthousiasme guerrier tou-
chait à la fureur.

Un ou deux, Wolf et Reimer, surtout, qui avaient
voué aux deux Lorrains, on ne sait pourquoi, une rancune
particulière, vinrent leur chanter sous le nez des chansons
patriotiques. Pervenche, une fois impatienté, écarta Wolf
doucement et le soldat alla trébucher et faire la pirouette
sur son lit.

Alors, Reimer hurla :

Que la racine welche pourrisse!
Et que le trône allemand fleurisse!
Que ce qui fut jadis la gloire de la France
Devienne la honte de son peuple!
Nous aussi, nous méprisons le sang de la Gaule!

Cette poésie qui courait les casernes allemandes, déchaîna les hommes, même ceux qui, jusqu'alors, s'étaient tenus silencieux.

Et ce fut la *Garde du Rhin* qui vint meurtrir les oreilles des deux Français...

Un appel résonne, comme l'écho du tonnerre,
Comme un cliquetis d'armes et comme le bruit des vagues :
Au Rhin! Au Rhin! Au Rhin allemand !!
Qui veut être le gardien du fleuve ??

Chère patrie, n'aie crainte,
La garde est fidèle et sûre,
La garde, le long du Rhin...

Qu'importe que mon cœur se brise dans la mort!
Tu ne deviendras pas Français,
Car l'Allemagne est riche en sang de héros,
Comme ton cours l'est en eau...

Chère patrie, n'aie crainte,
La garde est fidèle et sûre,
La garde, le long du Rhin...

Pervenche et Renaud s'étaient étendus dans leur lit et feignaient de dormir. Comme ils étaient loin, bien loin de la frontière ! Jamais la patrie vers laquelle ils avaient voulu fuir ne leur avait semblé si éloignée... Et pourtant, tout près, le large lit de la Moselle traînait presque sous leurs fenêtres les flots ramassés tout le long du chemin, et parmi lesquels il y avait des flots qui venaient de France... Les eaux vertes qui couraient se jeter dans le Rhin, sous l'orgueilleuse statue du vieux Guillaume, avaient caressé les rives françaises, baigné les racines des aulnes et les peupliers, avaient prêté leur force de courant aux bateaux descendant, avaient rejailli en écumes blanches contre l'avant des chalands qui remontaient, pendant que, sur le chemin de halage, des hommes ou des chevaux tiraient la corde, tendue en arc, et qui, parfois, fouettait d'un grand coup la rivière... Les eaux qui venaient se perdre dans le Rhin avaient entendu, au bord des prairies françaises, le long des coteaux français, les rires des filles et les chansons des garçons... et sur ses rives étaient passés des régiments de pantalons rouges ou des bataillons de chasseurs. Avant de se mêler à la vie allemande, la Moselle avait participé à la vie française... Villaville, Thiancourt, la Faloise, Haute-Goulaine, comme tout cela était près, cependant ! Combien c'était loin ! Line, Josette, où êtes-vous ?... Clément le Doux, Sauvageot le Dur, pensez-vous aux exilés qui souffrent et dont le cœur, déchiré, saigne en ce jour grandiose ?

Reimer entonna encore :

O toi, Allemagne, il faut que je me mette en marche...
O Allemagne, tu m'emplis de courage!
Je veux brandir mon épée
Mes balles vont siffler
Je les destine au sang français!...

Une sonnerie se fit entendre. Dix heures allaient sonner. C'était le couvre-feu. Peu à peu le silence se rétablit, les chants cessèrent dans les hoquets d'ivresse ou dans des ronflements. Peu à peu, la caserne s'endormit, sous le poids de sa gloire et de sa foi.

Dans la cour, la retraite vibrait, lente, mélancolique, triste.

Alors, la sentinelle devant les armes cria :

— Aux armes !!

Le poste sortait. Le sous-officier de garde commanda, ainsi que tous les soirs lorsque sonnait la retraite, ainsi que tous les matins, au réveil :

— Découvrez-vous pour la prière !

Les hommes enlevèrent le casque et baissèrent le front, recueillis. Ceux qui étaient protestants dirent quelques versets de la Bible, enseignés par l'aumônier. Ceux qui étaient catholiques récitèrent : « Notre Père qui êtes aux cieux... » et firent ensemble le signe de la croix...

Lorsque le sous-officier jugea que la prière mentale était dite :

— Rompez !... Rentrez !...

La garde était fidèle et sûre... la garde le long du Rhin. Et cela fut très simple, très grand !...

V

LE PREMIER CHOC

Le lendemain soir, après la gymnastique, Gotlieb surprit des colloques parmi les hommes de l'escouade. La fête du drapeau étant passée, ils retombaient dans leur rancune et ils se souvenaient de la dure punition qui frappait la chambrée jusqu'aux fêtes de Noël. Ils faisaient remonter à Renaud la responsabilité de cette punition. Ils ne réfléchissaient pas. Ils n'ignoraient pourtant point que les vexations et les injustices de Schade, accablant Renaud de corvées sur corvées, avaient mis le jeune homme dans l'impossibilité absolue de faire son service. Le parti pris du sous-officier était évident. Ils le savaient. Rien n'y fit. Il y avait bien aussi quelque lâche envie, dans leur résolution, de plaire à Schade en martyrisant Renaud. Schade, sans doute, leur en saurait gré.

Gotlieb, toutefois, ajoutait quelques renseignements à sa confidence.

Tous les hommes de l'escouade n'étaient pas unanimes à prendre parti contre Renaud. Il y avait des dissidents. D'abord, lui, Gotlieb, reconnaissant, envers le jeune homme, de toute la pitié qu'on lui avait montrée.

Puis, les deux amis de la première heure :

Stiegler et Lorenz, dont l'intelligence et la culture d'esprit étaient supérieures à celles de leur entourage.

Il ne restait donc, pour former le camp des adversaires, que Wolff, Spiess, Landeberg, Reimer, Schultz et Vog. sans compter, bien entendu, le gefreite Heyneman et le sous-officier Schade. Mais ceux-ci se garderaient bien de se mêler à ce qui se préparait et l'on était sûr qu'ils disparaîtraient lorsque le moment choisi par les recrues arriverait.

Donc, six soldats contre Renaud.

Contre Renaud seul, c'était trop, et le jeune Lorrain eût été perdu.

Mais il y avait Pervenche.

Et Pervenche, à lui seul, avec sa prodigieuse vigueur, valait les six hommes.

Donc, la partie était égale.

Et Renaud, en apprenant, l'avant-veille les projets de brimade, avait eu raison de répondre, avec sérénité :

— Ils trouveront à qui parler !...

Le soir, un quart d'heure avant l'extinction des feux, le gefreite eut un prétexte pour sortir ! Il flairait que l'on n'attendait que son départ. Quant à Schade, il n'avait pas paru depuis le dîner.

Renaud et Pervenche, calmes en apparence, restaient sur leur garde, l'un près de l'autre, assis tous les deux sur le lit de Renaud.

Tout à l'heure, ils avaient vu disparaître les hommes, avec des regards en dessous, et ils les avaient vus rentrer en cachant différentes choses sous leurs blouses.

Quoi ? Sans doute, des instruments du supplice auquel ils songeaient.

Tout à coup, Reimer, le chanteur de café-concert, beau parleur et sournois, se dirigea vers les deux amis et s'adressant à Renaud :

— Tu nous as valu une punition générale, une punition qui n'est pas juste. Il faut que tu trinques. Ça t'apprendra. Les camarades et moi nous avons résolu de te faire passer au martinet. Résigne-toi. Tu l'as mérité.

En même temps, il rejoignit le groupe compact des hommes qui attendaient, l'œil mauvais, le regard cruel, avec un sourire de férocité.

Renaud répliqua :

— Vous vous mettez six contre moi ! Vous êtes donc tout simplement des lâches. Mais je vous préviens que je ne me laisserai pas faire. Avant d'en venir aux mains, car il va y avoir bataille, je veux bien toutefois vous faire remarquer que la punition qui vous atteint, je n'en suis pas responsable. Schade me persécute et ne me laisse pas une minute de répit. Vous en êtes témoins.

— C'est vrai, dit le bon Gottlieb.

— Vous devriez être les premiers à me soutenir. Au contraire, vous allez prendre le parti du bourreau contre la victime. Allez-y donc, mais gare à vos os !

Stiegler et Lorenz restaient neutres. Peut-être, s'ils avaient suivi leur instinct, se seraient-ils rangés du côté de Renaud, mais après ce qu'ils savaient, ce qu'ils avaient entendu dire, ils n'osèrent protéger les deux hommes, accusés d'avoir, sur la frontière, assassiné un officier allemand.

Schade et Lilienthal leur en auraient voulu.

Donc, ils étaient résolus à assister en spectateurs à la bataille qui se préparait.

Les six soldats avaient tiré de sous leurs blouses des lanières de cuir, des martinets, des rênes qu'ils étaient allés prendre aux chevaux des officiers. Ils les faisaient tournoyer autour de leur tête en ricanant. Trois d'entre eux s'étaient armés d'étriers et ceux-ci, frappant en plein visage, pouvaient causer d'affreuses blessures.

— Déshabille-toi de bonne volonté, cria Vog, si tu ne veux pas qu'on s'y mette et qu'on te déshabille de force...

Renaud sourit :

— Vog, je te savais naïf... je ne te croyais pas un imbécile...

Brusquement, tous les six à la fois, ils s'élancèrent sur le jeune homme. Ce ne fut pas lui qu'ils rencontrèrent en avant, mais le solide et inébranlable corps de Pervenche, de Pervenche qui étendit les deux bras... de Pervenche dont les deux mains saisirent deux hommes par le cou... Et alors, lorsque le cou fut dans l'étau de ces deux mains, Pervenche se mit à leur cogner la tête... l'une contre l'autre. On entendait sonner les crânes par grands coups sourds... Les hommes poussèrent des hurlements, et quand Pervenche les lâcha, ils roulèrent sur le sol...

— En douceur ! En douceur ! disait Pervenche qui, paisiblement, souriait.

Mais les autres étaient sur Renaud, qui en avait entraîné deux avec lui... et les derniers, restés debout, faisaient tournoyer les étriers.

Les étriers s'abattirent. Renaud, frappé en plein visage, poussa un cri étouffé.

Le sang s'échappait à flots de la blessure, l'aveuglant. Malgré tout, il avait lui-même arraché un étrier à l'un des assaillants.

Il recula pour prendre du champ....

Mais les autres, ne se voyant plus que quatre, se rejetèrent derrière la table, qui leur servit un moment de rempart.

Oh ! un moment, pas plus.

Les hommes au crâne défoncé revenaient de leur évanouissement, et avant que personne ne pût s'en apercevoir, ils rampèrent jusqu'aux jambes de Pervenche, s'y cramponnèrent. Pervenche, surpris, bascula. Tous trois roulèrent avec des halètements de rage.

Les halètements, ce n'était pas Pervenche qui les poussait.

Pervenche ne cessait de sourire. Pervenche se jouait, dans ce combat d'enfants.

Il se releva bientôt, le visage saignant, car il avait été mordu.

Il appuyait lourdement son pied sur la gorge d'un des deux adversaires qui, sous cette pression, se tordait et étouffait.

Quant à l'autre, le paysan l'avait pris par le cou et les reins. Il le brandit au-dessus de lui, le laissa un instant en l'air et, s'adressant au groupe, derrière la table, qui reprenait haleine :

— Vous n'êtes que quatre. Je vous en renvoie un !

Et il leur lança Vog, à pleine volée.

Car c'était Vog, qui avait eu le malheur de tomber sous sa patte.

Derrière la table, deux hommes s'écroulèrent, en recevant un pareil choc.

Après quoi, Pervenche, posément, s'expliqua :

— Hier, vous nous avez assez corné votre *Garde du Rhin* aux oreilles... Pour l'instant, vous ne trouverez pas mauvais que je vous crie : « Vive la France ! »

Sa botte pesa lourdement sur la gorge de l'homme qui gigotait sous ses pieds.

L'homme ne remua plus, évanoui pour la seconde fois.

Celui-là, c'était Reimer, le chanteur beau parleur, celui qui avait provoqué.

Quant à celui qui avait servi de catapulte à Pervenche, il s'était bien relevé, mais il était hors de combat, assis sur un tabouret et branlant la tête, comme s'il ne comprenait pas exactement l'aventure qui venait de lui arriver.

Les quatre soldats valides hésitaient, un moment paralysés par la terreur de Pervenche.

Le cri de « Vive la France » les fit bondir comme s'ils avaient reçu un coup de fouet et redoubla leur fureur. Ils franchirent la table d'un saut, les martinets et les étriers tournoyant et sifflant. De loin, l'un d'eux lança l'étrier au bout de l'étrivière.

Pervenche fut atteint de nouveau, en plein front.

Il ne broncha pas.

Du reste, cette fois, la lutte ne fut pas longue.

Renaud s'était emparé de deux tabourets qui, lancés de toute sa vigueur, allèrent casser les dents à deux agresseurs.

Quant à Pervenche, sa dernière blessure l'avait mis de mauvaise humeur.

Il avait envoyé un coup de poing à Landeberg, au front, entre les deux yeux, un de ces coups droits qui, atteignant un bœuf entre les deux cornes, le font fléchir et tomber sur les genoux.

Landeberg poussa un « ouff ! » et tomba sur le ventre, les yeux fermés.

Alors, le paysan saisit Spiess par le col de sa chemise qu'il tordit... L'homme se mit à rouler des yeux exorbités... Il entraîna Spiess jusqu'à la fenêtre, ouvrit celle-ci toute grande, de sa main restée libre, puis, empoignant le soldat par les reins, il le suspendit dans le vide...

L'homme trembla de tous ses membres.

Il pleura.

— Ne me lâche pas ! Ne me lâche pas !

La fenêtre était à dix mètres au-dessus de la cour, pavée en cet endroit.

Spiess se fût broyé dans sa chute.

Pervenche répliqua, en soulevant ce fardeau comme un paquet de hardes :

— Alors, demande pardon !

— Pardon ! fit l'autre sans hésiter.

Pervenche le retira de sa position périlleuse et le remit debout, dans la chambre.

— En voilà une boucherie ! dit le brasseur Stiegler...
j'espère bien que c'est fini et que vous avez tous plus ou
moins votre compte.

Par le fait, ils étaient tous occupés à panser leurs blessures.

Mais ils étaient domptés.

Toute cette bataille avait duré un quart d'heure à peine.
L'extinction des feux sonna. Presque aussitôt le gefreite
rentra. On avait remis de l'ordre dans la chambre. Heyneman ne questionna pas. Il savait. Il ne songea pas à
faire de rapport. Il eût été le premier puni... Il ne souffla
mot...

Schade arriva ensuite. Il s'était tenu non loin, avait entendu le bruit de la lutte. Il ne lui fut pas difficile de comprendre que la victoire était restée aux deux Lorrains.
Lui non plus n'osa rien dire. Il se sentait en faute. Mais
en voyant que la bataille avait tourné à l'avantage de Renaud, sa fureur et sa haine redoublèrent...

Il passa devant le lit de Pervenche et de Renaud sans
oser les regarder.

Pervenche se souleva légèrement sous ses draps, lui
sourit, de sa bonne caresse habituelle.

Un frisson courut entre les épaules du sous-officier et il
se hâta de sortir...

— Gare à demain ! murmura Stiegler.

— Oui, fit Lorenz, il pleuvra des coups...

Ils se trompaient.

Quelques jours suivirent, qui furent d'accalmie complète.
Renaud fut plus libre, les corvées disparurent, ne lui arrivèrent plus, du moins, qu'à son tour. Il put remettre ses
affaires en état, soigner ses uniformes et son équipement.
La septième semaine, on avait fait de l'escrime à la baïonnette, où Renaud par son agilité et son adresse, s'était
montré du premier coup supérieur. Ce fut ensuite le tir
réduit. Le capitaine Lilienthal s'occupa tout spécialement
de cet exercice et Pervenches eut à souffrir. Non qu'il fût
maladroit, mais la vue de l'officier produisait toujours sur
le pauvre garçon un effet extraordinaire. Chaque fois que
Lilienthal apparaissait, il était pris de tremblements et
devenait pâle. Ses dents claquaient. Bien qu'il connût

l'étroit lien de parenté qui unissait le comte Bernard au comte Ulrich, pour lui, c'était l'un qui revivait dans l'autre, et qui, mort, avait donné à l'autre sa voix, son geste, son regard, ses traits, son attitude, tout, pour revenir, dans ce monde, damner les vivants...

Renaud l'entendait parfois qui murmurait à part lui :

— C'est le fantôme ! C'est le fantôme !...

Ceci se passait le plus souvent aux séances de tir réduit, soit dans la cour de la caserne, si le temps le permettait, soit dans la chambre.

Au tir réel, la semaine suivante, il en fut de même : Pervenche tira déplorablement ; ses balles s'échappaient de son fusil, au hasard, ricochant en avant, à gauche, à droite de la cible, à des centaines de mètres.

Renaud, plus maître de lui, mit toutes ses balles dans la cible.

Le soir, les deux amis purent s'entretenir un instant.

Depuis quelques jours, Renaud inquiétait Pervenche. Jamais le noué n'avait vu son ami aussi sombre et silencieux. Il avait des yeux de fièvre, où passaient parfois des regards éperdus.

Il était évident que le jeune homme était au bout de son courage. Il ne se sentait plus la force de résister et s'abandonnait au désespoir.

Dans son langage naïf et tendre, Pervenche essayait de le réconforter.

Mais que pouvait-il dire ? Que pouvait-il faire devant l'affreuse réalité des lendemains qu'il était facile de prévoir. Longtemps, il parla cependant, lui rappelant les souvenirs qui leur étaient chers, à tous les deux... des souvenirs qu'on retrouverait un jour... et alors on oublierait l'odieux passé qui n'apparaîtrait plus que comme un rêve mauvais. Renaud l'écouta sans l'interrompre.

Quand Pervenche se tut, à bout d'arguments :

— Tout ce que tu me dis là, je me le suis dit bien des fois, mais c'est fini. C'est à peine si je suis depuis deux mois au régiment et je ne me sens plus, déjà, aucune énergie... Si je reste, je suis perdu... Je vois le meurtre qui se rapproche, tous les jours un peu plus... Je ne souffrirai pas, vois-tu, Pervenche, que Schade porte la main sur moi... Le jour où le soufflet viendra, ce sera la mort pour celui qui aura frappé.

Et tout à coup, avec un coup d'œil autour de lui pour s'assurer que personne ne le voyait ni ne l'entendait :

— Tiens, vois !

Il tira vivement quelque chose de sa poche. Ce quelque chose n'était pas très volumineux, car cela restait caché dans le creux de la main fermée.

Il entr'ouvrit légèrement la main.

Pervenche tressaillit violemment, en réprimant un cri de stupeur.

Ce que Renaud montrait là, c'étaient deux cartouches qu'il avait réussi à détourner, sans que le sous-officier de tir s'en aperçût.

Et Renaud murmura, tragique :

— Une balle pour celui qui portera la main sur moi, et l'autre... car ils ne m'auront pas vivant... Je ne veux pas mourir enfermé dans leur forteresse...

— Renaud ! Renaud ! tu ne feras pas cela !

— Je le ferai... aussi vrai que j'aime Josette ! !

— C'est bon ! C'est bon ! Je tâcherions de t'en empêcher.

— Je t'ordonne de ne rien faire et de n'y plus penser.

— Je ne t'obéirai pas.

— Pervenche !

— Demande-moi ce que tu veux... mais pas ça !... Je l'empêcherai !... Comment ? Je n'en savions rien encore... ou plutôt, peut-être ben que si, que je le savions...

Et le lendemain, sans rien dire à Renaud, il écrivait à Josette :

« Il faut venir tout de suite à Coblentz... Il faut que
« Renaud sache que vous êtes auprès de lui... bien vite,
« bien vite... Autrement, il est perdu. »

Après quoi, il attendit, reprenant confiance.

Quatre jours après, Renaud recevait de Josette une lettre où elle disait :

« Je sais que tu es triste, que tu souffres, et je viens
« près de toi. »

Renaud tendit la lettre à Pervenche.

— C'est toi qui l'as prévenue ?

— Dam, oui... Est-ce que j'aurions mal fait ?

— Non... Ce sera une grande joie pour moi si je peux la revoir...

Il soupira et après un silence il ajouta :

— Mais cela n'empêchera pas le drame de s'accomplir !

L'attitude des hommes de l'escouade envers les deux amis s'était modifiée également. Certes, elle n'était pas amicale. Après ce qui venait de se passer et la rude bataille de l'autre soir, c'eût été demander trop que de demander de l'amitié. Mais il y avait chez eux une déférence respectueuse, qui n'était pas bien loin de ressembler à de la crainte. L'étonnante vigueur de Pervenche, accomplissant de pareilles prouesses sans effort, avec une aisance souriante, avait plongé ces âmes rudes, encore très près de la terre, dans une admiration profonde. Pendant deux ou trois jours, deux ou trois d'entre eux avaient bien ruminé une vengeance, mais la sagesse avait triomphé de leurs projets de rancune.

En outre, on avait entendu Stiegler et Lorenz dire aux autres :

— Ils vous ont étrillés, et vous ne l'avez pas volé !

La sympathie des deux hommes devait peut-être, à la longue, forcer la sympathie des recrues — intelligences primitives et lourdes, toutes d'impulsion.

Schade, seul, énigmatique et méchant, restait redoutable.

Redoutable aussi, Lilienthal, dans ses rapports avec les deux hommes. Ses traits, ses regards, l'accent de ses paroles, tout en lui exprimait la haine, une haine d'autant plus dangereuse qu'elle se croyait fondée sur des motifs sérieux. L'officier, malgré tout, s'était obstiné à voir en eux les meurtriers de son frère.

Renaud ne se trompait donc pas beaucoup lorsqu'il disait à Pervenche que la situation ne serait guère modifiée par l'arrivée de Josette.

Et pourtant, quand il la sentit près de lui, il y eut comme une détente dans sa torture, un sourire de bonheur et d'espoir en sa détresse.

Pourrait-il la voir ? Il n'en était pas bien sûr. Les recrues avaient peu de loisirs, sortaient peu, jamais en semaine, seulement le dimanche. Et la plupart du temps, quand elles sortaient le dimanche, un sous-officier de service les accompagnait, et la promenade consistait à leur montrer les monuments de Coblentz, les domiciles des officiers et à veiller à ce qu'elles rendissent les honneurs correctement, toutes les fois que l'on rencontrait un supérieur. On ne pouvait compter sur des heures de sortie qu'après Noël, puisque l'escouade était consignée. Et d'ici à Noël !...

— D'ici là, pensait Renaud, ou bien il y aura eu un drame à la caserne, et alors tout sera dit pour moi, ou bien j'aurai réussi à m'enfuir.

Car il pensait à la fuite. Même sa joie d'apprendre que Josette serait près de lui s'était doublée d'un sentiment égoïste.

Il s'était dit :

— Elle pourra m'aider dans mon projet !...

Deux jours après que la lettre était parvenue à Renaud, annonçant l'arrivée de la jeune fille, l'escouade manœuvrait dans la cour de la caserne. Il avait neigé toute la nuit. Dès l'aube, les hommes de corvée et ceux qui étaient punis avaient balayé la neige, mais il avait gelé, et en plus le piétinement des hommes, en tassant le verglas, avait rendu le terrain très difficile et très glissant. Sur ce terrain, Schade s'était amusé à faire exécuter des exercices de marche, le pas de parade et le pas gymnastique. Les hommes glissaient et tombaient ; parfois plusieurs les uns par-dessus les autres, la chute du premier entraînant la chute du second. Ce fut au bout d'une heure seulement qu'il permit cinq minutes de repos, en place et talons joints, aux soldats exténués.

Par hasard, l'escouade, en rang, faisait face à la grille d'entrée du poste de police.

Et les hommes, en reprenant haleine, machinalement regardaient par là...

C'est que, là, de l'autre côté de la grille, c'était la liberté, relative certes, mais la liberté quand même... à laquelle ils aspiraient... Un jour viendrait où l'on pourrait tout de même sortir, de temps en temps, loin des yeux qui vous examinaient avec l'envie toujours de punir, loin des bouches toujours prêtes à l'outrage, des poings toujours prêts aux coups !... loin du sous-officier, loin de l'officier.... Et quand ces jours-là viendraient, c'était par là, par cette grille, que l'on s'en irait...

La caserne tenait le côté d'une rue, dans le quartier neuf, dont l'autre côté était occupé par les bâtiments de manutention et d'intendance du 8ᵉ corps.

En dehors des soldats, il y passait peu de monde, assez rarement des civils.

Or, devant la grille, ce jour-là, les hommes, essoufflés, virent deux femmes, l'une grande, l'autre toute mignonne et qui se conduisait avec un bâton, traverser devant la grille, lentement... très lentement...

Et quand on crut qu'elles avaient disparu et qu'elles ne reviendraient pas, elles retraversèrent pour la seconde fois, en regardant les soldats.

L'une des deux chancela, la plus grande, sans doute parce qu'elle avait reconnu là-bas, sous le bourgeron et le callot, quelque visage ami, et se pencha vers la plus petite, en lui murmurant quelques mots...

Et du rang de l'escouade partirent deux profonds soupirs d'allégresse.

Renaud et Pervenche avaient reconnu Line et Josette...

Ce fut comme un souffle de la patrie, un souffle de pure félicité qui leur arriva en plein visage, qui rafraîchit leur pauvre cœur en émoi, et calma pour un instant leurs angoisses.

Mais ils n'eurent pas le temps de s'abandonner à cette joie reposante.

Un drame se préparait. Et ce fut l'innocent Gotlieb qui le déchaîna. Ainsi parfois, les causes les plus futiles, les hasards les plus inattendus déterminent des catastrophes.

Maintenant que Thielke avait disparu — on l'avait renvoyé dans sa famille — Gotlieb et Renaud étaient ceux de l'escouade sur lesquels Schade s'acharnait de préférence. Et si Renaud avait à souffrir, nous avons expliqué pourquoi et comment Gotlieb, payant pour Renaud, avait à souffrir bien davantage. De Schade à Renaud, un dernier pas restait à franchir. De Schade à Gotlieb, ce dernier pas, depuis longtemps, était franchi.

Gottlieb avait le corps couvert de contusions, mais c'était surtout les pieds qui le faisaient souffrir. Il avait été blessé tout de suite aux deux talons pendant les premières marches, en arrivant au régiment, et depuis ce temps-là, malgré les soins, malgré les visites à l'infirmerie, deux ou trois fois par semaine, ses ampoules ne guérissaient pas... Au contraire, elles s'enflammaient...

C'était les exercices de gymnastique surtout qui entretenaient les blessures, et qui servaient de prétexte à Schade pour le martyriser, car, bien que Schade ne fût pas moniteur, il présidait quand même à ces exercices.

Tantôt, il ordonnait à Gottlieb des déploiements de bras avec deux fusils, baïonnette au canon, et quand il lui voyait les bras cassés, il l'obligeait à faire de la barre fixe... Gottlieb n'avait plus la force de se soutenir, bien qu'il fût robuste, et chaque fois retombait lourdement... Et chaque fois qu'il retombait sur ses pauvres pieds endoloris, la souffrance lui arrachait un rauque soupir... Ou bien les ampoules crevaient de nouveau ou bien les pansements se déplaçaient et les écorchures se rouvraient et s'aggravaient encore.

A l'infirmerie, on refusait de le reconnaître malade...

Et chaque soir, Gottlieb murmurait à Renaud :

— Ça finira mal ! Mais il faut que ça finisse !!

Or, un soir, affolé, Gottlieb dit aux deux Lorrains :

— J'en ai assez... je sauterai le mur cette nuit... si je peux !... Le pourrai-je ?

Pervenche et Renaud essayèrent de le dissuader.

Têtu, il ne répondit pas.

Au fond du cœur, ne lui donnaient-ils pas raison ? Et eux-mêmes n'attendaient-ils pas l'occasion favorable d'en faire autant ?

— Veux-tu que nous t'aidions ?

Il refusa.

— Non, je ne veux pas vous compromettre si je manque mon coup... Si je vois que ce n'est pas possible, je reviendrai... Il y a des chances pour qu'on ne s'aperçoive pas de mon absence, à moins d'une visite de minuit, ce qui est rare... Et alors, j'attendrai un autre jour prochain, une autre occasion...

— Et que comptes-tu faire, mon vieux ? demanda Pervenche, apitoyé.

— Gagner la France... et m'engager dans la Légion étrangère...

Les deux hommes lui serrèrent furtivement les mains. Cette âme affolée songeait à se réfugier hors de la frontière, là-bas, vers laquelle tendaient leurs propres vœux, et volaient leurs espérances suprêmes.

La journée s'acheva sans encombre. Comme allégé d'un poids énorme par la résolution prise, Gotlieb parut plus gai que d'habitude.

Et Stiegler, philosophe, lui redit sa phrase accoutumée :

— Tu vois, vieux, on s'y fait, à la longue.

— Oui, oui, disait le paysan branlant la tête... on s'y fait... bien que ça soit dur...

Parfois, Gotlieb était pris de tremblements. Il était secoué par une fièvre intense. Seuls, Renaud et Pervenche devinaient cette fièvre.

A neuf heures, la sonnerie du clairon retentit dans la cour.

> Soldats, allez donc vous reposer...
> On ferme la porte de la caserne...
> Au repos, soldats, au repos!

Deux minutes après, entre le sous-officier de service.

Chacun des onze hommes se rangea devant son armoire, dans la position réglementaire et le gefreite rendit compte :

— Il ne manque personne !

Une seule armoire était inoccupée.

Un seul lit restait vide.

L'armoire et le lit du cordonnier Thielke...

Le sous-officier sortit, sans faire d'observation et on l'entendit qui entrait dans les chambres des autres escouades formant la compagnie, tout le long du corridor.

Les hommes se couchèrent.

Gotlieb s'était penché à la fenêtre et était resté un moment en contemplation devant le ciel... ou plutôt devant le vide... Le ciel, on ne le voyait pas... Une nappe de

neige se déversait par énormes flocons sur la terre...
mettant la terre et le ciel en communication.

Gotlieb se retourna vers Pervenche et Renaud et cligna
l'œil de leur côté.

C'était un bon temps pour s'enfuir... Un vrai temps à
essayer le coup !...

Le gefreite couchait dans la chambre. C'était un gros
garçon très dormeur et qui n'avait pas l'habitude de se
réveiller, avant l'appel du matin. Il n'y avait pas cinq
minutes qu'il était sous les draps qu'on entendit son ronflement sonore s'épanouir, triomphalement.

Gotlieb, comme les autres, s'était fourré au lit.

Il patienta une demi-heure, jusqu'à ce que tout le monde
fût endormi.

Renaud, son voisin, voyait ses yeux éveillés, qui parfois
se tournaient vers lui.

— Alors, c'est dit ? Tu t'obstines ?

— Oui, autrement, ça finirait mal !

— Et tu refuses qu'on t'aide ?

— Oui... pas besoin... surtout avec un pareil temps...

Il eut un rire silencieux et se vengea d'un mot, le pauvre
garçon :

— Un temps à ne pas mettre Schade dehors !...

Et peureux de cette plaisanterie innocente, il regarda
avec crainte, vers le lit du gefreite. Mais le gefreite était
plongé dans un lourd sommeil.

Alors, Gotlieb s'habilla lentement, avec précautions
pour n'éveiller personne. Il était inutile d'attirer l'attention des camarades.

Deux pourtant s'éveillèrent, se retournèrent dans leur
lit, en entendant quelque bruit, se soulevèrent.

C'était Stiegler et Lorenz.

Ils parurent un peu surpris de voir Gotlieb en tenue,
conversant avec Renaud.

Gotlieb mit un doigt sur sa bouche.

En même temps, il leur désignait, d'un geste, le lit
du gefreite.

Il leur recommandait le silence !

— Tiens ! tiens ! murmurèrent les deux hommes...
Qu'est-ce qui se prépare ?

Et ils ne se rendormirent point, tenus en éveil par la curiosité.

Gotlieb serra les mains de Renaud et de Pervenche. Il ne paraissait plus troublé !

Au dehors le lourd silence d'une averse formidable de neige.

Un instant, Renaud et Pervenche se demandèrent s'ils ne le suivraient pas. Mais ils ne le pouvaient pas. Ils jugeaient que Gotlieb s'en allait à l'aventure sans argent, sans savoir même comment, pour atteindre la frontière sans être repris, il parviendrait à troquer son uniforme contre des vêtements civils... Eux ne voulaient tenter la chance qu'après toutes précautions prises, et ils comptaient sur Josette pour les aider. Ils n'étaient pas prêts.

En marchant sur la pointe des pieds, Gotlieb traversa la chambre et passa devant le lit du gefreite.

Celui-ci s'agita. Le ronflement cessa une minute. Gotlieb, apeuré, s'arrêta. Le ronflement recommença de plus belle. Gotlieb ouvrit la porte et disparut.

— Bon voyage ! murmura Stiegler en se coulant avec volupté sous la couverture.

Et Lorenz, qui en fit autant, murmurait :

— C'est malheureux, tout de même, d'en être réduit à cette extrémité !

Le calme revint dans la chambre comme si rien d'anormal ne s'y était passé.

Seul, Renaud ne dormit pas. Pervenche, lui-même, avait fini par céder au sommeil.

A neuf heures, on l'a vu, le sous-officier de service était venu pour l'appel.

A partir de cette heure-là, en général, on était tranquille. Il arrivait pourtant parfois, assez rarement il faut le dire, qu'il revenait pendant la nuit faire une ronde dans les chambres. Il passait de lit en lit, et mettait son falot sous le nez des dormeurs pour s'assurer que personne ne manquait. Mais tous les sous-officiers n'en faisaient pas autant. Il n'y avait que les mauvais coucheurs. Schade, par exemple, n'y manquait jamais. Heureusement, ce soir-là, Schade n'était pas de service. Et même on l'avait vu sortir le soir, sanglé dans son uniforme, cigare aux lèvres, et l'on savait ce que cela voulait dire : Schade avait une maîtresse dans un faubourg de Coblentz, tout près de la Moselle.

D'autre part, ce jour-là, le sous-officier de service n'était pas un mauvais homme.

Il fallait un hasard pour qu'il y eût contre-appel.

Gotlieb aurait tout le temps qu'il lui fallait pour se sauver.

Renaud était donc assez tranquille sur le sort du pauvre garçon. Enfin, Gotlieb l'avait dit : « Si je ne peux pas sauter le mur, je rentrerai avant minuit, et ce sera pour une autre fois. »

Les heures s'écoulèrent. Renaud, énervé ne put s'endormir. Il se tourna et se retourna cent fois dans son lit sans pouvoir fermer l'œil, assailli par des pressentiments tristes. Il s'était attaché, par la pitié au sort du malheureux et il redoutait quelque désastre. Gotlieb n'y survivrait pas.

Que de fois Renaud lui avait entendu murmurer, quand la recrue était à bout de forces sous les vexations et les brutalités de Schade :

— Thielke est bien heureux... Lui, du moins, il est fou !!!... Moi, j'ai la corde !...

Dix heures sonnèrent, puis onze heures.

— Il aura réussi, pensa Renaud.

Gotlieb était descendu les deux étages sans encombre. En un instant, il fut dans la cour. La neige continuait de tomber en rafale profonde et si serrée qu'une compagnie aurait pu manœuvrer là sans être vue du poste de police. Le factionnaire, à l'abri dans sa guérite ne bougeait pas, ne regardait rien, ne voyait rien...

Gotlieb traversa la cour sans avoir besoin de se cacher.

Il gagnait, par prudence, un coin de mur de la caserne éloigné du corps de garde, car, si l'on n'y voyait rien, on pouvait entendre...

L'amas de neige était tel, bien qu'on eût balayé dans la journée, qu'il enfonçait jusqu'au genou, comme dans une avalanche.

Arrivé au pied du mur, il tira de sa poche une forte corde au bout de laquelle était accroché un solide crampon et il lança le crampon de l'autre côté du mur, en retenant l'extrémité de la corde enroulée autour de son poignet...

Dix fois il dut recommencer le même coup, avant que le crampon se fixât dans quelque anfractuosité, entre des jointures de pierres.

La neige tombait toujours. Il grelottait. Ses mains étaient presque gelées. Et il n'osait se donner trop de mouvement ni remuer les pieds et les bras pour se réchauffer, dans la crainte de faire du bruit et d'attirer l'attention.

Enfin, le crampon lancé une nouvelle fois ne descendit plus.

Il se trouvait pris là-haut, de l'autre côté...

Gotlieb tira dessus lentement d'abord, puis plus fort, pour l'enfoncer.

Puis, il se suspendit, pour essayer... Mais alors, il eut une sourde exclamation... C'est à peine si ses doigts, à demi gelés, pouvait entourer la corde... Ils ne la serraient pas... Impossible de s'enlever.. Les doigts raidis s'y refusaient... Il se frotta les mains avec de la neige afin d'y ramener de la chaleur et de la flexibilité... Inutile...

Dans un désespoir fou, il se cramponnait à la corde...

Il retombait dans la neige... Ses efforts étaient vains... Ce mur pourtant n'était pas bien haut... quatre mètres au plus... un jeu d'enfant pour tous les soldats, pour Gotlieb lui-même, s'il eût été en bonne santé...

Il se laissa aller à des sanglots sourds...

— Jamais je ne pourrai ! Jamais ! Jamais !!

Au risque d'être entendu par le corps de garde et d'être surpris, il se mit à courir dans la neige, à battre des pieds contre la muraille pour rétablir la circulation du sang, à battre à grands coups les bras autour de son corps.

Quand il fut un peu réchauffé, il se remit à la corde, avec une âpre colère.

Hélas ! il ne réussit même pas à s'enlever de terre...

Il s'écroula dans la neige qu'il venait de piétiner près du mur...

Que faire ? Rentrer à la chambre... puisqu'il n'avait pas la force de fuir... Ah ! comme il regrettait à présent d'avoir refusé l'assistance que Renaud et Pervenche lui avaient offerte !... Les deux hommes étaient robustes. En se faisant la courte-échelle, l'un des deux eût atteint le mur, où il se fût servi de la corde... L'autre, d'en bas, aurait soulevé le pauvre Gotlieb, l'aurait hissé sur la muraille, il serait descendu de l'autre côté de la même façon.

Et de l'autre côté, c'était la liberté...

C'était ainsi que sortaient les soldats qui voulaient tirer une bordée en ville. Gotlieb ne l'ignorait pas. Pourquoi n'avait-il pas voulu ?

Un étrange bien-être l'envahissait, pendant qu'il rêvait à ces choses... Il se sentait bien, dans un engourdissement tout proche du sommeil... Ce bien-être de la neige traîtresse... Il s'en rendit compte... très maître de lui et, pendant une minute, il eut la pensée de ne pas remuer, et d'en finir ainsi avec cette vie de misères, en se laissant mourir... dans cet anéantissement très doux qui lentement s'emparait de ses membres... L'instinct fut plus fort... Il eut peur qu'une ronde du poste le trouvât au pied de la muraille, avant qu'il fût à l'agonie... Et alors, on comprendrait vite son projet avorté, grâce à cette corde qui pendait là... Et ce serait la prison... Et la haine de Schade, encore accrue... Non, pas cela !... S'il en finissait un jour, ce serait brusquement et sûrement... En une seconde, il passerait de la vie dans l'éternité... Alors, il réussit à se soulever... Ses jambes étaient si lourdes et si lasses, à se tirer de la neige et à s'y replonger à chaque pas, qu'il était obligé de s'appuyer contre le mur...

— Je n'arriverai jamais ! Comme cette cour est grande ! murmurait le malheureux.

Enfin, un peu de sang, activé par les efforts mêmes, lui rendit quelque courage. Il se reconnut, au milieu de l'avalanche qui, toujours, toujours, partant du ciel, ne cessait pas de dévaler sur la terre. Il finit par atteindre l'escalier qui conduisait à la chambre.

Et tristement, il remonta.

L'horloge de la caserne sonna minuit.

— Pourvu qu'il n'y ait pas eu contre-appel !

Or, au moment où onze heures avaient sonné, Renaud, qui ne pouvait s'endormir, avait entendu tout à coup, au loin et tout au bout du corridor sur lequel donnaient les chambrées des escouades de la compagnie, un pas lourd qui paraissait se rapprocher.

Qui était-ce ? Il prêta l'oreille. Une porte s'ouvrit. On ne perçut plus rien.

Renaud pensa que ce pouvait être quelque soldat rentrant de permission... Cependant on ne donnait pas de permission aux recrues... Donc, ce ne pouvait être qu'un gefreite... Renaud écoutait, avec une attention inquiète.

La porte se rouvrit. Le même pas lourd dans le couloir. Autre bruit de porte s'ouvrant et se fermant... Un silence...

Le même bruit, se rapprochant, les mêmes pas... mêmes battements de portes.

Nul doute n'était plus possible...

Par hasard, le sous-officier de service faisait sa ronde...

Il avait probablement passé la soirée au mess avec ses camarades, et en rentrant à la caserne, cette idée lui était venue avant d'aller se coucher...

Encore quelques minutes et l'absence de Gotlieb allait être remarquée.

La punition qui s'en suivrait serait sévère... surtout que le pauvre garçon était noté comme mauvais soldat...

Huit jours, quinze jours peut-être de cellule...

Que se passa-t-il dans la tête de Renaud ?

Lui-même plus tard, lorsqu'il y réfléchit, se l'expliqua difficilement.

Sans doute, il pensa que Gotlieb, s'il n'avait pu fuir, — et un pressentiment, fondé sur la faiblesse du paysan criait à Renaud qu'il n'avait pas réussi — allait rentrer, et que son désespoir l'empêcherait de supporter jusqu'au bout le dur châtiment qui l'attendait.

Renaud avait deviné ses projets de suicide... Gotlieb résisterait-il encore ? Non !...

Donc, s'il n'avait pas fui, l'homme se résignerait à l'acte suprême de libération.

Et Renaud fut envahi par une immense pitié... Gotlieb était le seul de l'escouade qui leur eût témoigné, à lui et à Pervenche, de l'affection... Et son projet d'aller s'engager en France, dans la Légion, le rendait un peu plus cher encore... Cela le rapprochait des deux Lorrains, car à cet homme, soldat de l'autre pays, resterait accroché, malgré tout, un lambeau du drapeau français... pour lequel il mourrait peut-être...

Mais tout cela, il n'y pensa pas sur le moment.

Ce fut plus tard, trop tard — le lendemain — qu'il tenta de s'y reconnaître.

A cette minute, au bruit des pas lourds qui venaient dans le couloir, devant la crainte du sous-officier qui allait entrer, le geste de Renaud fut instinctif...

Il sauta à bas de son lit, en quelques coups de poing arrangea celui-ci de manière à faire croire qu'il n'avait pas été défait...

Et alors que les pas du sous-officier de ronde retentissaient derrière la porte de la chambre, il se glissa dans le lit de Gotlieb...

Il ramena la couverture jusqu'à son nez et attendit...

Son cœur battait très fort... en désordre...

Le geste accompli, Renaud se demandait pourquoi il l'avait fait...

Trop tard...

Le sous-officier poussait la porte et entrait, son falot à la main.

Il se promena lentement... projetant la lumière sur chaque dormeur.

Conformément au règlement, le nom du soldat est écrit au pied de son lit, sur une étiquette.

Arrivé devant le lit de Renaud, il constata qu'il était vide.

L'étiquette portait :

« Renaud Sauvageot. »

Le sous-officier en prit note, sans faire d'observation. Tout le monde dormait. Le gefreite accentuait son ronflement sur un ton formidable.

Quand le sous-officier se dirigea vers la porte pour sortir, il se cogna contre la petite table où était la cruche. la cruche se renversa, sans se casser. Le bruit fit lever la tête à Stiegler et à Lorenz.

Au même instant, Renaud réintégrait son lit.

Quelques minutes après, Gotlieb, épuisé de fatigue et de froid, rentrait et se coulait dans les draps, sans même s'apercevoir qu'ils étaient chauds, et brusquement, il s'endormait d'un sommeil de plomb, d'un sommeil pareil à la mort.

Renaud ne lui avait rien dit...

Le lendemain non plus il ne lui parla pas de l'incident, mais le sous-officier de service avait fait son rapport, que le feldwebel transmit au capitaine de Lilienthal, commandant la compagnie.

Lilienthal donna huit jours de cellule à Renaud.

Quand la nouvelle éclata dans la chambre, il y eut une stupeur. Renaud avait eu beau ne rien dire, la vérité sur l'équipée nocturne de Gotlieb et sur le dévouement de Renaud était connue. Stiegler et Lorenz avaient deviné, ils avaient parlé. Et Gotlieb, interrogé, ne nia point.

Brusquement, un revirement dans l'escouade. Ces hommes sentirent instinctivement, sans en pénétrer les arcanes et les délicatesses, ce qu'il y avait de grand et de généreux dans l'acte simple accompli par Sauvageot pour sauver du désespoir un misérable.

Ils murmuraient :

— Tout de même, c'est bien ce qu'il fait là, le Français !

Et Lorenz, philosophe, ajoutait :

— Il y a des braves gens dans tous les pays.

Mais Gotlieb ?...

Il fut le dernier à comprendre ce drame, dont il était l'auteur, et qui n'intéressait que lui. Quand il eut compris, il voulut se précipiter chez le sergent-major pour rétablir la vérité, pour lui révéler l'innocence de Renaud et lui éviter la prison... Renaud l'en dissuada... Et tous les hommes de son escouade furent de son avis... En toute évidence, l'explication ne servirait à rien... Gotlieb serait puni, il est vrai, mais il était certain qu'en ce qui concernait Sauvageot, sa punition serait maintenue intégralement...

— Mais pourquoi ? Pourquoi ? interrogea Gotlieb, haletant d'angoisse.

Le gefreite intervint, en haussant les épaules, et dit :

— Tout simplement parce que Sauvageot a trompé ses chefs.

Gotlieb s'approcha de Renaud. Il fléchissait comme

s'il avait voulu se mettre à genoux devant le jeune homme, et avant que celui-ci eût pu s'en défendre, le paysan lui prit les mains et les embrassa fiévreusement.

Et il bégayait, dans des sanglots comprimés :

— Je vous revaudrai ça, sur la vie de mon père et de ma mère, je vous le jure !

Le soir, Renaud était conduit à la prison de la garnison par le sous-officier de service. Il portait dans son havre-sac la tenue nº 6, qu'il devait revêtir en arrivant dans le local de réception des détenus. A la prison, le surveillant en chef prit ses noms et matricule, après quoi la porte d'une cellule froide et nue fut refermée sur le prisonnier. Il n'y avait point de lumière et la nuit était venue. La neige avait cessé de tomber et le ciel était pur. On aper-cevait quelques étoiles par une toute petite lucarne garnie de barreaux de fer. Il fit à tâtons le tour de sa cellule et découvrit un lit de camp en bois sur lequel il s'étendit aussitôt. Mais il ne fallait pas songer à dormir. Le froid était trop rigoureux et il n'avait rien pour s'en garantir, pas de couverture. Et la cellule était si étroite qu'il avait peine à s'y mouvoir, quand il voulait se lever pour rétablir la circulation du sang. Le matin, il eut le corps brisé. Pour se soutenir, il mangea un peu de pain de munition qu'il avait apporté. La journée se passa ainsi. Le froid redou-blait. Il semblait à Renaud que de la glace coulait dans ses veines. Parfois, sa mâchoire se contractait à ce point qu'il ne pouvait plus ouvrir la bouche. Pour éviter d'avoir un membre gelé, il se frictionnait à tour de bras, jusqu'à ce qu'il fut recru de fatigue. Il enfonça son callot le plus possible pour réchauffer son front endolori. Il plia son mouchoir qu'il mit sous sa tête, afin d'adoucir la dureté des planches, il retira sa tunique pour s'en faire une cou-verture. Et le soir, harassé, il finit par trouver le som-meil.

Un rayon de lumière violente, qui lui frappa les yeux, le réveilla en sursaut.

La porte de sa cellule était ouverte.

Et, dans sa cellule, l'officier de ronde, casque en tête, ceint de l'écharpe de service.

Renaud sauta à bas de son lit...

Le sous-officier du poste de la prison paraissait derrière, avec sa lanterne.

Le prisonnier rectifia et se présenta :

— Soldat Sauvageot, puni de cellule pour s'être absenté sans permission.

Il était resté en pantalon et en chemise. L'officier se mit à hurler... Comment ce prisonnier avait-il l'audace de paraître devant lui en pareille tenue ?...

Alors, Renaud se hâta de se revêtir. Il avait oublié que le règlement de la prison est formel et qu'il interdit aux détenus d'enlever leur tunique pour s'en servir comme d'une couverture.

C'est ainsi que s'écoulèrent les huit jours de cellule.

Le huitième jour au soir, la porte de la prison s'ouvrait. Un sous-officier lui fit signe. Il le suivit. Une demi-heure après, il rentrait à la caserne.

Quand il entra dans la chambre de l'escouade, il n'y trouva que Gotlieb et Pervenche, qui l'attendaient.

Gotlieb s'élança vers lui en disant :

— Pardon, pardon !... Il ne me reste plus maintenant qu'à vous payer ce que je vous dois.

— Ne parlons plus de ça, mon pauvre Gotlieb...

Alors, Pervenche, après avoir embrassé son ami :

— Les amis t'attendent...

— Quels amis ?

— Les hommes de l'escouade tout entière.

— Et où m'attendent-ils ?

— A la cantine. Ils veulent fêter ton retour. Ah ! ils ont bien changé !... Depuis qu'ils savent ce que tu as fait pour Gotlieb, ils ne tarissent pas d'éloges sur toi. Tu les as conquis...

Renaud sourit tristement.

Ce n'était pas ceux-là qu'il aurait fallu conquérir. C'était Schade ! c'était Lilienthal !!

Ils étaient tous réunis à la cantine. C'était vrai. Renaud les trouva installés autour d'une table sur laquelle ils avaient préparé un souper de fortes victuailles. Et quand il entra, ils vinrent tous, en souriant, lui serrer les mains.

Le chanteur Reimer entonna le motif fameux appelé : « *Le chant de la Boîte.* »

J'avais un camarade comme on n'en trouverait pas de meilleur.

Renaud fut profondément ému.

La paix était signée avec ceux-là. Leur amitié était certaine. Au besoin, s'il le leur réclamait, leur concours serait absolu.

Mais les autres ?

Schade était irréductible.

Et Lilienthal ?

L'officier gardait une attitude étrange envers Renaud. Celui-ci surprenait, parfois, l'observant avec une curiosité extrême, le frère du comte Ulrich comme si son âme avait été combattue par des pensées contraires. Certes, la haine n'était pas absente de ce regard. On sentait que l'homme était toujours sous l'obsession du meurtre de son frère et que, malgré l'innocence proclamée de Renaud, son instinct le poussait à trouver en lui le meurtrier. Or, son âme d'honnête homme et d'homme juste luttait contre cet instinct, en dépit des préjugés de caste, de l'orgueil de son rang, du monde lointain où le soldat vivait en regard de l'officier, et de l'aversion nationale, apprise dès l'école, que tout Allemand éprouve pour la France.

Lorsque Lilienthal, s'absorbant ainsi, se voyait observé à son tour, vite il changeait de visage, ses yeux redevenaient durs, plus rien ne se pouvait deviner dans ses traits.

Et Renaud qui, un moment, avait conçu le fol espoir que l'officier avait compris ses tortures, soupirait de découragement, parce qu'il reconnaissait son illusion.

Un jour qu'il avait été injurié par Schade, comme d'habitude, sans que le sous-officier eût osé, toutefois, porter la main sur lui, il vit Lilienthal se rapprocher du feldwebel et longuement causer avec ce dernier. De temps à autre, le feldwebel et le capitaine tournaient les yeux de son côté. Or, Renaud avait toujours remarqué une grande douceur et une grande pitié pour lui, chez le sergent-major.

Était-ce vraiment de lui qu'il s'agissait ?

Était-ce son sort qui se décidait ?

Du reste, quelles que fussent les confidences échangées entre eux ce jour-là, il n'y eut rien de modifié dans le genre de vie de Renaud, rien non plus dans les brutalités de Schade.

D'autre part, si Lilienthal se montrait très sévère pour tout ce qui avait rapport au service, il ne punissait jamais injustement et l'on devinait même, à ses rares paroles, qu'il sollicitait la confiance des hommes, plutôt qu'il n'essoyait de leur inspirer de la terreur. Et ceux-ci disaient, souvent :

— S'il n'y avait pas Schade, on se la coulerait douce !

Ce fut à cette époque que Renaud conçut un projet dont la hardiesse accusait le désespoir où se trouvait le pauvre garçon.

Il n'avait pu encore voir Josette, depuis trois jours qu'il savait qu'elle était à Coblentz. Cependant, Lilienthal, après avoir puni l'escouade d'une consigne générale jusqu'aux fêtes de Noël qui approchaient avait levé la punition au bout de quarante-huit heures.. Les permissions aux recrues étaient rares. Une heure, parfois, leur était laissée, le soir avant la soupe. Mais Renaud, qui avait accumulé toute une série de corvées supplémentaires, ne pouvait songer même à demander une permission.

Pervenche, plus favorisé, avait pu voir les jeunes filles et il avait rapporté à Renaud de douces et de tendres paroles d'amour et de réconfort.

Le projet de Renaud était celui-ci et pour qui connaît les mœurs militaires inflexibles de l'autre côté du Rhin, on pouvait taxer cette aventure de folie :

Aller trouver Lilienthal et tout lui confier...

De deux choses l'une : ou Lilienthal ne l'écouterait pas, et il s'ensuivrait pour Renaud, en toute certitude, quelques mois de forteresse.

Ou il l'écouterait — il était insensé de le croire ! — et alors, peut-être, Lilienthal le prendrait-il en pitié et Schade, le sachant devenu indulgent, la vie de la caserne redeviendrait possible pour Renaud.

Il se confia au seul Pervenche.

Le noué secoua sa grosse tête :

— Mauvais ! Tu n'obtiendras rien d'un fantôme !... Car c'est le fantôme de l'autre !

Il y avait deux moyens de se rapprocher de Lilienthal.

A la caserne, où il pouvait demander à lui parler. Mais c'était chanceux. Aux premiers mots de plainte, l'officier lui imposerait certainement silence et la situation de Renaud vis-à-vis de Schade s'en trouverait aggravée.

Ou bien, jouant le tout pour le tout, filer de la caserne sans permission, aller rejoindre et surprendre Lilienthal chez lui, et l'obliger à l'écouter... oui, l'obliger... Certes, l'acte était téméraire... Le premier geste de l'officier serait pour faire appeler des soldats, l'envoyer en prison, d'où il ne sortirait que pour passer en conseil de guerre... Mais, qui sait?... Pourquoi ces longs regards de Lilienthal attachés sur lui si souvent?... Et si cela était vrai, s'il y avait là quelque perplexité, pourquoi n'en bénéficierait-il pas?

Folie, soit, mais n'était-il pas fou?

Cette folie, il la tenta, suprême chance de salut, avant le désespoir suprême.

Gotlieb, l'autre soir, lui avait donné l'exemple et tracé la route.

Ce fut cet exemple qu'il suivit. Il sortit de la chambre, le soir, après l'extinction des feux, et quand tout le monde fut endormi.

Tout le monde, sauf Pervenche.

En effet, n'ayant pas de corde, il avait besoin de son ami pour lui faire la courte-échelle, gagner le faîte du mur et sauter. Pour rentrer, il savait, par des soldats qui usaient de ce moyen, que la chose était relativement plus facile et qu'on pouvait trouver des points d'appui, sur le mur, entre des pierres effritées.

Une fois hors de la caserne, pourquoi songerait-il à y entrer, au lieu de se cacher et de déserter? C'est qu'il ne voulait pas tenter ce moyen sans avoir pris toutes ses précautions pour réussir, c'est qu'il voulait fuir, aussi, avec Pervenche. Josette, avertie à temps, les aiderait. En outre, dans leur combinaison, ils avaient réfléchi que la fête de Noël étant prochaine, il y aurait à ce moment-là beaucoup de permissionnaires, la caserne serait presque vide pendant deux ou trois jours. Les soldats qui resteraient jouiraient d'une liberté relative. La partie serait plus facile à gagner. Un hasard malheureux viendrait-il se

mettre en travers de cette combinaison ? C'était l'inconnu
de tous les événements...

L'escalade du mur, grâce à l'aide de Pervenche, se fit
sans difficultés.

Quand Renaud fut en haut, au moment où il allait disparaître, Pervenche lui dit :

— C'est égal... je crois que tu as tort. Je ne te vois
point partir sans crainte...

— Et moi, j'espère ! dit Renaud.

Il sauta d'un bond dans la rue et Pervenche entendit
ses pas rapides qui s'éloignaient.

Le noué rentra à la chambre et regagna son lit. Il était
inquiet et triste.

Renaud savait où demeurait le capitaine de Lilienthal.
L'officier habitait Rheinstrasse, presque en face du pont
de bateaux, un pavillon isolé, entre deux jardins plantés
de très beaux arbres. Une grille qu'on ne fermait jamais
donnait accès dans le jardin de devant. Le pavillon était
petit et élégant, ayant au rez-de-chaussée, sur un haut
perron, les salles de réception, salle à manger, salon,
fumoir, salle de billard, et au premier étage l'appartement
du capitaine.

Et quand, dans la demi-obscurité de la rue, Renaud
arriva là, sa pensée se reporta soudain sur un chalet, place
de la Gare, à Metz, où avait commencé, avec un autre
Lilienthal, sa destinée de malheur. C'était un singulier
hasard, en effet, qui le rapprochait de cet homme, aujourd'hui, comme il s'était rapproché de l'autre, autrefois... Entre ces deux rencontres, quelques mois seulement, un peu plus d'un an, s'étaient écoulés.

Il n'y avait aucune lumière dans le pavillon. Le couvre-
feu était sonné, l'ordonnance avait réintégré la caserne
pour répondre à l'appel. Et pendant que Renaud rôdait,
il vit sortir de la cuisine une femme qui ferma soigneusement la porte et partit. C'était la cuisinière qui sans doute
avait sa liberté, ce soir-là. Alors, Renaud se souvint que,
justement, c'était jour de Liebesmahl, le « repas d'amour »,
ainsi que les officiers surnommaient les agapes qui ont
lieu, à peu près tous les mois, au casino militaire. Il savait
aussi que Lilienthal, mélancolique, rangé, et grand travail-

leur — disaient les racontars de la caserne — s'absentait fort peu de chez lui et menait une vie monacale. Il était donc certain qu'aussitôt que les convenances le permettraient, l'officier quitterait le Liebesmahl pour rentrer chez lui. Une heure à attendre. Peut-être deux... Il patienta.

Il ne se trompait pas, Lilienthal assistait au « repas d'amour ». Dans la grande salle à manger, au centre du fer à cheval, le général présidait ce soir-là. Il avait daigné venir, suppléant ainsi le colonel, qui, d'habitude, est le chef de ces réunions. Il était entouré des officiers supérieurs de la garnison. Les autres convives se répartissaient au long des tables suivant leurs grades. Aux deux extrémités avaient pris place les lieutenants et les enseignes, qui, tout le temps du repas, n'avaient pas droit à la parole, par respect.

Vers dix heures, quand le général se leva pour passer dans les salons, ce fut pour beaucoup d'entre les officiers — ils ne s'y amusaient pas toujours — le signal d'une retraite prudente.

Lilienthal fut un des premiers à s'esquiver.

Il était un peu plus de dix heures.

Renaud le reconnut de loin au moment où il passa sous un bec de gaz, il le vit s'approcher à grands pas, enveloppé dans son manteau, passer rapidement la grille et monter le perron.

La porte du pavillon n'était pas fermée à clef.

L'officier l'ouvrit, entra, la repoussa d'un coup sec derrière lui, et là, resta un moment à frotter ses mains gantées, dans le bien-être de l'atmosphère chaude.

Il murmura en tournant le bouton de la lumière électrique :

— Berr ! il fait un froid de Sibérie !...

Au fond du vestibule était l'amorce de l'escalier conduisant à son appartement. Avant de monter, il pénétra au salon, y prit des brochures, absent seulement pendant quelques secondes. Et quand il reparut dans le vestibule, il eut un cri étouffé de surprise.

Un soldat s'y trouvait, rigide, dans l'attitude réglementaire, talons joints.

Et, ce soldat, ce n'était point son ordonnance.

C'était Renaud Sauvageot...

Ce fut un instant de surprise extrême, et de silence redoutable.

Après quoi, une explosion violente.

— Que faites-vous ici ?

— Je vous attendais.

— Qui vous a permis de sortir ?

— Personne. J'ai sauté le mur.

— Je vais appeler et vous faire conduire en prison.

Et Lilienthal s'élança vers la porte.

Renaud s'effaça pour le laisser passer, au lieu de l'empêcher, ainsi qu'il le pouvait.

Seulement, il dit :

— Vous aurez toujours le temps de me faire jeter en prison après... Ne pouvez-vous m'écouter, d'abord ?... J'ai à vous confier des choses douloureuses et graves.

— Non.

— Je me suis juré, pourtant, que vous m'écouteriez... sinon...

— Venez-vous m'assassiner, moi, comme vous avez assassiné mon frère ?

— Je n'ai pas assassiné votre frère... Je ne viens pas vers vous pour vous braver ni pour vous menacer... et la preuve...

Dans un geste rapide comme la pensée, Renaud avait décroché le revolver de l'officier pendu, avec ses armes, au mur du vestibule, l'avait tiré de l'étui.

Et le canon collé à sa tempe :

— Je vous jure que si vous refusez de m'écouter, je me casse la tête !...

Chez Lilienthal, une seconde d'hésitation.

Mais il n'en peut douter.

Cet homme, qui est là, fera ce qu'il a dit : il se tuera.

Certes, ce n'est pas la pitié, en ce moment, qui l'emporte chez lui.

Plutôt la curiosité.

Et s'il hésite, c'est que la colère gronde, dans son âme disciplinée, contre la révolte de l'homme contre la discipline...

Renaud, toujours le revolver à la tempe, ajouta gravement, la voix contenue :

— Il faut que je sois bien malheureux, à bout de forces, pour venir ainsi à vous... et pour braver, je le sais bien, le dur châtiment que j'ai mérité... Si vous consentez à m'écouter toutefois, peut-être en résultera-t-il pour vous des choses qu'il vous importe de connaître...

Toujours même hésitation. Question d'orgueil aussi. Il ne voudrait pas avoir l'air de céder, lui, officier, à ce soldat... lui, si haut, à cette créature si basse...

Mais Renaud ne menace point. Son regard reste triste, doux et ferme.

— Vous vous rendrez à la prison, en rentrant à la caserne.

— A vos ordres, monsieur le capitaine.

— Parlez... qu'avez-vous à dire ? Je ne devrais pas vous écouter... pour deux raisons, parce que vous commettez une faute grave contre la discipline, et parce que j'ai de la répugnance à m'entretenir avec l'homme dont la vue me rappelle trop la fin tragique d'un frère que j'aimais...

— Pourquoi n'avez-vous pas foi dans la justice de mon pays, comme, si l'occasion le voulait, nous aurions foi dans la vôtre ? Je suis innocent... Il m'est pénible d'avoir à vous le redire, et je ne vous le redirai plus...

— Je vous ai ordonné de parler.

— A vos ordres... Vous savez que je suis soldat allemand contre ma volonté...

— Vous devriez être fier de servir la plus grande nation du monde...

— J'ai du moins, à défaut d'une fierté que je ne peux ressentir, tenté de la servir du mieux que j'ai pu, sans m'attirer des punitions... Or, depuis que je suis au régiment, punitions et corvées sont tombées sur moi, injustement, en si grand nombre, si pressées, qu'il m'est devenu impossible de faire mon service comme les autres, d'être exact comme les autres, le temps me manque. Je suis dans un engrenage fatal qui m'emporte, me roule, ne me laisse pas respirer, m'étouffe... et je ne vois plus comment cela pourrait se terminer, si ce n'est... si ce n'est par quelque catastrophe.

— Qu'entendez-vous par là ?

— Je ne peux vous dire encore... mais ce que je vois, c'est la catastrophe prochaine.

— Vous prétendez avoir toujours été puni injustement ?

— La punition n'était juste qu'en apparence. En réalité, j'étais obligé... qu'il me soit permis de répéter ce mot... j'étais obligé de l'encourir.

— Vous venez d'être puni pour vous être absenté après l'appel... A minuit vous n'étiez pas rentré à la chambre... Etiez-vous forcé à un pareil manquement à la discipline ?... Est-ce cela que vous appelez une punition injuste ?

— J'ai été puni pour un autre.

— Vous avez dit ?

— J'ai dit : pour un autre, un pauvre et naïf garçon, malheureux comme moi...

Après un court silence :

— Expliquez-vous plus clairement, je vous l'ordonne.

— Monsieur le capitaine, à vos ordres. Me permettrez-vous de vous dire quelque chose en dehors du service ?

— Soit. Je ne donnerai aucune suite à ce que vous me confierez.

Et Renaud raconta toute l'histoire de Gotlieb, à quel sentiment de pitié il avait obéi...

Lilienthal l'écoutait avec une curiosité visible, bien qu'il essayât de la dissimuler. Après quoi, il dit, sèchement :

— Vous avez eu tort... Et pour avoir trompé vos chefs, vous encouriez une punition...

— J'avais peur, chez Gotlieb, d'un acte de désespoir... et puis, je n'ai pas réfléchi... j'ai suivi une impulsion instinctive... et je ne m'en repens pas encore...

— Bravade de don Quichotte... Vous êtes trop d'un autre pays... Le régiment vous formera. Quand vous en sortirez, vous serez assoupli... avec moins d'illusions généreuses...

— Je ne le pense pas... Mais s'il en était ainsi, je regretterais mes illusions.

— Taisez-vous ! fit Lilienthal, rudement.

Et il se mit à marcher à grandes enjambées dans le

long vestibule qui coupait le pavillon en deux parties, allant du jardin de devant au jardin de derrière.

Renaud ne bougea plus, immobile, comme fixé au parquet.

De temps en temps, Lilienthal s'arrêtait devant le jeune homme, quand il arrivait à sa hauteur, et il le considérait alors avec ce singulier regard que, déjà Renaud avait remarqué à la caserne.

Tout à coup, dans un de ces arrêts, il laissa échapper :

— Nation intraitable et vaniteuse... Faudra-t-il encore lui donner une leçon ?

Renaud tressaillit, pâlit légèrement.

Mais il avait reçu l'ordre de se taire. On ne l'interrogeait pas. Il devait obéir.

— En somme, que demandez-vous ?

— Quelque chose de très simple. Je fais tout mon devoir de soldat. Je demande à être traité avec justice, comme tout le monde.

— Vous accusez Schade ?

— Je n'ai pas prononcé son nom... Je n'accuse personne...

— C'est assez clair... et ceci ne s'accorde guère avec les prétentions que vous affichez à la générosité. Du reste, ce n'est pas chez vous, ni chez les vôtres, qu'il faut chercher la suite méthodique dans les idées...

L'attaque était directe.

Lilienthal avait-il donc l'intention de le pousser à bout ? Ou bien, devinant qu'il avait devant lui un cœur haut placé, une intelligence supérieure, désirait-il savoir ce que Renaud pensait, dans l'âpre curiosité de sonder les arcanes d'un de ces réfractaires en qui il trouverait sans doute un peu de l'âme française ?

Mais Renaud, les yeux droits sur l'officier, Renaud les mains collées au liseré du pantalon, Renaud, buste bombé et talons joints, ne répondit pas à l'attaque.

Renaud chercha à éviter le coup, à faire dévier l'attaque.

Il tenta de résumer, en un appel pressant, tout ce qu'il avait souffert, de présenter à l'officier le tableau de son désespoir, de la pleine détresse où il se mourait.

Il lui disait tout, sa bonne volonté méconnue, le parti pris de le torturer, la menace non déguisée, avouée, de le faire punir de forteresse, les vexations, les cruautés, son courage à tout supporter, son abnégation, ses efforts de chaque heure, et la conquête définitive qu'il avait faite de ses camarades, d'abord presque tous ligués contre lui, par crainte du sous-officier, et qui l'avaient accueilli avec enthousiasme et reconnaissance, à sa sortie de prison. Larmes refoulées, rage muette, son âme française enfermée dans ce régiment comme dans une prison, mieux que dans une prison faite de murs puisque celle où il s'épuisait était faite de cœurs ennemis du sien, étrangers au sien. Et il avoua aussi sa crainte, la terreur grandissante qu'il avait de l'outrage qu'il prévoyait, de ce poing de Schade s'abattant sur sa joue, insulte contre laquelle il se révoltait, qu'il n'était pas de force à supporter. Il faiblissait sous le choc.

Et il acheva :

— Voilà, monsieur le capitaine, tout ce que j'avais à vous dire, tout ce qu'il fallait que vous entendiez... Maintenant, j'ai le cerveau plus clair, plus léger, j'envisage l'avenir avec moins d'effroi... car je ne me réclame pas de votre pitié, non, je ne me réclame que de votre justice... C'est tout !

Alors, il s'aperçut avec stupeur que Lilienthal était distrait.

Lilienthal ne l'avait pas écouté...

Lilienthal suivait sa première pensée... et l'attaque que Renaud avait prévue, qu'il avait voulu éviter, se produisit brutalement :

— Que feriez-vous demain, si nous avions la guerre avec la France ?

La question était directe et infiniment grave. Renaud savait qu'en répondant il allait froisser le sentiment patriotique de Lilienthal. Mais il ne pouvait pas mentir, et d'autre part il était trop brave pour se sauver par des paroles qui ne seraient pas très claires.

Il comprit, du reste, que l'officier désirait mettre à nu cette âme.

— Je répondrai, monsieur le capitaine, bien que je

regrette que vous m'interrogiez sur un pareil sujet... Nous
autres, qui sommes soldats chez vous, nous ne pouvons
encourir la responsabilité de ce qui est. La faute remonte
aux événements qui ont créé une situation contraire au
droit et par conséquent immorale en elle-même, mais
féconde en effets douloureux pour la conscience, pour
toutes les consciences, aussi bien celles des vaincus que
celles des vainqueurs... Si vous aviez demain la guerre
avec la France, rien ne me déciderait à tirer sur ceux de
mon pays... Il y aurait là quelque chose de plus qu'un
crime, il y aurait un sacrilège... Je vous prie de me pardonner si je parle ainsi... Vous l'avez exigé. J'obéis...
Vos écoles ont été impuissantes à nous changer, nous
sommes et nous resterons trop prévenus contre vos maîtres. Leur enseignement ne prévaudra jamais contre celui
que nous recevons au foyer paternel. Vous nous contrai-
gnez à parler votre langue hors de chez nous, mais chez
nous, votre langue nous est étrangère, de même que
vous nous restez étrangers. Nos mères nous apprennent
à bégayer des mots de tendresse en langage de France.
Tous les souvenirs évoqués, toutes les images renaissantes
sont des images et des souvenirs du passé, c'est-à-dire de
France ? Et ces images et ces souvenirs, de par cela même
qu'ils nous sont défendus, empruntent quelque chose de
sacré... Chercher à les amoindrir paraîtrait une mons-
truosité...

— Il y a bel âge que votre pays d'origine vous a oubliés, dit rudement l'officier en l'interrompant avec colère... Ecoutez donc les clameurs qui viennent de chez
vous. Comme toutes les nations veules et craintives, vous
prêchez le pacifisme à outrance, persuadés que vos cris
d'amour humanitaire passeront le Rhin et feront des pro-
sélytes chez nous...

— Nous avons confiance dans l'avenir... Mon pays est
crédule... il est peuplé de rêveurs... il se paye d'illusions...
On le trompe aisément, mais pas longtemps, car c'est un
pays de clarté et de bon sens... Peut-être a-t-il un peu trop
grande foi dans l'Idée, parce qu'il sait que l'Idée boule-
verse les mondes...

Lilienthal haussa les épaules :

— Nous, dans la Force, qui prime l'Idée !

— Nous, dans la Force, qui la défend... Et souvent les apparences de la Force à outrance cachent bien des faiblesses. tandis que l'Idée a pour elle ce se discuter au grand jour... Votre peuple, du reste, n'est plus exalté comme au lendemain de nos désastres... Il est aux prises avec la réalité. Longtemps, votre patriotisme, qui est admirable, n'a été fait que de la haine contre la France. Vous enseignez toujours la haine de mon pays, mais lentement et malgré vos ardeurs belliqueuses, le peuple oriente ses aspirations vers d'autres buts...

— Vers d'autres buts qui ne peuvent être atteints que par la guerre.

— Oui, peut-être, peut-être... car le jour où vous diriez au peuple : « Marche pour la conquête de la richesse et de la prépondérence mondiale », ce jour-là, tant est grande votre discipline, encore il s'ébranlera comme il s'est ébranlé pour la conquête injuste des territoires. Pourtant l'admiration aveugle que vous inspiriez est tombée... On vous discute... On vous a trouvé des tares que votre orgueil n'avoue pas... car il se peut que vous tombiez par excès d'orgueil... malgré les avertissements des esprits éclairés de chez vous... avertissements que vous dédaignez, vous autres, mais qui passent la frontière et que nous méditons... vous n'avouerez jamais que les générations qui surgissent et qui n'ont point participé aux luttes d'autrefois se refusent à vous entourer de prestige... Les vieux chefs et les vieux soldats disparus, l'esprit militaire s'est amoindri.

— Que faites-vous du souvenir de nos victoires ?

— C'est un voile de gloire immense jeté sur vos défauts... Nous autres, nous avons le souvenir de nos désastres immérités, où toujours le hasard vous favorisa contre nous...

— Il n'y a point de hasard dans les batailles...

— Il n'y a presque que du hasard !... Le talent consiste à s'en servir...

— Votre vanité vous empêche de voir la décadence où vous croulez...

— Oui, vous faites croire à notre décadence et c'est en-

core un moyen d'enseigner à vos enfants, dans vos écoles,
le mépris de ce que nous sommes et de ce que nous
valons. Or, pour ne vous parler que de ce qui vous intéresse plus que tout au monde, n'est-ce pas un Français,
le sous-lieutenant Delvigne, qui a inventé les fusils rayés ?
Un Français, l'ingénieur Weill, qui a inventé la poudre
sans fumée ?... Un Français, le colonel Deport, qui a inventé les canons à tir rapide ?... Un Français, le capitaine
Renard, qui a inventé les ballons dirigeables ? Un Français, l'ingénieur Lambert, qui a inventé les sous-marins ?...
Des Français, en cohorte innombrable, qui, tous les jours,
bravent la mort pour trouver le secret de ·l'aéroplane de
l'avenir, et le trouveront avant vous ?... Est-ce donc, tous
ces braves gens, des Français de décadence ?... Je ne
parle pas de tous les grands savants qui ont enrichi le
domaine de l'humanité... La Force prime l'Idée, avez-vous
dit. Soit... Nous avons les deux... Vous ne connaissez
même pas notre armée. Vous vous arrêtez à des manifestations partielles d'indiscipline vague autour desquelles
vos journaux font grand bruit. Ces manifestations sont pareilles chez vous, mais on les étouffe... avec soin... Il
faut que la discipline soit intangible et vous gardez vos
vices, aussi précieusement que vos qualités... faisant montre de celles-ci, dérobant les autres... Cependant, nous
sommes de taille... comme on dit chez nous. Et je serais
tenté de croire que, très loin au-dessus de vous, monsieur le capitaine, des esprits graves et qui ne s'embal-
lent pas, s'en rendent compte, car si vous nous méprisiez
vraiment ainsi qu'il est de mode, entre vous, de l'afficher,
on comprendrait assez difficilement les rudes précautions
que vous prenez contre nous à notre frontière... Si la
mémoire de mes lectures est exacte, vous comptiez, après
l'annexion 32.000 soldats en Alsace-Lorraine... Au fur
et à mesure que vous avez vu la France se relever, ac-
croître sa vigueur, faire preuve de son admirable vitalité,
vous avez augmenté vos garnisons... Elles n'étaient encore que de soixante-sept mille hommes en 1890... Vous
savez mieux que moi qu'elles ont dépassé quatre-vingt
mille aujourd'hui... Est-ce donc de la sorte que vous ma-
nifestez votre mépris ?... Votre mépris a souvent caché

de l'envie chez vous et chez les autres, car, quelqu'un l'a dit chez nous : « La pensée française éveille l'espérance et la justice chez tous les hommes et jusque dans l'abîme de la sombre mer des pauvres. »

— Chez nous, on fait des hommes forts et qui ne craignent par de mourir. Nous développons notre combativité et nos instincts guerriers. Nous ne sommes point affadis comme vous et nous ne mettons pas notre idéal dans la jouissance de la vie, dans l'outrance du bien-être et du plaisir... On nous apprend que les guerres, comme les révolutions, sont souvent bienfaisantes, elles sont les grands événements, non point de la barbarie, mais de la civilisation et de l'humanité en marche... Chez nous, le courage militaire prime les autres vertus, c'est la vertu par excellence... On nous enseigne que les maux de la guerre se réparent vite et que c'est folie de prétendre que la guerre moderne entraînerait la ruine du vainqueur comme du vaincu... Nous avons des philosophes qui nous disent que selon la parole des sages de l'antiquité « la guerre est le père de toutes choses », et que sans les luttes des hommes entre eux, nous serions encore en pleine sauvagerie. La guerre n'est donc ni une folie, ni un crime, c'est un facteur du progrès... Si nous nous laissions aller à vos idées de pacifisme et de sentimentalité lâche et pleurarde, efféminée et amollie, nous connaîtrions vite, comme vous, la honte de la défaite et les calamités de l'occupation étrangère... Vous autres, vous donnez trop de prix à la vie... Vous êtes destinés à disparaître peu à peu... L'avenir est à ceux qui ne craignent pas de mourir...

Il parlait avec une sourde irritation, par phrases hachées.

Mais c'était lui qui avait voulu cet entretien.

Cette âme, il avait voulu la pénétrer, afin de pénétrer, par elle, l'âme de tant d'autres, l'âme de toute une nation.

Maintenant, il était instruit.

De quel droit eût-il gardé rancune à Renaud de tout ce qu'il venait d'entendre ?... Il reprit dans le vestibule sa promenade silencieuse et saccadée, coupée par de brusques arrêts, par des regards fixes et prolongés.

— Mon sort se décide, pensait le jeune homme.

Et, en soupirant, car c'était son dernier atout qu'il venait d'abattre :

— Que va-t-il sortir de tout cela ?

Il eut été difficile de le deviner à la seule observation du visage de Lilienthal. Certes, il y avait lutte dans ce cœur. Il était tout plein de l'orgueil légitime que lui inspirait la grandeur de son pays, et il sentait, obscurément, qu'il venait de se heurter contre une âme étrangère, contre un bloc intangible, inaccessible, de sentiments et de répugnance, de foi ardente et de convictions sacrées, et si le doute ne montait pas dans son esprit pour lui demander lequel des deux avait raison — ce doute était impossible — il restait quand même une indécision et de la colère.

Il se planta soudain devant Renaud.

La voix fut brève, sèche :

— Vous allez rentrer à la caserne...

— A vos ordres, monsieur le capitaine.

— Non point en sautant le mur, comme vous l'avez fait pour vous échapper...

— Bien, monsieur le capitaine.

— Vous vous rendrez au poste de police... et vous vous ferez mettre en prison.

— A vos ordres.

— Allez !

Renaud salua d'un geste mécanique, car en toute cette scène, il n'avait pas perdu la position réglementaire.

Il se dirigea vers la porte.

Au moment où il l'ouvrit et où il allait disparaître, la voix rude le rappela :

— Soldat !

Renaud se retourna. Même raideur, même attitude, les deux talons sonnant l'un contre l'autre.

— Vous avez compris ?

— Oui, monsieur le capitaine...

— Je pourrais vous y faire conduire... Je préfère que vous vous y rendiez vous-même.

— Je m'y rendrai, monsieur le capitaine.

— Je n'ai plus rien à vous dire...

Quelques secondes après, Renaud, un peu étourdi, se

retrouvait dans la rue. Le froid était devenu très vif et il commençait à neiger, par flocons épais et menus.

Or, à peine était-il dans la rue que Lilienthal lui-même sortait.

Aucune hésitation chez Renaud.

Il s'était engagé à rentrer à la caserne. Il ne pensait donc à rien d'autre. Tout projet de désertion était loin de lui.

Il était tard. Les rues de Coblentz étaient désertes. Il marchait lentement, repassant tout ce qui venait d'être dit.

Et il se demandait parfois, anxieux, en s'arrêtant dans des coins d'ombre :

— A-t-il été ému ?... Je l'ai cru... puis, ses yeux sont redevenus durs... Hélas !

Tout en se dirigeant vers la caserne, il prenait son temps. C'était comme un peu de liberté dont il jouissait à pleins poumons. Qu'est-ce que cela pouvait faire, qu'il rentrât une heure plus tôt ou une heure plus tard ? Le châtiment serait le même...

Il savait où logeaient Line et Josette.

Pourquoi n'irait-il pas là, cueillir un peu de courage ? Mais il secoua la tête :

— Non, je n'aurais plus la force de la quitter... J'ai dit que je me rendrais... je me rends...

Cependant, il ne prenait pas le chemin de la caserne...

— Que je voie où elle habite... où elle repose... où elle pense à moi... où elle m'attend. Cela me suffira... Ensuite, j'irai me constituer prisonnier...

Il avait pris, en sortant du pavillon de Lilienthal, le large quai longeant le Rhin.

Il tourna à gauche par la rue Saint-Castor, passa devant l'église et la fontaine, tourna à droite et arriva au quai de la Moselle.

Là, au coin de la rue, était un hôtel de modeste apparence, mais de vieille réputation, l'hôtel de Lorraine.

Il savait que c'était dans cette maison que les jeunes filles étaient descendues.

Tout était clos. Aucune lumière aux fenêtres. Il eut, pour la seconde fois, la tentation d'entrer, de demander Josette, de se faire annoncer.

Il n'y céda pas.

Pour revenir à la caserne, il reprit le quai de la Moselle à gauche, traversa la ligne du chemin de fer de Mayence et aborda le quartier militaire aux rues désertes à cette heure et silencieuses.

Les flocons de neige continuaient de tomber, très rares.

Renaud ne se dirigea point vers la partie du mur par où il avait réussi à sortir, par où, un instant, il avait pensé qu'il rentrerait.

C'était inutile de tenter l'escalade puisqu'il devait se rendre au poste.

Ce fut vers le poste de police qu'il marcha.

Le factionnaire, pour se réchauffer, faisait devant sa guérite ses vingt pas réglementaires, pivotant brusquement, l'arme à l'épaule, emmitouflé dans la longue capote.

Bien que la nuit fut noire, Renaud voyait sa silhouette se détacher en noir, sur le fond blanc de la neige nouvelle.

Il s'avança.

A cette même minute, venant sur lui, par l'autre bout de la rue, un homme s'approchait également du factionnaire !

A son allure, Renaud devina un officier.

Il pensa à se dérober.

Pourquoi ? Qu'avait-il à craindre ? Rien... Il savait que la prison allait s'ouvrir devant lui... Cette fâcheuse rencontre n'y ferait rien.

Il continua sa marche.

C'était bien un officier, en effet. Mais au lieu d'entrer dans la cour de la caserne, il passa devant le factionnaire, qui lui rendit les honneurs, malgré les ténèbres et quand il fut devant Renaud, il s'arrêta, lui barrant le passage sur le trottoir.

Alors seulement le jeune homme le reconnut, avec surprise.

C'était le capitaine Lilienthal.

Il rectifia, brusquement, et attendit. Son cœur battait à grands coups précipités.

L'officier n'était pas venu pour le punir... Etait-ce pour s'assurer que le soldat tiendrait parole et n'essayerait pas d'échapper par la fuite à la punition ?

— Vous vous rendiez au poste ?

— A vos ordres, mon capitaine...

— Vous êtes bien en retard ?

Ce mot impliquait donc que Lilienthal l'avait attendu, guetté ? et que, par conséquent, il était sorti de chez lui sur les pas de Renaud ?

Et l'officier reprenait :

— Vous hésitiez à rentrer à la caserne, hein ?

— Non, monsieur le capitaine, mais sachant que j'allais être prisonnier, peut-être pour longtemps, je me suis donné une heure de liberté ; je n'en serai pas puni davantage... et pendant une heure, j'aurai vécu libre...

Un silence...

Toujours, sur Renaud, ce regard obstiné, étrange, de l'officier fouillant cette âme.

Puis, d'un ton où l'on ne saurait dire s'il y a de l'amertume, de l'ironie ou de la compassion, Lilienthal demande soudain :

— Vous êtes donc bien malheureux ?

— Oui, au delà de ce que vous pouvez vous imaginer... Je souffre, parce que j'ai peur...

— Peur ?

— Oui, peur de moi-même ! fit Renaud à voix basse.

Nouveau silence.

Après quoi l'officier dit :

— Venez !

Il prit les devants, repassa devant le factionnaire, poussa la grille.

Renaud suivait, résigné.

Le sous-officier du poste sortit.

Lilienthal se fit reconnaître... Le sous-officier rectifia... Mais tout à coup il aperçut Renaud, eut un haut-le-corps et ne put s'empêcher de dire, en le désignant :

— Monsieur le capitaine, soldat Sauvageot, signalé au contre-appel de onze heures par le sous-officier Schade, de service, comme ayant quitté la caserne sans permission.

Le cœur de Renaud cessa de battre.

Lilienthal, sèchement, répondait :

— Pourquoi parlez-vous avant que je vous interroge ?...

Le sous-officier bomba le torse, avala sa salive et tendit le cou.

— Le soldat Sauvageot était avec moi, et rentre avec moi...

Le sous-officier ne broncha pas.

— Vous avez entendu ?

— Bien, monsieur le capitaine.

— Vous avez compris ?

— A vos ordres, monsieur le capitaine.

— Accompagnez cet homme jusqu'à la chambre et prévenez le gefreite...

— A vos ordres...

Le sous-officier pivota, s'éloigna, automatique, dans la neige, suivi par Renaud — par Renaud, ivre de joie, et qui ne savait plus que penser...

Lilienthal, pensif, les regarda disparaître tous les deux dans les bâtiments noirs.

Il paraissait absorbé.

Peut-être se demandait-il, à cette heure, où il venait, lui, de manquer si gravement à l'inexorable discipline :

— Ai-je bien fait ? Ai-je mal fait ?

Le gefreite ronflait formidablement, comme de coutume. Du reste, sauf deux hommes, toute la chambrée en faisait autant.

Les deux hommes qui ne dormaient pas étaient Pervenche et Gotlieb, dévorés d'inquiétude.

Le sous-officier secoua le gefreite, qui se dressa dans son lit, se frotta les yeux.

Et à l'aspect de Renaud, il eut un accès de colère rageuse, montra le poing :

— Toi, cochon, tu vas écoper salement !!

Mais le sous-officier du poste disait :

— Retenu par le capitaine Lilienthal, rentré avec lui... C'est l'ordre...

Et il disparut.

Le gefreite ouvrit une bouche démesurée, balbutia sans comprendre :

— Ah ! très bien, très bien !

Et il retomba comme une masse dans son sommeil interrompu.

Renaud alla serrer les mains de Pervenche et de Gotlieb.

Pervenche souffla :

— En voilà une histoire !

Renaud répondit :

— Je te conterai tout demain. Pour l'instant, je meurs de fatigue et je n'ai plus qu'une envie : dormir... dormir !

Une minute après, le sommeil lourd s'était emparé de lui.

VI

UN COMPLOT A LA CASERNE

Cependant, l'intervention de Lilienthal, pour lui avoir rendu l'espoir et pour l'avoir sauvé ce soir-là, ne parut rien changer à la situation de Renaud.

Schade devint plus prudent, c'est-à-dire plus sournois. Il ne désarma pas.

Alors, Renaud et Pervenche, résolurent de ne pas attendre les fêtes pour s'enfuir.

Jusqu'à ce jour, il leur avait été impossible d'obtenir quelque permission que ce fût et de se concerter avec Josette. Renaud s'était donc contenté d'écrire à la jeune fille.

Mais l'inflexible rigueur de Lilienthal céda enfin et ils apprirent un soir, avec joie, qu'ils avaient le droit de sortir jusqu'à l'appel.

C'était la première fois depuis leur arrivée au régiment.

Ils coururent tout joyeux au quai de la Moselle, hôtel de Lorraine.

Josette et Line s'y trouvaient. Du reste, elles ne sortaient guère. Elles savaient que leur présence à Coblentz rendrait aux deux amis défaillants le courage qui leur manquait. Elles savaient aussi qu'ils feraient tout pour venir à elles, au premier jour. Elles les attendaient avec patience, avec certitude aussi. Et quand on leur téléphona, dans leur chambre, du bureau de l'hôtel, que deux soldats demandaient à les voir, elles eurent le même cri :

— Enfin !

Un instant après, les deux hommes étaient auprès d'elles et Josette, en apercevant Renaud, ne put retenir un geste de surprise et d'effroi.

Renaud n'était plus que l'ombre de lui-même.

Hâve, amaigri, fébrile, son sourire de bonheur, en se retrouvant près de sa Josette qu'il aimait tant, qu'il avait « aimée malgré tout » ! paraissait un sourire douloureux de résigné et de vaincu.

Elle lui saisit les mains. Longuement, ils se regardèrent en silence.

Puis, elle l'attira et ils s'étreignirent avec passion :

— Oh ! mon Renaud ! comme tu as souffert !

— Oui... et je n'aspire plus qu'à la délivrance...

Il lui conta sa vie au régiment. Line et Josette écoutaient, oppressées.

Et lorsqu'il eut fini, il exposa ce que lui et Pervenche attendaient de leur aide.

— Nous avons résolu de fuir. Voulez-vous nous en donner les moyens ?

— En venant à Coblentz, nous avions, Line et moi, cette pensée que vous voudriez reprendre votre liberté, tous les deux, et que nous vous serions utiles.

— Bien. Voici, dès lors, ce que nous comptons faire. Nous sortirons de la caserne dimanche prochain, vers neuf heures et demie du soir. A dix heures nous serons ici. Tu auras eu soin de te procurer des vêtements civils, coiffures, chaussures, que nous changerons aussitôt contre notre uniforme militaire que l'hôtelier renverra le lendemain à la caserne. Tu auras fait venir une voiture où nous monterons pour nous rendre à la gare. Tu indiqueras, pour l'arrivée de la voiture à l'hôtel, une heure qui ne coïncidera pas avec notre arrivée, afin que le cocher ne conçoive pas de soupçons... Il faut qu'il nous prenne pour des voyageurs. Du reste, vous aurez vos bagages. A minuit dix-sept, il y a un train pour Cologne... Nous prendrons le train...

— Nous nous éloignons de la France, nous perdons du temps...

— Cette perte de temps, nous la regagnons en sécurité. Vous aurez pris, dans la soirée, quatre billets pour Cologne, — vous les prendrez séparément, deux par deux ; — à Cologne, nous ne ferons que descendre, l'arrivée de notre train correspondant avec le départ d'un autre remontant vers Mayence... C'est un grand détour... J'y ai réfléchi... De Mayence, la même nuit, nous remonterons vers la Suisse. De la Suisse, où nous serons sauvés, nous entrerons en France, et nous partirons pour la Lorraine... En général, les soldats qui désertent ne se hâtent qu'à une chose : gagner la frontière la plus proche. Mais les télégrammes vont plus vite que les trains. Beaucoup sont repris et ramenés au corps avant d'avoir pu accomplir leur projet. Nous autres, nous nous enfonçons en Allemagne ; nous ne cherchons pas à nous éloigner, nous faisons des crochets qui prouvent que nous n'avons nulle intention de fuir... Peut-être, à la frontière suisse, y aurait-il quelque danger... Mais votre présence nous sauvera, car les autorités militaires, ignorant que vous nous aidez, auront signalé deux soldats déserteurs sans dire que deux jeunes filles, dont une aveugle, les accompagnent.

— A moins que l'hôtelier d'ici ne nous trahisse... fit Pervenche.

— C'est un Lorrain annexé, dit Josette... et il connaît mon père et le tien.

— Alors, tout est pour le mieux...

Ils convinrent encore de différents détails, ne voulant rien laisser au hasard.

Après quoi, l'heure allant sonner, ils se séparèrent, un peu inquiets quand même.

— Pourvu qu'il n'arrive rien, murmura Pervenche.

— Que veux-tu qu'il arrive ?

— Est-ce qu'on sait ? Depuis longtemps, on a si peu de chance !

— Moi, je crois que la chance a tourné...

— Que le bon Dieu t'écoutiont !...

Ils rentrèrent à la caserne un peu avant l'appel.

Schade les guettait. Quelques secondes de retard et il les eût fait punir.

Tout était tranquille. La nuit se passa bien. Le lendemain, le temps était si mauvais qu'il fut impossible de faire sortir les hommes. On fit de la théorie, du maniement d'armes et du nettoyage dans la chambre.

Renaud fut surpris, tout à coup, de voir Spiess et Landeberg s'approcher de lui, et non moins surpris de les entendre l'inviter à la cantine. C'était la première fois que ces deux hommes, silencieux et sombres, lui semblaient témoigner, non pas de la sympathie, mais de l'attention. Ils avaient une réputation louche sans qu'on sût pourquoi, car ils faisaient leur service avec régularité et sans mériter de reproches, mais ils étaient arrivés au régiment, précédés de notes de police qui les représentaient comme dangereux. De fait, ils avaient l'air en dessous, comme nourrissant des pensées de rancune.

Renaud ne refusa pas et les suivit.

Il devinait en eux une arrière-pensée, était curieux de la connaître.

Ils s'attablèrent dans un coin de la cantine, déserte à ce moment. Spiess demanda de la bière. Ils restaient silencieux. On eût dit qu'au moment d'entreprendre une confidence, ils reculaient.

Ce fut Spiess qui se décida.

Il se pencha à l'oreille de Renaud :

— Voici, dit-il... on va s'expliquer nettement. D'abord, on a vu que tu es un type sur lequel on peut compter et que tu ne moucharderas pas les camarades...

— Tout ce que vous pouvez me dire, vous êtes certain que je le garderai pour moi.

— Oui... nous savons... sans ça, silence... Tu n'es pas heureux à la caserne... On a commis contre toi bien des injustices... Schade s'est montré souvent cruel, souvent impitoyable et il ne faut pas être malin pour deviner que tu ne professes pas pour lui une grande amitié...

— Il est vrai ! fit Renaud en passant la main sur son front.

— Et même que tu le hais !

— Oui, je ne m'en cache pas...

Spiess et Landeberg échangèrent un regard joyeux.

— Et que s'il lui arrivait malheur, tu ne le plaindrais pas...

Renaud se tut.

— Et un accident, c'est si vite tombé... on n'a pas le temps de s'en apercevoir...

— Seulement, l'accident ça vient d'un hasard...

— Et un hasard, parfois, il faut l'attendre longtemps, et on se lasse d'attendre.

— Alors quoi ! on peut aider le hasard.

— Favoriser l'accident... un peu plus tôt, un peu plus tard !... Dame !

Renaud ne soufflait mot.

Encouragés par son silence, les deux hommes reprenaient, à tour de rôle :

— L'escouade en a assez... elle est comme toi... les tortures et les injustices de Schade ont mis une haine de mort au cœur de tous les hommes... Alors, on a discuté, tous ces derniers jours... Tu comprends, Thielke est devenu fou... Gotlieb est en train d'en faire autant... Après lui, ça sera notre tour... et tu ne peux pas dire le contraire, car rien qu'à te regarder, on devine ce que tu souffre et ce que tu penses... Alors, dans l'escouade, tous d'accord, on s'est dit qu'il fallait punir le bourreau... Voilà !... Et Spiess et moi, nous avons accepté la mission... Nous avons pensé que toi, qui es celui de nous qui a eu le plus à se plaindre de cette brute, ça te ferait plaisir d'être des nôtres, et c'est pourquoi nous te parlons aujourd'hui !...

— Donc, votre projet serait ?...

— Oh ! c'est bien simple... Tous les dimanches au soir, Schade va voir sa maîtresse, faubourg de la Moselle. Il a la permission de minuit, régulièrement, comme rengagé. Je connais la maison de la donzelle, tout au bout, presque dans les champs, et le chemin que suit Schade pour revenir, ponctuellement, à onze heures. En hiver, par un temps pareil, la petite ne doit pas l'accompagner. Il est seul. Il ne doit pas manquer d'endroits où il sera facile de faire prendre à Schade un bon bain... Ça le ravigotera... au milieu des glaçons de la Moselle... Il a le sang

un peu trop échauffé, ce garçon et ça ne pourra lui faire
que beaucoup de bien... et ça lui servira de leçon... Pas
de danger qu'il y reste, il nage comme un chien qu'il est...
Nous, on aura sauté le mur... une chance à courir... il
n'y a pas de contre-appel toutes les nuits et puis tous les
camarades sont complices... on ira l'attendre au passage... avec un sac à pain... on s'avancera derrière, on
lui collera la tête dans le sac, afin qu'il ne nous voie pas
et avant qu'il ait eu le temps de dire seulement ouff !
aussitôt v'lan ! la culbute... après le coup fait, vite un
bon pas de gymnastique... et nous rentrons. Ça te va-t-il ?
Pour une bonne farce, c'est une bonne farce...

— Et si Schade n'en revient pas ?

— Tant pis. Il ne se trouvera personne pour le plaindre.

— En somme, vous me proposez un assassinat...

— Avec une chance pour Schade de s'en tirer... appelle ça comme tu voudras. On aimerait autant qu'il s'en
tire, car ça le rendra sans doute prudent envers nous...
mais s'il ne s'en tire pas, bonsoir !... Il ne l'aura pas
volé...

Renaud secoua la tête, triste :

— Et vous avez cru que je serais des vôtres ?

— A vrai dire, nous ne l'avons cru qu'à moitié... Mais
pour le cas où ça aurait pu te faire plaisir ?...

— Non.

— Tu refuses ?

— Avec horreur.

— Garde ton horreur. Tu nous remercieras plus tard ?
Du moins, nous te connaissons assez pour être sûrs que
tu te tairas... Du reste, tu as engagé la parole...

— J'ai promis. Je tiendrai ma promesse.

— Nous ne t'en demandons pas davantage.

— Je veux que vous sachiez, toutefois, que, sans vous
trahir, je ferai tous mes efforts pour empêcher Schade
de sortir dimanche...

— Merci de nous prévenir. Voici ce qui arrivera :
Schade ne t'écoutera pas... sortira quand même... mais
arrivé sur la rive de la Moselle, il prendra des précautions... Nous en prendrons d'autres... Tu ne l'auras pas

sauvé... Et s'il s'en tire, veux-tu qu'on te dise quelle est la tuile qui te tombera sur la tête ?

— Quoi ?

— Il t'accusera de complicité !... Et ce sera le conseil de guerre... Or, ne compte pas que nous te tirerons de ce mauvais pas... Et comme tu ne nous trahiras pas, tu seras perdu.

— Cette menace ne m'empêchera pas de faire mon devoir jusqu'au bout.

Ils eurent le même geste de mépris tous les deux.

— Veux-tu savoir ? Eh bien, tu n'es qu'une bête ! !

Spiess régla la consommation et ils sortirent, sans plus ajouter un mot.

Renaud n'avait pas jugé bon de leur apprendre que ce même dimanche, choisi par eux pour leur attentat contre le sous-officier, était le jour qu'il avait choisi, de son côté, avec Pervenche, pour s'évader de la caserne et déserter.

On était au vendredi.

Le lendemain, Renaud fut quand même perplexe.

Non pas qu'il hésitât à mettre Schade sur ses gardes malgré l'indignité du personnage et la haine qu'il nourrissait contre lui à juste titre.

Mais il lui répugnait de laisser flotter le plus léger soupçon sur ses camarades.

Certes, ce qu'ils rêvaient était un meurtre : un Allemand n'eût point hésité à le dénoncer !... Renaud espéra qu'il réussirait à empêcher ce meurtre sans trahison...

Il profita d'une minute où Schade et lui se trouvèrent seuls. Déjà, il avait essayé de lui parler dans le courant de la journée, mais Spiess et Landeberg, connaissant sa résolution et sachant de quoi il s'agissait, s'étaient adroitement arrangés pour éloigner toute confidence.

Renaud n'avait pu rien dire.

Ce fut le soir, vers six heures, qu'une nouvelle occasion se présenta.

Au moment où Schade entrait dans la caserne, Renaud descendait l'escalier. Il s'arrêta, la main au callot, rectifia et barra le passage.

Schade fronça le sourcil.

— Range-toi, et plus vite que ça !

Et comme Renaud n'obéissait pas, du reste sans lui en donner le temps, il le bouscula. Renaud s'y attendait. Il demeura ferme comme un roc. Toutefois, pour éviter une nouvelle brutalité, il se hâta de dire :

— Monsieur le sous-officier, je désire vous parler.

— Et moi, je ne tiens pas à t'entendre, animal.

— Je désire vous parler, dans votre intérêt, et non dans le mien... Dans ce que j'ai à vous dire, il ne s'agira point de moi. Il ne s'agira que de vous...

— Je n'ai rien de commun avec toi... Range-toi... ou j'appelle des hommes... Tu auras beau faire, c'est moi qui te le dis, tu goûteras de la forteresse...

Renaud se rangea le long du mur, afin de ne pas l'air d'être en révolte.

Mais il reprit :

— Monsieur le sous-officier, les choses que j'ai à vous confier sont graves...

— Garde-les pour toi, chenapan.

— Peut-être vous repentirez-vous, mais trop tard, de n'avoir pas voulu m'entendre.

— Ah ! ah ! tu menaces ?... Allons, dis ? tu menaces ?...

— Non... mais mon devoir est de vous avertir de ce qui se passe...

— Je ne crains rien. Je suis le maître de mes hommes. Tu as été me moucharder auprès du capitaine. Je le sais. Tu t'en repentiras. Tu as craché en l'air pour que ça retombe sur toi.

— Ce n'est pas de cela qu'il s'agit. Il ne s'agit point du capitaine...

— Espèce de lâche, tu fais tes coups en sourdine...

— Puisque vous ne voulez pas m'écouter, je ne dirai qu'un mot pour soulager ma conscience, afin que, s'il vous arrive malheur, je n'aie point de reproche à me faire.

— Diras-tu encore que tu ne menaces pas ?

Et Schade fit brusquement deux pas vers l'entrée de la caserne.

Dans la cour, des hommes de l'escouade, qui rentraient de corvée, s'approchaient.

Renaud les reconnut au moment où il passait sous le bec de gaz.

Parmi eux, il y avait Spiess et Landeberg.

Encore quelques secondes et il serait trop tard pour parler.

Alors, rapidement :

— Monsieur le sous-officier, je n'ai pas l'intention de vous menacer... Malgré vos torts envers moi, qui sont grands, je tenais simplement à vous dire qu'un danger est suspendu sur votre tête... Donc, prenez garde, et si vous voulez suivre le conseil d'un homme qui vous hait, mais qui est un honnête homme, vous ne sortirez pas demain, dimanche, comme vous avez l'habitude de le faire...

— De quoi te mêles-tu ? Voilà que tu essayes de m'effrayer, poussière de vermine !

Et furieux, Schade prit Renaud par le col de son bourgeron, le secoua et le repoussa.

Les hommes de l'escouade arrivaient.

En passant devant Renaud, Spiess et Landeberg haussèrent les épaules.

Cela voulait dire clairement :

— Tu as essayé de le prévenir et il n'a pas daigné t'entendre... Laisse-nous donc faire...

Renaud soupira. Il avait fait tout ce qui dépendait de lui. Si, d'ici au lendemain, Schade ne faisait pas de lui-même une tentative pour avoir l'explication de ce que Renaud avait voulu lui dire, c'est que sa destinée était prévue.

Le lendemain dimanche, il n'aperçut point Schade dans la matinée. Après midi, un sous-officier de service vint les prendre et les promena dans la ville. Quand on rentra, le soir, à la caserne, Schade resta invisible. Il était parti, comme d'habitude, à son rendez-vous.

Était-ce insouciance du danger ?

Ou plutôt, n'était-ce pas obstination de brute à ne pas croire, de brute orgueilleuse ?

Connaissant Schade, Renaud penchait plutôt pour la dernière hypothèse.

Spiess et Landeberg ne lui adressaient pas la parole.

Ils se contentèrent, pendant toute cette journée, de le regarder, avec un sourire ironique.

Du reste, ils étaient d'un calme étrange.

On n'eût pas dit qu'ils se préparaient, pour le soir, à cette aventure criminelle.

Les hommes, complices par leur silence, manifestaient la même indifférente impassibilité.

C'était ce même soir de dimanche que Pervenche et Renaud devaient s'enfuir. Un instant, Renaud fut frappé de cette coïncidence. Il s'en inquiéta. Si leur projet venait à échouer ? S'ils étaient obligés de rentrer à la caserne ? Et si l'on s'était aperçu de leur tentative ? N'allaient-ils pas être soupçonnés d'avoir participé à l'attentat dont Schade allait être sûrement victime ? Mais il était trop tard pour reculer. Josette et Line les attendaient. Tout était prêt pour le départ. Et les précautions prises étaient si minutieuses qu'il leur semblait bien n'avoir pas laissé beaucoup de chances à un insuccès possible.

Ils résolurent de passer outre.

Ils n'avaient fait part de leur projet à personne, pas même à Gottlieb.

Spiess et Landeberg sortirent ouvertement, un peu avant le dîner.

Ils avaient fini par obtenir la permission de minuit en alléguant que, pendant les fêtes de Noël, ils ne bénéficieraient pas des congés que l'on donne facilement, à cette époque, dans l'armée allemande.

Lilienthal avait fait droit à leur requête.

Ils étaient donc tranquilles de ce côté et ils passeraient leur soirée à se créer un alibi pour le cas où les soupçons, à leur retour, les atteindraient. C'étaient deux gaillards, rusés et audacieux, jamais à court d'inventions.

Quant à Renaud et à Pervenche, ils sauteraient le mur.

A deux, l'un aidant l'autre, l'escalade était des plus simples. Ils n'étaient pas toutefois sans savoir que des rondes fréquentes, irrégulières, avaient lieu depuis qu'on s'était aperçu des actes répétés d'indiscipline parmi les hommes du régiment. Mais ces rondes n'avaient pas empêché les absences, qui continuaient comme par le passé. Et Renaud et Pervenche, décidés à ne point revenir, ne se souciaient plus du contre-appel possible.

Ils se couchèrent, à la sonnerie du couvre-feu, attendirent que les hommes fussent endormis, ce qui ne tarda guère, et que le gefreite ronflât, ainsi que toutes les nuits.

Alors, doucement, sans bruit, ils se vêtirent, sans ceinturon ni baïonnette, se coiffèrent, non pas du casque, mais de leur callot, afin d'attirer moins l'attention, s'ils faisaient quelque fâcheuse rencontre, et avec précautions ils ouvrirent la porte.

Au moment de sortir, ils entendirent une voix et se retournèrent brusquement.

Mais c'était Gottlieb qui avait le cauchemar et se plaignait dans son mauvais rêve, poursuivant en son sommeil les fatigues et les souffrances de ses dures journées.

Ils refermèrent la porte sans la faire grincer. Pervenche avait graissé les gonds dans la soirée, avec un peu d'huile.

Ils descendirent l'escalier, s'arrêtèrent au premier étage pour écouter.

Ils ne perçurent rien de menaçant, rien de suspect.

Avant de pénétrer dans la cour, ils attendirent. Un froissement de pas étouffés dans le tapis de neige — car la neige tombait tous les jours — arriva jusqu'à leurs oreilles.

C'était une patrouille qui rentrait au poste de police.

— Bon ! dit Pervenche... Elle ne ressortira pas maintenant... Filons !

La nuit était sombre, mais la cour était éclairée par le gaz, de place en place.

Renaud s'engagea le premier le long du mur, jusqu'à ce qu'il eût tourné l'angle des bâtiments et ne fût plus en vue du corps de garde.

Au bout d'un instant, Pervenche l'imita, se baissant, rasant les murailles, franchissant en quelques bonds les traînées de lumière blanche qui tremblottaient sur la neige.

Près de Renaud, il se colla le dos au mur, joignit les mains sur son ventre, les doigts liés. Renaud mit un pied sur les mains de son ami, puis sur l'épaule, atteignit le faîte, s'y cramponna, y grimpa par la force des poignets.

Là, il se coucha, tendit la main à son tour à Pervenche et l'enleva.

Là-haut, ils ne s'attardèrent point.

Ils sautèrent, et aussitôt prirent leur course dans la direction de la Moselle.

Aucun obstacle. Aucune rencontre. Décidément, la chance était pour eux.

Et tout en courant, Pervenche murmurait :

— C'est-y Dieu possible qu'on va s'en aller ? et qu'on va revoir son pays ?...

Renaud restait silencieux.

Il n'était pas moins ému, pourtant.

Son cœur palpitait de la même joie, de la même espérance.

Quai de la Moselle, ils étaient attendus, et avec quelle fièvre !! Josette, obéissant aux instructions qu'elle avait reçues, s'était précautionnée d'une voiture qui stationnait, non point devant l'hôtel, mais à une cinquantaine de mètres avant d'y arriver. En outre, des vêtements civils étaient prêts et en plus de ce que Renaud avait demandé, la jeune fille avait acheté de gros cache-nez en laine brune lesquels, passés autour du cou, et facilement relevés, leur cacheraient la moitié du visage. Le froid très vif rendait naturel ce surcroît de soins. Comme coiffures, deux casquettes fourrées dont les oreillons rabattus cacheraient le front jusqu'aux yeux. Tout cela constituait un masque qui dérobait l'ensemble de la figure, sauf les yeux. Même Josette avait pensé à des lunettes bleues. Mais Renaud jugea que trop de précautions équivaudrait à un danger et attirerait sur eux l'attention. Une fois l'attention éveillée, qu'adviendrait-il ?

— Mais le regard ? disait la jeune fille alarmée.... Les yeux ? Les yeux ?

— Eh bien, dit Renaud en souriant, nous marcherons en les baissant modestement.

Et une détente nerveuse les fit rire aux éclats. Line, seule, restait inquiète.

— Tu es triste, ma Line ? dit Pervenche.

— Je ne serai gaie que lorsque nous serons hors de la frontière...

— Un peu de patience, on ne va pas tarder... Attends seulement jusqu'à demain soir... et demain soir, je te le promets, nous coucherons à la Faloise...

— C'est mon plus cher désir, fit l'aveugle. Je prie pour qu'il ne nous arrive pas malheur.

— Et maintenant, dit Renaud, quand ils furent habillés, le sort en est jeté. En avant !

— En avant ! !

Ils s'emparèrent des valises après avoir fait un ballot de leurs uniformes.

Sur le ballot, Renaud avait écrit :

« A renvoyer au régiment. »

Ils cachèrent le ballot dans un placard, et gardèrent la clef. Le lendemain, quand le garçon de l'hôtel ferait la chambre, il signalerait la disparition de la clef. Il faudrait du temps pour s'en procurer une autre et pendant ce temps les fuyards seraient loin.

En bas, le cocher était engourdi sur son siège. Il fallut le secouer.

Le cheval, cahin, caha, prit lourdement le chemin de la gare.

Les jeunes filles avaient les quatre billets. On arriva à la gare à minuit. Il n'y avait plus qu'une vingtaine de minutes à attendre en supposant que le train n'eût point de retard. Ils passèrent avec les valises dans la salle d'attente de seconde classe. Il ne s'y trouvait qu'un homme et deux femmes.

Renaud jeta un coup d'œil sur le quai.

Des employés traversaient rapidement ; le quai était calme. Il n'aperçut aucune silhouette d'officier ou de sous-officier, ce qui, seul, était à craindre, surtout si officier ou sous-officier eût appartenu à son régiment. A minuit et quart, ils quittèrent la salle d'attente pour sortir sur le quai. Le train était signalé, à minuit dix-sept, il entra en gare. Le train stoppa, offrant aux fugitifs, juste en face d'eux, un wagon de seconde classe. De rares portières s'ouvraient. Très peu de voyageurs.

Pervenche allait monter sur le marche-pied.

Au même moment, sur ce même marche-pied et sortant du wagon, un homme surgissait.

Et cet homme portait l'uniforme de l'infanterie de ligne.

Cet homme était un sous-officier... Feldwebel... sergent-major de leur régiment.

Peut-être serait-il descendu sans prendre garde aux voyageurs, mais à sa vue, en le reconnaissant, Pervenche recula vivement et étouffa une exclamation de surprise.

Renaud, paralysé par l'effroi, restait immobile.

Josette devinait le danger. Line, seule ne se rendant pas compte, demandait :

— Pourquoi ne montons-nous pas ?

Elle avait parlé en français, et ce fut, avec le recul de Pervenche, avec son cri, une imprudence nouvelle.

Le feldwebel s'arrêta, regarda Pervenche d'abord, Renaud ensuite.

Il leur barrait le chemin. Ils auraient pu chercher le wagon voisin et y monter, ils y pensèrent, mais n'en eurent pas le temps.

Du bout de sa main gantée, le feldwebel avait abaissé le cache-nez qui dérobait en partie le visage de Pervenche.

Il n'eut pas un sourire.

Au contraire, un peu de tristesse flotta sur la douceur de son regard lorsqu'il dit :

— C'est vous, Giraud !

Se tournant vers Renaud, le regardant à peine, sûr qu'il ne se trompait pas :

— Et Sauvageot, certainement...

Un coup d'œil de la tête aux pieds, sur leur accoutrement :

— Vous désertiez ?... c'est mal... suivez-moi !

Ils eurent un geste d'affaissement, de découragement immense...

Pervenche, lui, essaya de mentir :

— Du tout... on ne désertait pas, on accompagnait ces jeunes filles... Et voilà !

— Dans cette tenue ?... Marchez ! Et pas un mot !...

Ils retombaient dans le cercle de fer... La chaîne les reprenaient... Ils obéirent.

Au sortir de la gare, ils embrassèrent Line et Josette et s'apprêtèrent à suivre le sous-officier.

— Où sont vos uniformes ?

— Quai de la Moselle.

— Bien, venez !!

Une demi-heure après, ils arrivaient à l'hôtel. Le feldwebel resta en bas.

— Allez vous habiller... Faites vite !

Quelques minutes après, ils reparaissaient, en tenue. Ils reprirent le chemin de la caserne.

De temps à autre, le feldwebel se retournait de leur côté et en les voyant marcher, pâles, tristes, la tête baissée, chancelant dans la neige, les jambes brisées, il murmurait :

— Pauvres diables...

Mais il restait inflexible... Il était lié par la discipline...

Au corps de garde, il déclara :

— Rencontré ces deux hommes sortis sans permission...

Ce fut tout... De la gare où il les avait surpris, prêts à la fuite, de leurs vêtements civils qui indiquaient si clairement les projets de désertion, il ne souffla mot.

Il les épargnait...

Celui-là, aussi sans doute, connaissait Schade, le bourreau.

Il avait pitié des victimes...

Mais, de même que les officiers, il fermait les yeux et n'osait rien dire...

Le sous-officier de garde prit note et dit :

— A demain, à la boîte...

Dans la chambre, un coup d'œil leur montra que les camarades étaient là, tous sans exception... et tous semblaient dormir.

Spiess et Landeberg ronflaient plus fort que les autres.

Le gefreite en faisait autant.

Il n'y avait pas eu de contre-appel

Sans la rencontre inopinée du feldwebel, leur projet aurait pleinement réussi.

Le matin, un homme se présentait au poste de police de la caserne... dans un état lamentable et grotesque, l'uniforme quasi disparu sous une couche épaisse de boue noirâtre et puante... sans casque... fou de rage et de terreur.

C'était Schade...

Dans la soirée de la veille, vers onze heures, sur le quai de la Moselle, alors qu'il sortait fringant de son rendez-vous d'amour, un refrain aux lèvres, il avait été subitement bousculé, la tête encapuchonnée d'un sac de toile...

En un, deux temps, il s'était senti lancé en l'air...

Il retomba dans quelques chose de mou et d'infect où il se débattit, dont il avala des gorgées, poussant des hurlement étouffés...

On l'avait jeté, au bas d'énormes fumiers, dans une grande fosse à purin !...

Il réussit à en sortir, mais tomba inanimé, empoisonné, sur le bord.

Ce fut là que des paysans, à l'aube, le trouvèrent.

On le ranima. Il était à moitié gelé. Et quand il fut sur pied, il partit.

Il ressaisissait lentement ses idées. Et c'est alors qu'il se rappela ce que Renaud lui avait conseillé la veille, ce conseil qu'il n'avait pas voulu écouter :

— Un danger vous menace... Ne sortez pas demain, dimanche !

Et une pensée surgissait en lui, irraisonnée, brutale :

— Ce sont eux qui ont fait le coup !... Ou bien ils ont été complices !...

L'enquête commença dès la première heure.

Schade était dans l'impossibilité de donner beaucoup de détails. Il avait été attaqué à l'improviste et de si violente façon qu'il n'avait pas eu la liberté d'esprit nécessaire pour se rendre compte et pour essayer de voir ses agresseurs.

Toutefois, s'il n'avait pas vu, il prétendit qu'il avait entendu.

Or, le misérable ne craignit pas d'affirmer qu'il avait reconnu les voix des assaillants, car il révéla que ceux-ci étaient deux, et, avec des restrictions rusées qui le mettaient à couvert pour le cas où la vérité apparaîtrait plus tard, il affirma également, sans pouvoir donner de certitude absolue, mais avec la plus grande probabilité, que les voix des deux hommes étaient celles de Lucas Giraud et de Sauvageot.

Il savait, en effet, l'aventure des deux amis qui s'étaient enfuis la veille de la caserne et que le feldwebel avait ramenés.

S'il ne se trompait pas dans son accusation, il y avait là du moins, une étrange coïncidence, fatale à ceux qu'il poursuivait de sa haine.

En outre, la conversation de Renaud avec son avertissement, il ne se dissimulait pas que, s'il en faisait mention, elle ne manquerait pas d'atténuer beaucoup la gravité de l'accusation. Il était difficile, en effet, de concilier le conseil mettant en garde le sous-officier contre un danger certain avec la tentative de meurtre de Renaud contre ce même sous-officier.

Il n'hésita point. Sa haine alla jusqu'au bout, fut logique avec elle-même.

Il réfléchit que personne n'avait pu surprendre les paroles de Renaud — les hommes de l'escouade rentrant à la caserne étaient trop loin pour cela. — Renaud aurait beau raconter la vérité, on ne le croirait pas, puisque lui, Schade, nierait toute espèce d'entretien.

Il résolut par conséquent de garder le silence sur cet incident.

Renaud et Pervenche furent interrogés séparément par le capitaine de Lilienthal, d'abord, avant d'être livrés aux juges militaires.

Ils comprirent tout de suite quel piège leur était tendu.

Leur situation, en effet, était extrêmement grave : il s'agissait d'une condamnation à perpétuité, s'ils étaient reconnus coupables.

Or, ils furent irrésolus, dans leurs réponses premières.

Et voici pourquoi :

Le feldwebel ne les avait pas trahis dans leur tentative de désertion. Tout se résumait donc, pour eux, en une escapade de soldats, qui serait punie de quelques jours de prison. S'ils disaient la vérité, le châtiment, plus dur pour eux-mêmes, frapperait le sous-officier plus durement encore... Il serait sans doute cassé de son grade... renvoyé du régiment... déshonoré... perdu...

Il fallait laisser au sous-officier le soin de rétablir les faits, s'il le voulait. Enfin, il leur répugnait, à tous deux, de faire intervenir Line et Josette en cette affaire. Mais il n'était pas défendu à Renaud de révéler à Lilienthal qu'il avait eu connaissance de ce qui se préparait contre Schade.

Il n'y manqua pas.

— Ainsi, vous prétendez avoir été mis au courant de cet attentat.

— Oui, monsieur le capitaine.

— Dans quelles conditions ? Dans quelles circonstances ?

— Ceci, je ne peux le dire et ne le dirai pas...

— Pourquoi ? Votre devoir est de parler... votre intérêt est d'accord avec votre devoir.

— Je dois me taire...

— Vous vous faites le plus grand tort. Personne ne vous croira.

— Interrogez Schade... il confirmera mon récit.

Lilienthal avait convoqué le sous-officier, lui avait expliqué de quoi il s'agissait.

— Cet homme prétend qu'il connaissait le danger que vous alliez courir... le jour même et l'heure où ce danger vous menacerait...

Schade, les sourcils froncés, releva le front :

— Pourquoi ne m'a-t-il pas averti ?

Renaud sursauta de surprise et d'indignation.

Il allait parler. Lilienthal lui imposa silence, d'un geste violent.

— Il prétend vous avoir mis sur vos gardes.

— C'est un effronté menteur, dit Schade, faisant un pas vers le jeune homme.

Renaud avait le regard fixé sur le sous-officier et ne baissa pas les yeux.

— Vous entendez, Sauvageot ?... Qu'avez-vous à répondre ?

— Ceci, tout simplement. Il est hors de doute qu'il y en a un de nous deux qui est un misérable et un lâche.

— Monsieur le capitaine, me laisserez-vous insulter par cet homme ?

— Taisez-vous ! dit rudement l'officier. Je ne vous ai pas interrogé. Oui, il en est un de vous deux qui ment... Lequel ?... Je veux le savoir...

— Monsieur le capitaine, mon honneur de sous-officier...

Lilienthal, pâle de colère, fit un pas et leva sa cravache.
Il bégaya :

— Pour la dernière fois, taisez-vous !!...

Schade ne recula point, rectifia, et attendit le coup.
La cravache ne s'abaissa pas.

— Je veux savoir la vérité...

— Je l'ai dite... murmura le misérable... que cet
homme prouve que j'ai menti...

Et il attendit, anxieusement, ce que l'autre allait répondre.

— Vous, Sauvageot, persistez-vous à affirmer ?...

— Je persiste, monsieur le capitaine... et je jure !
Monsieur le sous-officier Schade est resté sourd à mon
avertissement... Il m'a fermé la bouche... Et pour avoir
voulu lui sauver la vie, j'ai cru qu'il allait me punir...

— Pourriez-vous, du moins, prouver que vous dites la
vérité ?

— Oui, je le pourrais... rien même ne me serait si
facile...

Schade tendit le cou, pris d'inquiétude.

— Alors, parlez, parlez vite... ne lassez pas ma patience...

— Je ne parlerai pas...

— Encore une fois, pourquoi votre silence, qui vous
condamne ?

— Parce que je dois me taire... Parler, ce serait lâcheté, et je ne suis pas un lâche...

Schade respira. L'inquiétude disparaissait.

Livrer Spiess et Landeberg, cela répugnait à Renaud ;
non qu'il eût la moindre pitié pour ces deux hommes qui,
au contraire, lui avaient toujours été antipathiques, mais
l'acte même de cette dénonciation, surtout après la promesse faite, le révoltait.

Puis les dénoncer, même, eût été inutile et si Spiess
et Landeberg avaient voulu nier, rien n'aurait pu les convaincre de mensonge.

Voici pour quelles raisons :

D'abord, Schade, sans accuser formellement, avait insnué qu'il avait reconnu les voix de Renaud et de Lucas.

Ensuite, comment prouver que Spiess et Landeberg étaient sortis de la caserne ?

Impossible !

Personne ne s'était aperçu de leur absence, ni le gefreie, ni le sous-officier de service, ni l'officier de jour, ni le poste de police, ni les patrouilles.

Il n'y avait pas eu de contre-appel et les deux hommes étaient rentrés sans encombre.

Seuls, les soldats de la chambre savaient !...

Mais tous étaient complices !! Tous étaient tenus entre eux par le secret de l'attentat délibéré en commun, et tenus aussi par quelque chose de plus fort la haine contre Schade, avec le souvenir de ses tortures.

Donc, ils ne parleraient pas.

Pour parler, il eût fallu un traître !

La haine de Schade empêchait toute trahison.

Renaud murmura doucement, en désignant Schade, qui souriait de triomphe :

— Il suffirait d'un peu d'honnêteté de sa part pour que vous ayez foi en mes déclarations.

Lilienthal interrogea encore. Ce fut à Schade qu'il s'adressa :

— Pouvez-vous préciser l'heure à laquelle eut lieu la tentative de meurtre ?

— Très facilement, monsieur le capitaine... Je venais, en sortant de la maison où j'avais passé la soirée, de regarder ma montre... Il était un peu plus de onze heures et demie.

Renaud tressaillit.

Il voyait, dans cette affirmation, un moyen de salut.

S'il s'était trouvé, après onze heures et demie, si loin, il devenait impossible qu'il eût eu le temps de faire, à pied, le trajet du quai de la Moselle, tout au bout des faubourgs, jusqu'à la gare, et surtout, entre temps, d'avoir le loisir de troquer son uniforme contre des vêtements civils.

— Monsieur le capitaine, voulez-vous me permettre d'adresser une question à M. le sous-officier Schade ?

— Faites.

— Monsieur le sous-officier consentirait-il à dire s'il est certain, sans craindre de se tromper, qu'il a été assailli par des militaires et non par des civils, car il a déclaré ne pas les avoir vus...

Schade parut d'abord un peu gêné.

Il reprit bien vite son assurance :

— Par des soldats, cela ne fait aucun doute.

— Comment pouvez-vous l'affirmer ?

— Quoique étouffé par le sac qu'ils avaient jeté sur ma tête, je n'ai pas été tout de même sans me débattre, et dans ma résistance, mes mains ont rencontré les boutons du manteau, et même j'ai tiré à demi une baïonnette hors du fourreau...

Lilienthal à Renaud :

— Pourquoi cette question ?

— Parce que... dès lors...

Mais le jeune homme s'arrêta.

Il allait dire :

« Parce que, dès lors, ne ne peut être ni Lucas ni moi
« les agresseurs, puisque nous désertions et que nous ve-
« nions de laisser dans un hôtel notre uniforme... Ce
« ne peut être nous, puisqu'à minuit un quart nous étions
« à la station du chemin de fer... et qu'entre onze heures
« et demie et minuit un quart, le temps nous eût fait
« défaut pour changer de vêtements et courir à la gare... »

Il se retint.

S'il disait vrai, il perdait le feldwebel dont l'indulgence les avait sauvés.

— Pourquoi vous taisez-vous ?...

— Je croyais avoir trouvé un argument en notre faveur. Je me suis trompé...

— Ainsi, vous étiez au courant de l'attentat, puisque vous prétendez avoir averti le sous-officier et vous refusez de nous expliquer comment ce projet criminel était parvenu à votre connaissance... En outre, Schade paraît certain d'avoir entendu vos voix... Enfin, vous aviez quitté la chambre et vous refusez de me donner l'emploi de votre temps pendant la soirée, depuis l'heure où vous êtes sorti de la caserne... D'autre part, le feldwebel déclare vous avoir rencontrés errant dans les rues de Coblentz... affolés

sans doute, vous et votre complice, par le remords du
crime que vous aviez commis... Tel est le résumé bref
et limpide de la redoutable situation où vous vous trouvez... J'attends de vous, avant de vous remettre aux juges,
une parole de vérité et de repentir...

Et il ajouta, avec une intention que Renaud ne fut pas
sans comprendre :

— Je croyais que vous aviez confiance dans la justice
de votre chef...

Renaud releva les yeux sur Lilienthal et répondit d'un
ton ferme :

— La plus grande confiance, monsieur le capitaine...

— Eh bien, prouvez-le, et dites-moi la vérité...

— Je ne puis rien ajouter.

La voix de l'officier devint plus dure :

— Dites-moi, seulement, si vous ne pouvez pas me
dire la vérité...

Les regards de l'officier et du soldat se croisèrent, restèrent attachés longuement.

Renaud soupira, mais il n'y eut point de réponse.

Lilienthal se tourna vers Schade :

— Faites conduire cet homme en prison, avec Giraud
son complice.

— A vos ordres, monsieur le capitaine...

Il poussa le jeune homme d'un coup de poing dans
le dos.

— Marche, toi, canaille !

Ils traversèrent la cour. En chemin Schade se pencha
vers le prisonnier :

— Je t'avais bien dit que je te ferais tâter de la forteresse...

— Vous êtes un misérable et un lâche... J'ai tâché de
vous sauver la vie, malgré vos cruautés et votre vilenie...
Mais ne dormez pas en paix... Je connais ceux qui vous
ont attaqué... et j'ai des preuves absolues de notre innocence, à Lucas Giraud et à moi... Je puis, d'un mot, vous
couvrir de honte et vous perdre... Prenez garde... Je me
déciderai peut-être à parler.

Schade eut un ricanement féroce :

— Tu l'aurais fait déjà, si tu l'avais pu !

— Eh bien, un autre parlera pour moi, et celui-là, il faudra le croire !!

— Un autre ? Et qui celui-là, hein ? qui ? dit Schade, écumant.

— Vous le saurez quand il le faudra.

Spiess et Landeberg avaient paru accepter, sans remords, l'arrestation de Renaud et de Pervenche et ne point se soucier de l'accusation qui pesait sur eux.

Cependant ils étaient inquiets, au fond.

C'est qu'ils se disaient, en effet, que s'ils s'étaient trouvés à la place des deux accusés, ils n'eussent guère hésité à proclamer la vérité, et par conséquent à livrer les coupables.

Ils eussent agi ainsi avec la mentalité allemande, qui est pratique.

Renaud et Pervenche agissaient avec la mentalité française, plus scrupuleuse.

Certes, ils n'avaient pas été sans examiner froidement les preuves qu'on avait pu recueillir contre eux. Ils savaient que les preuves matérielles n'existaient pas, puisque Schade ne les avait pas reconnus, puisque leur absence de la caserne, la nuit du meurtre, n'avait pas été constatée. Mais ils savaient aussi que tous les hommes de l'escouade, sauf le pauvre Gottieb, étaient au courant de leur projet. Interrogés par Lilienthal, ou par les officiers juges au conseil de guerre, pressés de questions, admonestés sévèrement, il était hors de doute que les hommes parleraient. L'un d'eux faiblirait, avouerait. Les autres emboîteraient le pas et avoueraient à leur tour. Donc, si Renaud et Pervenche parlaient, Spiess et Landeberg se sentaient en danger.

Toutefois, ils avaient la promesse de Renaud qu'il se tairait.

Chose étrange, alors qu'eux-mêmes, dans un cas semblable, eussent oublié gaillardement et sans remords une pareille promesse, il ne leur venait pas à l'esprit que Renaud fût capable d'en faire autant.

Quant à Pervenche, ils ne redoutaient rien de lui. Pervenche était le reflet de son ami. Son obéissance et son dévouement étaient absolus.

Ils résolurent donc d'attendre les événements.

Chez les recrues, qui n'étaient coupables de complicité que par leur silence, les sentiments étaient plus complexes.

Elles se rappelaient l'ovation chaleureuse faite à Renaud, lorsqu'il était sorti de prison où il s'était laissé enfermer pour un autre.

Et l'on avait chanté le chant de la *Botte* :

« J'avais un camarade comme on n'en trouverait pas de meilleur. »

Ce camarade, dont les soldats avaient pu apprécier la noblesse de caractère et la générosité, était de nouveau sous les verrous.

Et de nouveau sous les verrous pour un autre.

Cela les apitoyait, les indignait, mais ils n'osaient rien dire.

Pourquoi ? Parce qu'ils se sentaient eux-mêmes en danger.

Mais s'ils étaient résolus à se taire, ils n'étaient pas sans souhaiter que Spiess et Landeberg parlassent. Et ce fut des allusions, à ce propos, aux deux chenapans.

Ils firent la sourde oreille.

Quand les allusions devinrent plus pressantes, menaçantes presque, ils les défièrent : « Allez-y, camarades... et nous aurons soin de dire que nous étions tous de mèche avec vous, et que, lorsqu'il s'est agi de faire le coup, nous avons tiré à la courte paille. »

Ils baissèrent le front. Ce mot les avait domptés.

Un autre drame se passait dans un cœur plus noble, plus accessible à la pitié et à la justice : nous voulons parler du feldwebel.

S'il avait pu prévoir la tentative de meurtre contre Schade et l'accusation qui pèserait sur Renaud et Pervenche, assurément il se fût contenté de les arrêter à la gare, de les ramener à la caserne avec leurs vêtements civils et de les faire mettre en prison, sans rien déguiser de la vérité.

Il avait voulu les sauver.

Il était trop tard pour revenir en arrière : le mal était fait.

Dès lors, à quoi se résoudre ?

Il fallait ou accepter le mal, ou le réparer.

En ayant voulu sauver les deux soldats, le feldwebel les perdait, puisqu'il les empêchait de se défendre — sans le trahir lui-même — en donnant l'emploi de leur temps, en justifiant de leur soirée, en appelant le feldwebel en invoquant son témoignage qui eut été décisif.

— Qu'ils parlent les premiers, et je ne les démentirai pas !

Mais ils ne parlèrent point.

Le feldwebel savait que, pour lui, la punition serait sévère, impitoyable.

Sa carrière était brisée, tout son avenir en lambeaux. Il hésitait.

Dans son irrésolution était le confus désir de les sauver, ces deux innocents. Son âme, juste et douce, répugnait à laisser prononcer une condamnation.

Mais dans cette irrésolution aussi flottait l'espoir que les preuves déjà relevées contre les jeunes gens ne suffiraient point à établir leur culpabilité, et qu'ils seraient acquittés, au cas où ils seraient renvoyés devant le conseil de guerre.

Car il se pourrait aussi que les véritables coupables fussent reconnus et que Renaud et Pervenche, bénéficiant, pour la punition qu'ils avaient méritée, des jours de prévention, fussent renvoyés sans être autrement poursuivis.

Cela, c'était ce qui pouvait sauver le feldwebel.

Les sauver, eux, du même coup.

Mais cet événement se produirait-il ? Ne resterait-il pas au contraire, bien improbable ?

Il attendit, inquiet et triste, aux aguets de tout ce qui allait se passer.

Il aurait voulu interroger Schade, pour lui arracher la vérité ; mais le sous-officier, qui savait que le feldwebel nourrissait contre lui une sourde hostilité et réprouvait ses cruautés envers les hommes, se tint sur une réserve prudente et cauteleuse. Il ne fit que répéter au sergent-major la déposition qu'il avait faite à Lilienthal.

Deux jours se passèrent ainsi.

Les fêtes de Noël approchaient. La caserne commençait à être en fête, car les fêtes amènent le premier congé pour les recrues.

Autour de la caserne, deux jeunes filles éplorées, dans une mortelle inquiétude, se promènent le matin, reviennent le soir, malgré le froid, malgré la neige.

C'est Josette et c'est Line.

Que s'est-il passé après le retour de Renaud et de Pervenche ? Elles n'osent s'informer.

L'accusation de meurtre n'a pas encore transpiré. Les journaux n'en ont fait aucune mention, tenus au silence par ordre supérieur.

Elles ignorent tout, mais elles craignent tout.

Un acte tragique vient dénouer cette situation qui paraissait sans issue..

Schade, triomphant, gardait contre l'escouade une haine noire... Il sentait confusément qu'il n'y avait là pour lui que des ennemis.

Sa cruauté en redoublait.

Ce furent, presque chaque jour, de nouvelles inventions pour faire souffrir les hommes.

Et, comme nous l'avons dit, le malheureux Gotlieb était au premier rang pour recevoir les coups.

Gotlieb, être faible et sans ressort, ne résistait pas, obéissait.

Il ne se plaignait pas non plus.

Il pleurait.

Parfois, les camarades l'entendaient murmurer, toujours la même phrase :

— Il faut que ça finisse ! Ça finira mal !!

C'était sur lui que retombaient les plus dures corvées et les corvées finies, Schade lui infligeait à la chambre d'autres travaux supplémentaires.

Gotlieb était affolé.

Un jour, il s'assit sur le bord de son lit, dans un accablement immense et dit :

— Je ne peux plus ! Je ne peux plus !

Les autres haussaient les épaules, apitoyés.

Personne n'osait prendre sa défense. On eût trimé avec lui. Et, à cause des fêtes de Noël et des congés en perspective, il ne fallait pas attraper de punitions.

Le matin du troisième jour, après que Pervenche et Renaud eurent été enfermés, il y avait exercice de gymnastique. Le temps s'était un peu radouci, tournait à la pluie. Au coup de sifflet du sous-officier de service, les hommes dégringolèrent. Gotlieb seul, resta. Il s'était fait porter malade.

— Si tu n'es pas reconnu, tu vas écoper, vieux ! avait menacé le gefreite.

Doucement, Gotlieb avait répondu :

— Non, c'est fini. Je n'écoperai plus. Je serai tranquille bientôt.

Le gefreite n'attacha aucune importance à ces paroles. Gotlieb resta seul. Il se vêtit lentement, réfléchi, absorbé.

Parfois, il branlait la tête :

— Oui, oui, autant ça, tout de suite... mais voilà, je voudrais que ça serve à quelque chose... Je voudrais sortir de peine les deux Français...

Tout à coup il se dirigea vers son armoire.

Fiévreusement, il en tira de l'encre, du papier, un porte-plume.

Et il étala tout sur la table.

Il approcha un tabouret et se mit à écrire.

— Oh ! la lettre n'a pas besoin d'être longue ! se disait-il tout bas.

Ce furent, en effet, quelques lignes seulement.

Il les signa, les data, mit la lettre sous une enveloppe qu'il cacheta soigneusement et la posa sur la table, bien en évidence.

Sur l'enveloppe, il avait écrit une adresse :

« A monsieur le capitaine Bernard de Lilienthal : personnel. »

Après quoi, il déchira sa ceinture de laine par la longueur, il la renoua pour l'allonger, l'accrocha dans le corridor au râtelier d'armes, fit un nœud coulant après avoir calculé la hauteur, afin que ses pieds tout à l'heure ne pussent toucher le sol. Il monta sur le rebord du râtelier, passa le cou dans le nœud coulant et, après s'être assuré que tout cela fonctionnait bien, il se lança en avant.

Il y eut quelques frissons de son pauvre corps, comme s'il avait été traversé par un courant électrique,

Puis ce fut l'immobilité absolue.

Gotlieb l'avait bien dit au gefreite :

Désormais, il serait tranquille et n'écoperait plus...

Signalé pour la visite du médecin, il ne se présenta pas. On envoya à la chambre.

Le corps pendait rigide dans le couloir.

Le feldwebel coupa la ceinture, dénoua le nœud autour du cou tendu, essaya de faire revenir le souffle dans les poumons par des tractions de la langue.

Tous les soins furent inutiles.

Schade passa sur ces entrefaites, et quand il reconnut Gotlieb, il eut un mouvement de recul. Le sergent-major le regarda et ce regard voulait dire :

— C'est ton œuvre, misérable !

Mais Schade ne sourcilla point. Il poussa, sans la refermer, la porte de la chambre, qui donnait contre le râtelier d'armes, et il entra. Du premier coup d'œil il constata que l'armoire de Gotlieb était ouverte et qu'une lettre avait été déposé sur la table, donc, la lettre était du mort.

Que pouvait-elle renfermer, sinon des accusations graves contre le sous-officier ?

Ce fut la pensée qui lui vint. Sa seconde pensée fut de supprimer la lettre.

Il la prit, la froissa dans ses mains, et, allait la glisser dans la poche de son pantalon, quand on lui frappa sur l'épaule.

Il se retourna brusquement.

Le feldwebel était près de lui. Et il disait, résolu :

— Donnez-moi cette lettre !

— Mais...

— Sous-officier Schade, je vous ordonne de me remettre cette lettre !

Le feldwebel avait parlé bas, pour que les hommes dont on percevait la marche dans l'escalier, ne pussent entendre. Mais sa voix était sourde.

Il fallait obéir.

Quand bien même la lettre eût contenu son arrêt de mort, il fallait la rendre.

Schade grinça des dents et la tendit au sergent-major.

Et comme son geste n'avait pas été correct et que son

attitude n'était pas tout à fait réglementaire, le feldwebel, durement, commanda :

— Rectifiez !

Schade, dompté, bomba le torse, laissa tomber les mains et fit claquer les talons.

— Bien. Allez ! Et priez pour que cette mort ne retombe pas sur votre tête...

Lilienthal était à la caserne. On l'avait prévenu sur-le-champ.

Il accourut. En arrivant, il rencontra le sergent-major qui allait à sa rencontre, et qui, après quelques mots d'explication, lui remit la lettre du suicidé.

Le capitaine la déplia et lut :

« Il faut remettre en liberté les deux Français, Renaud
« Sauvageot et Lucas Giraud, qui ne sont pour rien dans
« l'affaire Schade. C'est moi qui ai voulu tuer le sous-
« officier pour me venger de ses mauvais traitements.
« Et je regrette pour mes camarades de n'avoir pas
« réussi... »

Il montra la lettre au feldwebel. Celui-ci la parcourut.

Après quoi, il attendit que l'officier voulût bien le questionner.

Lilienthal avait soupiré... Des regrets peut-être passaient dans cette âme...

Il dit :

— Ce Schade est donc un bourreau ?

Le feldwebel se contenta de répondre :

— Oui !!

Pervenche et Renaud passèrent encore en prison cette journée-là et celle du lendemain.

Il fallait qu'ils fussent punis de leur escapade et leur prévention comptait dans leur punition.

L'intervention à la gare du feldwebel ne fut point connue.

Quant à Spiess et Landeberg, ils continuèrent, bien entendu, à garder le silence, mais en apprenant l'étrange aveu de Gottlieb, qu'ils savaient innocent, ils eurent des remords. Après quoi, ils firent cette réflexion :

— Si on s'avouait coupables, ça ne lui rendrait pas la vie ?... Hein, Spiess ?

— Sûrement que non !

— Alors, ton avis ?

— Mon avis, c'est qu'il ne faut rien dire, fit Spiess.

— Ça va bien, fit Landeberg.

Leur contenance, toutefois, fut embarrassée et honteuse, lorsque Pervenche et Renaud rentrèrent à la chambre, leur punition faite, et que les quatre soldats se retrouvèrent face à face. Pervenche avait bien envie de se venger d'eux en leur administrant une volée d'importance. Renaud eut beaucoup de peine à l'en empêcher.

Pervenche disait :

— Laisse-moi faire... Je les cognerai rien qu'une toute petite fois...

Mais les « petites fois » de Pervenche pouvaient compter triple.

Renaud le lui défendit.

Ils ne firent donc aucune allusion à ce qui s'était passé et au terrible danger que le silence de Spiess et de Landeberg leur avait fait courir.

Quant aux hommes de l'escouade, ils sentirent augmenter en eux leur affection et leur dévouement pour les deux amis.

— Deux rudes gaillards tout de même, disaient-ils, et sur lesquels on peut compter.

Ils sentaient confusément qu'il y avait quelque chose, chez ceux-ci, de supérieur à eux-mêmes. Et toute supériorité les trouvait prêts à baisser le front.

VII

UNE TEMPÊTE DANS UN CŒUR

Or, Renaud ne se trompait pas, depuis quelque temps, lorsqu'il croyait deviner je ne sais quoi d'irrésolu, d'étrange, dans l'attitude de Lilienthal vis-à-vis de lui. Il ne se trompait pas lorsqu'il croyait voir le regard de l'officier s'attacher sur lui obstinément, quand il croyait n'être pas aperçu, et se détourner ensuite vivement lorsque Renaud le regardait à son tour. Que se passait-il en cette âme ? Redoutable problème, dont le sort du jeune soldat dépendait assurément. Problème qui présentait deux solutions, l'une qui inclinerait Lilienthal vers la rigidité habituelle d'une discipline inflexible, d'une discipline qui ne raisonnait jamais et n'en avait pas le droit, l'autre qui l'inclinerait vers plus de justice véritable et plus d'humanité...

Laquelle l'emporterait, chez cet homme taillé comme un bloc dans la raideur prussienne ?

Mais surtout, quels événements mystérieux et quelle intervention peut-être avaient pu ébranler ce bloc ? Forcer ce cerveau à des réflexions d'autant plus déconcertantes pour lui qu'elles étaient prises en dehors de la culture de son esprit, des habitudes prises, de toute une vie formée rigidement par la discipline et qu'elles jetaient un désarroi au milieu de ce qu'avait été cette vie jusqu'alors ?

Une intervention avait eu lieu, en effet.

Celle du grand-père Sauvageot.

Il était venu à Coblentz, en secret — sans faire part de son voyage à personne et avec un long détour, car expulsé des pays annexés, il eût été reconduit à la frontière s'il avait été reconnu à son entrée en Allemagne.

Même il n'avait pas pu voir Renaud, malgré son désir.

La moindre tentative à ce sujet, il le savait trop bien, eût tourné non seulement contre lui-même, ce qui n'était rien, mais contre Renaud. Et Renaud était aux prises avec trop de tortures pour que le vieux consentît à ce qu'une torture de plus vînt par sa faute. Renaud avait donc, comme tout le monde, ignoré cette démarche.

Auprès de qui le grand-père la faisait-il ?

On aurait pu le voir, un après-midi, entrer dans le pavillon de Lilienthal, rue du Rhin, et demander avec insistance à parler au maître du logis.

Il fut introduit auprès de l'officier.

Que se passa-t-il entre eux ?

Leur entretien fut long, dura presque jusqu'au soir. Et la cuisinière et l'ordonnance de Lilienthal, en passant et en repassant tout près du cabinet de travail où se tenaient

les deux hommes, remarquèrent que tout le temps ce fut
la même voix qui parla.

Cette voix, ce n'était pas celle de l'officier.

Détail par détail, Lilienthal entendit le douloureux récit
du drame qui s'était passé à la frontière, entre la Faloise
et Haute-Goulaine. Le vieux Sauvageot ne garda pour lui
aucun secret. Il s'adressait à un homme d'honneur et il
était certain que rien ne transpirerait jamais de ce qu'il
révélait.

Il dit la rivalité d'amour entre Ulrich de Lilienthal et
Renaud.

Le crime lâche commis par Ulrich.

La trahison d'Elise, trahison à deux reprises manifestée,
la première fois puisque c'est elle qui avait donné à Lilienthal l'idée du crime et la facilité de l'accomplir, la
seconde fois puisque c'était grâce à elle encore que Renaud
avait été dénoncé et arrêté, au cimetière de Villaville.

Il fit le récit de la nuit d'épouvante, au milieu de laquelle le cadavre d'un officier avait été trouvé sur la
route par le berger Blanquin.

Et ce qu'il dit aussi, ce fut comment, de quelle façon
le capitaine était mort, non point assassiné, comme on
l'avait cru, mais de mort volontaire.

Il s'était puni !

Il avait racheté sa faute !...

Lilienthal avait écouté en silence cette longue histoire.

Pas une seule fois il ne l'avait interrompue.

Et il avait été facile à Sauvageot de suivre, sur ce visage,
les multiples et fortes émotions qu'elle suscitait en lui.

Ç'avait été tout d'abord un intérêt méprisant pour cette
rivalité d'amour, mais lorsque le crime lâche apparut,
une pâleur se répandit sur ses traits, ses yeux se voi-
lèrent et sa bouche se crispa.

Sauvageot l'entendit murmurer très bas, à deux reprises :

— Oh ! mon frère ! mon frère ! serait-il vrai ?

Alors, le vieillard avait demandé :

— Doutez-vous ? Suis-je venu pour mentir ? Il faut que
je sache si vous me croyez...

Bernard de Lilienthal répondit avec effort :

— Oui, je vous crois !...

Sauvageot aurait pu étendre un voile sur la mort d'Elise. Il ne le voulut pas. Il dit quelle avait été son intervention, le rôle de justicier qu'il avait joué.

Et enfin, il termina :

— Vous savez tout, maintenant, monsieur... et vous comprenez le désespoir de mon petit-fils... Ce que vous ignorez peut-être, ce sont les injustices dont on l'accable... Tout est à redouter... même une catastrophe...

Mais Lilienthal fit un geste lent, fatigué, et prononça :

— Veuillez vous taire !...

Le régiment devait rester, dans ce drame, la chose intangible, sacrée, inaccessible aux médisances ou aux calomnies.

Le grand-père se retira.

Et quand il fut parti, l'officier resta longtemps sur sa chaise, les coudes appuyés sur son bureau, le visage dans les mains, rêveur, absorbé, sans un mouvement.

Lorsqu'il releva le front et que son visage apparut à la lumière, on aurait pu voir qu'il avait les yeux rouges.

VIII

LE DERNIER CHOC

La compagnie rentrait du stand, où quelques escouades avaient fait merveille au tir. Mais l'escouade de Schade n'avait pas obtenu un seul point. On eût dit que les hommes s'étaient entendus pour viser trop haut ou trop bas, le tout, afin que le sous-officier fût pris à partie par Lilienthal, car, bien certainement, c'était sur Schade, plus que sur les recrues, qu'allait retomber la colère du capitaine.

Renaud, le meilleur tireur, avait été mis à l'écart par le sous-officier et, au lieu d'utiliser son adresse reconnue pour relever les points de l'escouade dans le tableau à présenter à l'officier, Schade, selon son habitude rancunière — car il ne désarmait pas — l'avait employé à la corvée des cibles.

Ce que les hommes avaient prévu ne manqua pas d'arriver.

Schade eut à subir une dure algarade, où il ne fut point ménagé.

Il écouta, rigide, sans qu'un frisson courût sur les traits de son visage, pâli seulement et creusé par la fureur.

L'escouade s'attendait à une punition générale, et les hommes l'acceptaient même de gaieté de cœur, du moment que le bourreau avait écopé de son côté.

La punition arriva, légère, si elle était prise seulement à la lettre, mais très dure si l'exécution en était confiée à Schade qui, avec une fertilité infernale d'invention, savait renouveler ses tortures et du moindre exercice faire une fatigue.

L'escouade fut punie par Lilienthal, qui l'obligea, de retour à la caserne, à reprendre par les premiers mouvements l'exercice de visée.

Cet exercice consistait à faire aligner les hommes en posture de tir, devant le sous-officier. Celui-ci se plaçait à trois pas en face de chaque soldat, et se faisait viser dans l'œil, ce qui lui permettait de mieux se renseigner sur les positions défectueuses et de les rectifier s'il y avait lieu.

On conçoit dès lors qu'il était facile à Schade d'exagérer ces mouvements et de les continuer jusqu'à ce que le fusil tremblât dans les mains du soldat, ainsi qu'il l'avait fait déjà à plusieurs reprises. Il est impossible de tenir longtemps le fusil à l'épaule sans qu'un tremblement vienne agiter les membres, pris d'une lassitude énorme, et sans que le fusil échappe des doigts.

La compagnie était rentrée à la caserne sous les ordres du lieutenant.

Lilienthal, la punition donnée, avait semblé tout d'abord s'en désintéresser.

Les soldats jetaient sur Schade un regard en dessous et pensaient :

— Ça va barder !

Schade, en effet, était effrayant.

Ses yeux, emplis de sang, disaient sa colère farouche, et ses lèvres qui s'ouvraient et se refermaient, témoignaient de l'envie de mordre...

Malgré cela, malgré la perspective de l'heure de supplice qui les attendait, les hommes étaient contents et jubilaient, au fond du cœur, du tour qu'ils lui avaient joué.

Dans la chambre, Schade ne leur laissa même pas le temps de souffler.

— Allons, mes lascars, nous allons nous amuser ! dit-il.

C'était son premier mot, depuis le stand.

Maintenant que les officiers étaient partis, lui redevenait le maître tout puissant.

Renaud, sur l'alignement, occupait le dernier numéro sur la gauche.

A droite, Stiegler avait le numéro un.

Lorenz, le numéro deux.

Ensuite venait Pervenche, après lequel coude à coude, se tenaient Wolff, l'employé de banque ; Spiess, le mineur ; Landeberg, l'ouvrier d'usine ; puis Reimer, le chanteur ; Schultz, le valet de chambre, et le serrurier Vogt...

Après quoi, c'était Renaud.

Comme si sa résolution était prise, et bien prise cette fois, de faire retomber sur Renaud sa fureur, il s'était planté devant lui pour le surveiller de près.

Renaud, instinctivement, comprit que le drame qu'il voyait s'approcher de lui depuis son entrée au régiment, était ce matin-là inévitable.

Il le sentait sur lui, sur sa tête, comme si déjà le poing de Schade s'y fût abattu.

Schade — cela était évident — guettait la moindre défaillance.

Et la moindre défaillance serait suivie d'une voie de fait.

Le sous-officier commanda différents exercices de maniement d'armes. Les hommes avaient les mains gourdes, tant le froid avait été vif en cette matinée, et la forte chaleur du poêle les suffoqua, en entrant, et les congestionna.

Le mouvement se fit donc d'une façon déplorable.

Schade s'y attendait. Schade triompha.

Les crosses, au lieu de s'abattre d'un seul coup sur le plancher, y exécutaient un roulement bref... et les yeux des hommes rigolèrent...

Le sous-officier poussa un mugissement terrible.

Il se précipita sur Renaud :

— Canaille ! sale rossard ! infecte crapule ! je vais t'apprendre le mouvement et tu le retiendras une fois pour toutes...

Il le secoua par le collet, puis, dans le paroxysme de sa rage, il leva le poing...

Renaud, blême, avait fermé les yeux...

Et ce fut la catastrophe... .

Le poing s'abattit sur la joue droite...

Et ce fut étrange... Renaud reçut le coup, sans faire un geste, sans ouvrir les yeux.

Mais Schade comme si cette brutalité, accomplie avec une joie féroce avait tout à coup dégonflé sa colère, se recula de quelques pas.

Il paraissait interdit de ce qu'il venait de faire.

Et machinalement il tourna la tête à droite, à gauche, avec des regards effarés. On eût dit qu'il s'attendait à un coup de foudre, sans savoir de quel côté la foudre entrerait.

Renaud rouvrit les yeux.

Schade reprenait son sang-froid et pour empêcher les hommes de trop réfléchir, car il lisait clairement la stupéfaction sur ces visages, il commanda un maniement d'armes :

— Chargez ! !...

Et cessant de regarder Renaud, il affecta même de lui tourner le dos... Justement le gros Stiegler, tout décontenancé par ce qui venait de se passer, n'était pas très attentif. Il le fit avancer de trois pas et Stiegler exécua des mouvements particuliers, pendant que le reste de l'escouade, attendait, le fusil à vide...

Or, pendant que Schade s'acharnait sur Stiegler, et pendant qu'il était ainsi distrait, voici ce qui se passa sur l'alignement des hommes.

Au commandement de « Chargez ! » Renaud avait **glissé**

vivement la main au long de la doublure de sa ceinture et il avait tâté...

La surprise et l'angoisse se peignaient sur son visage ; car, si l'on s'en souvient, dans un but qu'on ne pouvait deviner, il avait caché, quelque temps auparavant, deux cartouches...

Les deux cartouches chargées à balle, dérobées au tir.

Celles qu'un jour il avait montrées à Pervenche...

— L'une pour Schade, s'il me frappe, et l'autre pour moi ! avait-il dit.

Et il se rappelait les conseils de Pervenche qui voulait le faire revenir sur sa terrible résolution.

Et Pervenche, même, avait ajouté :

— Je t'en empêcherions bien !...

Ces deux cartouches, n'y étaient plus !...

Donc, ce ne pouvait être que Pervenche qui les avait prises.

Pourquoi ? Dans quel but ? Était-ce simplement pour éviter un drame affreux ?...

Le regard de Renaud alla chercher celui de son ami.

A cette même seconde — car tout ceci prit à peine une seconde, c'est-à-dire le temps qu'il fallait pour obéir au commandement de Schade — il observa Pervenche d'un regard plein d'angoisse... et ce ne fut point le visage ami que le regard alla chercher, ce furent les mains entourant l'une le canon du fusil, et l'autre glissant au long du magasin...

Et voici ce qu'il vit, ou plutôt ce qu'il devina, tant fut rapide le geste...

Dans les doigts du colosse, Renaud crut voir briller deux cartouches, et les cartouches disparurent, l'une dans le canon, l'autre dans le magasin...

La première c'était pour Schade !...

L'autre, c'était pour Pervenche !!...

Un bruit sec du plat de la main sur la fermeture et Pervenche releva le front.

L'arme recélait maintenant deux morts foudroyantes et prochaines.

Mais en relevant les yeux, Pervenche, de côté, regarda Renaud.

Ce fut comme une commotion entre les deux hommes...

Il y avait chez Renaud une détresse affreuse.

Il ne voulait pas que Pervenche se dévouât et mourût pour lui.

Quant à Pervenche, il triomphait, dans le calme d'une résolution effrayante.

D'une résolution si réfléchie, si inébranlable, que, même, il eut la force de sourire.

Et ce sourire, c'était l'adieu à Renaud, l'adieu suprême à la vie...

Or, Renaud ne pouvait rien dire... sans danger pour Pervenche.

Renaud était condamné à se taire, et à voir se passer cette effroyable scène, là, sous ses yeux, sans une parole pour l'empêcher, sans un geste pour s'y opposer.

C'était cela que peut-être aussi voulait signifier le sourire de Pervenche...

— Tu ne peux rien. Moi, je te sauve et je te venge !

Pendant que, intérieurement, Renaud criait :

— Cela ne se fera pas ! Cela serait horrible !

Schade venait de renvoyer Stiegler dans le rang. Le gros homme poussa un soupir de satisfaction en reprenant sa place. Il en était quitte à bon compte.

Ensuite, ce fut le tour de Lorenz.

Avec Lorenz commencèrent les exercices réguliers de visée... immobilité absolue, les épaules relevées, le bras gauche courbé dans l'axe du fusil, la joue contre la crosse, l'œil gauche fermé... l'œil droit prenant les points de mire...

L'angle de la hausse... le bouton du fusil... l'œil de Schade....

Car c'était l'œil de Schade que l'on visait.

Le sous-officier appréciait, rectifiait s'il y avait lieu, faisant recommencer le mouvement, et lorsque celui-ci était parfait, commandait :

— Feu ! !

L'homme appuyait sur la gâchette. On entendait un bruit sec. C'était tout.

Il en fut ainsi deux fois, trois fois, avec Lorenz...

— Allons, c'est mieux, dit le sous-officier. Une dernière fois !...

A ce moment, on entendit un bruit de porte qui s'ouvrait et se refermait, derrière l'escouade alignée... Les recrues ne purent voir, mais devinèrent...

C'était le capitaine de Lilienthal qui venait d'entrer. Il inspecta les hommes, par derrière, passa devant, sans un mot, sans une observation, et vint se ranger près de Schade, face à l'escouade, les deux mains appuyées sur la poignée de son sabre.

On eût dit, dans l'examen des soldats, auquel il se livrait, qu'il faisait tous ses efforts pour ne pas arrêter son regard sur Renaud... Et, chose étrange, plus forte que sa volonté, ce regard était attiré là sans cesse et revenait sur le jeune homme avec une insistance, une fixité déconcertantes... Il en paraissait gêné...

Renaud ne s'apercevait de rien...

Renaud ne pensait qu'à Pervenche..

Renaud était dans une agonie d'épouvante et d'horreur... Et sans doute ce qui ramenait sur lui et qui arrêtait le regard de Lilienthal, c'était ce masque tragique derrière lequel s'agitaient les affres d'une détresse sans nom...

— Chargez ! commandait Schade...

Lorenz exécutait.

— En joue !

Lorenz obéissait, visait l'œil du sous-officier.

— Feu !

Lorenz appuyait lentement sur la détente.

— Bien ! Rentrez ! dit le sous-officier... Numéro trois ! C'était le tour de Pervenche...

Un long frémissement parcourut le corps de Renaud.

Pervenche était d'un calme inouï... à peine un peu pâle...

Il aurait bien voulu regarder Renaud une dernière fois avant de mourir.

Mais ceci eût été grave, dangereux pour Renaud.

Pervenche résista et ne tourna pas les yeux.

Immobile, talons joints, les doigts au long du canon de son fusil, poitrine bombée et tête haute, Pervenche attendait les ordres de Schade...

Schade resta un moment à examiner ses hommes.

Pas un ne bronchait.

On eût dit qu'ils prévoyaient le drame.

Il y avait un silence religieux dans la chambre.

Schade commanda :

— Chargez !!

Pervenche ouvrit et referma le magasin...

Une seconde séparait maintenant le sous-officier Schade de la mort.

Déjà il ouvrait la bouche pour commander : « En joue! » mais le supplice était trop affreux pour Renaud... dont les yeux exorbités ne quittaient plus de vue le noué.

A l'instant où Pervenche allait viser, tranquille, résolu, dans son horrible entêtement de simple, qui ne revenait pas sur une résolution prise, quelque chose en Renaud se détraqua soudain, sous l'excès d'une intolérable torture, d'une torture au-dessus des forces humaines... Son pauvre cerveau surmené faiblissait...

Il laissa échapper son fusil, qui roula sur le plancher avec un bruit de ferraille.

Un grand éclat de rire aigu rompit le silence profond...

Et il vint tomber jusqu'aux pieds de Lilienthal dans un accès de folie et de fièvre chaude... pendant que les hommes rompant l'alignement sans attendre les ordres, se précipitaient vers lui pour lui porter secours...

Une émotion violente sur le visage froid et maigre de Lilienthal.

— Jetez-lui de l'eau glacée sur le front... transportez-le à l'infirmerie...

Les hommes se débarrassèrent de leurs fusils, qu'ils rangèrent au râtelier, dans le corridor.

Pervenche, seul, ne bougeait pas. Il avait l'air absorbé, absent, insensible à ce qui venait de se passer. Il n'avait pas entendu l'ordre de Schade, les paroles de l'officier, le cri affreux de Renaud... Il venait de vivre une minute tragique... Il lui semblait renaître d'une mort qui lui était apparue comme certaine.

Schade le bouscula rudement :

— Eh bien, es-tu gelé ?...

Et il le poussa vers le corridor...

Machinalement, le noué y déposa son fusil. Il ne lui vint même pas à la pensée de retirer les cartouches. Du reste, il ne l'aurait pu.

8

Depuis quelques instants, Lilienthal, grave, l'observait.

Sans doute que l'officier désira tout à coup être seul, car il donna un ordre bref à Schade, pendant que des hommes conduisaient Renaud à l'infirmerie.

Ce qui restait de l'escouade descendit alors dans la cour.

Resté seul, Lilienthal s'approcha du râtelier d'armes.

Il prit le fusil de Pervenche, l'ouvrit, examina le magasin.

Il tressaillit et regarda soudain autour de lui pour s'assurer que personne ne le voyait.

Le couloir était désert.

Et dans la chambrée, personne.

L'officier enleva rapidement les deux cartouches et remit le fusil au râtelier.

— Pourquoi ? murmura-t-il, et que s'est-il passé encore ?

Il lui répugnait d'interroger Schade, cause de tout le mal.

Interroger Pervenche, c'était impossible. C'eût été avouer qu'il avait tout découvert, et qu'il hésitait à livrer l'homme à la justice...

Il descendit dans la cour, où manœuvraient les hommes.

Il commanda le repos, et avisant le gros brasseur, il cria :

— Soldat Stiegler !

L'homme, effaré, s'avança rapidement. Lilienthal s'était arrêté assez loin de l'escouade pour être certain de ne pas être entendu.

A trois pas, Stiegler rectifia, raide comme un poteau, craintif.

Lilienthal baissa la voix :

— Soldat Stiegler, je veux la vérité... et je vous ordonne de ne pas dire que je vous ai interrogé.

— A vos ordres, monsieur le capitaine.

— Que s'est-il passé tout à l'heure, à la chambre ?

Stiegler hésitait... non qu'il refusât de répondre... et il expliquait :

— Monsieur le capitaine me permettra de dire... je ne comprends pas très bien...

Lilienthal précisa :

— Ne s'est-il rien passé entre le sous-officier Schade et le soldat Sauvageot ?

Stiegler poussa un soupir.

Il était rassuré, maintenant qu'il voyait que lui-même n'était pas en cause. Il avait beau ne pas être fautif... On craint toujours une punition...

— A vos ordres, monsieur le capitaine, il s'est, en effet, passé quelque chose.

— Parlez, je vous l'ordonne...

— Il s'est passé que le sous-officier Schade a frappé le soldat Sauvageot.

Un nuage sur les yeux durs de l'officier.

Il s'en doutait. C'était bien cela...

— Il a frappé... comment ?

— Un coup de poing... Oh ! et fort !... en pleine figure...

— Le soldat Sauvageot n'a rien fait ?... ne s'est pas révolté ?

— Non, monsieur le capitaine.

— Il n'a rien dit ?

— Non, monsieur le capitaine... il était seulement pâle à faire pitié !...

— C'est bien, allez... souvenez-vous que je vous ai donné l'ordre de vous taire.

— A vos ordres, monsieur le capitaine.

Stiegler pivota et regagna le rang...

— Hein ? demandaient les camarades... Un abatage ?

— Oui, plutôt, fit le brasseur. Vous ne l'avez pas entendu gueuler ?

— Non, mais à propos de quoi ?

— Paraît que, par derrière, à la ceinture, j'ai un bouton de ma tunique qui ne reluit pas autant que l'autre... n'en faut pas davantage !

Et comme il n'en fallait pas plus les hommes le savaient, ils se déclarèrent satisfaits.

Lilienthal se rendit à l'infirmerie. Renaud paraissait plus calme, sous les moyens énergiques qu'on avait employés pour enrayer l'accès. Il reconnut l'officier.

— Je vous remercie d'être venu, dit le soldat. Je ne l'oublierai pas.

— Le médecin m'affirme que vous en serez quitte pour

la peur et que demain vous serez debout... Je ne vous cache pas que vous m'avez effrayé...

Un silence. Ils semblaient gênés tous les deux, et tous les deux gênés par ce qu'ils voulaient dire.

— Monsieur le capitaine me permettra-t-il de lui demander une faveur ?...

— Laquelle ?

— Celle de voir Lucas Giraud, aujourd'hui, si c'est possible...

— Je vous l'enverrai.

— **Merci.**

La gêne de l'officier persistait... Il prit cependant son parti, avec effort :

— Est-ce tout ce que vous aviez à me demander ?

— C'est tout.

L'officier fit quelques pas devant le lit, en proie à la même hésitation.

Après quoi :

— Demain, si vous vous sentez mieux et si l'on vous permet de sortir, je désire que vous veniez chez moi... je préviendrai le sous-officier de garde...

— A vos ordres, monsieur le capitaine.

— Je vous attendrai à quatre heures...

— Je serai chez monsieur le capitaine à quatre heures...

— Adieu !

Et très troublé, avec un nouvel effort, l'officier ajouta :

— Ayez confiance !...

Lorsqu'il fut parti, le visage de Renaud refléta une immense joie. Il ignorait ce qui avait pu se passer à l'escouade après le moment où il avait perdu connaissance. S'il s'était passé quelque chose, Lilienthal y eût fait allusion. Et puisque Pervenche allait venir à l'infirmerie, c'est que Pervenche était libre !... S'il était libre, c'est que personne n'avait soupçonné l'attentat prémédité... Pervenche était sauvé...

Le meurtre n'avait pas été commis !...

Puis, il se mit à espérer... Lilienthal lui avait donné confiance ! Pourquoi ? Que voulait-il dire ?... La parole de l'officier avait été plus douce... Et il avait cru y deviner comme une profonde tristesse... Que se passait-il en cette âme ?

Renaud ne pouvait le savoir, mais il entrevoyait, dans une vague espérance, sinon la fin, du moins l'adoucissement de tous ses maux.

Et sa nuit fut tranquille.

Le lendemain, il pouvait sortir...

A la caserne, ce jour-là, déjà la gaieté régnait.

Des permissions nombreuses avaient été données.

C'était Noël, c'était la grande fête bientôt !

Des soldats restaient pourtant, soit qu'ils fussent punis, soit que rien ne les attirât dans leur famille trop pauvre pour les recevoir.

Mais à quelques-uns, parmi ceux-là, des envois étaient arrivés !

Des envois de victuailles, des gâteaux énormes, du jambon, des saucisses.

Ceux qui avaient quelque chose partageaient avec ceux qui n'avaient rien.

Tout le monde se préparait à la bombance.

Pervenche, seul, était triste.

Vog lui frappait à chaque instant sur l'épaule :

— Allons, camarade, pas de mélancolie. On va s'en fourrer jusque-là !

Et il faisait passer sa main par-dessus sa tête.

Pervenche n'entendait pas. Il semblait, selon la vigoureuse locution populaire, avoir reçu un coup de marteau sur la tête, depuis l'heure où avec son fusil chargé de deux cartouches, il avait tenu entre les mains la vie de Schade.

Comment ce drame ne s'était-il point accompli ?

Il ne s'en rendait pas compte. Ses nerfs, tendus à se rompre, s'étaient détendus brusquement et il était retombé dans une prostration absolue.

A l'infirmerie, où il avait eu la permission, la veille au soir, d'aller embrasser son ami, c'est à peine s'il avait compris ce que Renaud lui avait dit.

Et le voyant ainsi, Renaud avait hésité à faire des allusions à la scène de la veille. Il garda le silence sur ce drame.

Ce qui motivait, chez le noué, cette étrange attitude, c'est que, lorsqu'il avait voulu retirer les cartouches, une du canon, l'autre du magasin de son arme, il n'avait plus rien retrouvé.

D'abord, il crut qu'il s'était trompé de fusil.

Mais non, ce n'était pas possible... c'était bien son numéro...

Alors, avec la croyance au surnaturel qui était toujours en lui, il se demandait s'il n'avait pas rêvé et si la terrible minute de la veille, quand il s'apprêtait à viser Schade dans l'œil, il l'avait vraiment vécue.

Comme Thielke, deviendrait-il fou ?

Il se souvenait pourtant bien d'avoir dérobé ces deux cartouches dans la pochette secrète de la doublure du pantalon de Renaud, un jour que celui-ci était en treillis et que lui, Pervenche, était resté seul à la chambre...

Il voulait sauver Renaud du désespoir en se sacrifiant lui-même...

Au sortir de l'infirmerie, Renaud, à qui Lilienthal avait donné la permission de rester absent jusqu'à l'appel, se rendit à l'heure dite chez l'officier.

Lilienthal l'attendait. Renaud en eut tout de suite la certitude, car l'ordonnance, en le faisant entrer dans un petit salon du rez-de-chaussée, était monté prévenir le capitaine et n'était pas redescendu. Or, le jeune homme entendit longtemps, à l'étage supérieur, au-dessus du petit salon, une marche saccadée, avec des arrêts brusques...

C'était Lilienthal... Il paraissait seul... Et ces pas rapides, heurtés, ces arrêts indiquaient que l'homme était en proie à une lutte suprême de son âme...

Un quart d'heure s'écoula ainsi...

Une demi-heure !

Pas une seule fois, Renaud ne se dit qu'on l'avait oublié... Non, une sorte de correspondance magnétique s'était établie, de bas en haut, entre le soldat et l'officier.

Et Renaud murmurait, avec la plus entière certitude :

— C'est à moi qu'il pense ! mon sort se décide ! Que veut-il ? Que rêve-t-il ?

Enfin, les pas s'arrêtèrent.

Une porte s'ouvrit, se referma doucement... on descendait l'escalier...

Et Lilienthal apparut.

Il était plus pâle que jamais. Ses traits tirés, presque convulsés, trahissaient une souffrance bien grande... Car il venait de passer par une véritable torture...

En lui venaient de se livrer bataille deux sentiments contraires, également forts.

D'une part, celui de la discipline inflexible, inexorable, à laquelle son corps et son cœur étaient assouplis depuis toujours.

De l'autre, celui de l'humanité, de la justice, de la pitié...

Lequel, de ces deux sentiments, l'emporterait sur l'autre?

Renaud, à l'approche de l'officier, rectifia, fit sonner les talons, prit la position rigide... son cœur, en battant fort, soulevait visiblement sa tunique.

— Soldat Sauvageot, dit Lilienthal — et sa voix, malgré lui, était assourdie par une émotion intense — je vous avais demandé hier si vous ne désiriez pas solliciter quelque faveur...

— J'ai répondu à mon capitaine que mon unique désir était de pouvoir embrasser Lucas Giraud, mon ami.

— Lucas Giraud a dû se rendre auprès de vous ?

— Je l'ai vu.

— Est-ce donc là tout ce que vous désiriez ?

— Oui, monsieur le capitaine, c'est là, du moins, tout ce que vous pouviez me donner... le reste...

— Le reste ?...

— Appartient au domaine des rêves...

— Expliquez-vous !

— Si j'avais été traité comme une recrue ordinaire, si l'on m'avait laissé faire mon service ainsi que je le voulais, et devenir un bon soldat, par fierté de race, d'abord, et pour m'épargner des punitions ensuite, j'aurais eu le droit, aujourd'hui, de venir vous trouver, monsieur le capitaine, et de vous prier de me donner une permission...

— Laquelle ?

— Celle d'aller dans ma famille passer les fêtes de Noël.

— Et pourquoi, vous et Giraud, ne la demandez-vous pas ?

— Parce qu'il est impossible que vous nous l'accordiez...

— La raison ? fit l'officier dont la voix s'entendit à peine...

Renaud hésita une seconde à répondre... Il allait dire : « Parce que Haute-Goulaine est sur la frontière française, que je puis, d'un bond, être en France, hors du supplice du régiment allemand, hors de l'esclavage d'âme et de corps, et vous savez bien que si vous me laissiez partir pour Haute-Goulaine, jamais, jamais je n'en reviendrais ! »

Il allait le dire...

Et Lilienthal comprit cela, car il lui imposa silence avec une sorte d'épouvante :

— C'est bon ! Gardez vos raisons pour vous !

Renaud se tut, repris d'inquiétude.

Le cri, qui montait du fond de l'âme de l'officier et remuait sa conscience, il ne voulait pas l'entendre chez un autre... Cette désertion probable, certaine, il ne voulait pas y penser... et c'était là toute la tempête qui bouillonnait en lui... Il voulait, devant ce soldat, faire semblant de ne pas croire, de ne pas prêter les mains à l'événement qu'il prévoyait... C'eût été, pour lui, déchoir, et il refusait de déchoir...

Et, du reste, après ce qu'il allait faire, sa résolution était prise de se punir...

Il tira deux feuilles de papier d'un tiroir de bureau.

— Voici !

Renaud, infiniment troublé, prit les papiers.

Il n'osait y porter les yeux, tant cela lui paraissait une espérance folle.

Enfin, il lut, tremblant, y voyant à peine...

L'une des feuilles le concernait...

Son nom, en grosses lettres, le frappa comme s'il était écrit en lettres de feu.

L'autre concernait Pervenche.

Toutes deux étaient libellées de la même façon... les formules ordinaires en étaient imprimées, les lignes laissées en blancs remplies à la main.

Et voici ce qu'il lut :

PERMISSION

Le porteur du présent permis, le soldat, de la 3° compagnie, 9° régiment d'infanterie prussien, 5° escouade, né à Villaville (Lorraine allemande), est autorisé à se rendre à Villaville, du 23 au 26 décembre à sept heures du soir. Il pourra partir le 23 au matin.

Les autorités civiles et militaires sont priées de laisser circuler librement le porteur de ce permis et de lui prêter, le cas échéant, aide et protection.

Coblentz, le 22 décembre 153...

Le capitaine, chef de compagnie,

BERNARD DE LILIENTHAL.

Renaud murmura :

— Est-ce vrai ? Est-ce vrai ?

Il n'osait pas le croire, il s'imaginait, tant il avait souffert, quelque raffinement de supplice nouveau, celui par exemple de lui imposer une condition inacceptable en lui remettant ce congé... la condition de ne pas déserter... de revenir au jour fixé, à l'heure dite, reprendre sa place avec Pervenche dans les rangs du régiment maudit... Alors, il eût préféré n'en point sortir pour n'avoir pas à lutter conte l'envie de passer la frontière.

Il attendait donc que l'officier voulût bien s'expliquer.

A sa grande surprise, Lilienthal gardait le silence...

Ainsi, aucune condition ?

Cette permission lui était remise simplement, comme à tous les autres ?...

Etait-ce encore une fois, possible ? Quel piège cela cachait-il ?

— Monsieur le capitaine, je comptais si peu sur votre bonté que vous me voyez décontenancé, ému aussi, oh ! bien ému...

Lilienthal, répliqua, avec hauteur :

— C'est bien, il suffit...

Mais le regard démentait la parole dure.

Le regard était doux et pitoyable.

Dans les longs silences qui coupaient toutes leurs phrases, presque à chaque mot, il semblait que fussent échangées entre ces deux âmes si lointaines, des impressions généreuses, que les lèvres n'osaient transmettre : les effusions de l'un, qui entrevoyait la liberté, les graves réflexions de l'autre, qui réparait, et mettait fin à une douloureuse injustice.

Mais les mots qui eussent expliqué ne se prononcèrent pas.

Les mains ne se tendirent pas.

Lilienthal fit un geste de lassitude.

— Vous pouvez vous retirer...

— Monsieur le capitaine, je vous remercie encore, fit doucement Renaud.

— C'est bien, c'est bien, allez !

Les traits de l'officier indiquaient, en effet, une fatigue énorme.

Alors Renaud salua, pivota et d'un pas raide, automatique, sortit.

Quand il fut sorti, Lilienthal resta longtemps songeur, accablé, la tête baissée sous le poids de la lourde résolution qu'il avait prise.

Un soupir s'échappa de sa poitrine.

Ses yeux se mouillèrent.

Puis, il alla s'asseoir à un bureau, tira d'un tiroir une feuille de papier à lettres.

Et il écrivit deux ou trois phrases courtes et décisives.

Sa lettre était adressée au ministre de la guerre, mais la suscription de l'enveloppe porta l'adresse du colonel, commandant le régiment.

Le capitaine comte Bernard de Lilienthal ne se jugeait plus digne, après ce qu'il venait de faire, d'appartenir à l'armée allemande.

Il envoyait sa démission.

IX

LE RETOUR AU FOYER

Lorsque Pervenche apprit ce bonheur inespéré, lorsque Renaud lui fit entrevoir, surtout, la certitude qu'il avait, cette fois, de ne plus revenir au régiment, le noué secoua sa grosse tête et murmura :

— Je ne crois pas ça... il y a quelque chose là-dessous !...

Renaud eut beaucoup de peine à le convaincre...

— Nous partons, mon bon Pervenche, je t'assure...

— Je croirai ça quand nous serons arrivés.

— En attendant, voici ta permission. Il s'agit maintenant d'aller retrouver Line et Josette et de ne pas moisir ici.

Pervenche suivit son ami, sans rien dire.

Le « coup de marteau » continuait d'opérer sur son cerveau.

Josette et Line connurent la nouvelle avec transport. Sur-le-champ, on se mit à faire les préparatifs, qui ne furent pas longs. A l'heure permise pour sortir de Coblentz, ils étaient tous les quatre serrés l'un contre l'autre dans un compartiment de seconde classe. Le train les emmenait vers la Lorraine, les ramenait vers la France. Et longtemps, ils restèrent silencieux. Etait-ce donc vrai ? bien vrai ? Leurs yeux s'interrogeaient parfois pour se poser l'un à l'autre cette question, accablés qu'ils étaient par une trop grande joie.

Seul, Pervenche jetait une note discordante :

— Vous verrez ! vous verrez !!

A chaque arrêt du train, il se penchait à la portière, examinait craintivement les quais. Et quand il apercevait des soldats ou des sous-officiers ou des officiers, il se rejetait vivement dans son coin, en claquant des dents :

— Les voilà ! Les voilà ! nous sommes frits !...

Le brave et solide Pervenche avait peur !...

Mais les stations succédaient aux stations et on ne les arrêtait pas. Il fallait bien, pourtant, se rendre à l'évidence !...

A Metz, quand ils débarquèrent, il fallut montrer leur permission au sous-officier de service qui se promenait de long en large sur les vastes quais.

La main de Pervenche tremblait si fort que le sous-officier s'en aperçut.

Il regarda le noué d'un regard soupçonneux.

— Qu'est-ce que vous avez ?

Pervenche, cependant, eut la présence d'esprit de répondre :

— Il a fait un froid de loup, toute la nuit, et le compartiment n'était pas chauffé.

Le sous-officier tourna le dos et s'en alla vers d'autres soldats qui attendaient.

— Bon Dieu de bon Dieu, souffla Pervenche en sortant de la gare, est-ce que ça serait vrai tout de même qu'on serait libre ?...

— Dam ! fit Renaud, ça m'en a tout l'air !...

Comme Line ne marchait pas très vite, Renaud prit une carriole de louage où ils s'entassèrent tous les quatre, les valises près du cocher.

Et en route pour Haute-Goulaine !...

Cette dernière partie du voyage fut également silencieuse.

Trop de souvenirs douloureux ou tendres les accablaient. Déjà, sur la place de la Gare, Renaud avait jeté un regard attristé vers le chalet où jadis avait habité le capitaine de Lilienthal... De sa démarche auprès de l'officier, certain jour, étaient parties bien des souffrances... Et il ne songeait pas sans émotion à l'autre Lilienthal, à ce frère jumeau d'Ulrich, à Bernard, qui avait voulu assurer, dans la mesure où il était possible, la réparation d'une telle infamie, le crime de son frère...

Bientôt, au loin dans la neige, on distingua les bâtiments massifs des usines de Haute-Goulaine. Les panaches de fumée filaient droit vers le ciel bleu et pas le moindre souffle de vent n'en faisait dévier la rectitude. Très hauts, seulement, ils s'éparpillaient lentement en une coupole de nuages qui flottaient un instant, comme indécis pour s'évaporer ensuite dans l'éther, bus et pompés par le clair soleil.

— Mon père, murmura Renaud... Comment va-t-il m'accueillir ?

Devant la maison, la carriole s'arrêta. Ils descendirent tous les quatre. Renaud paya le cocher et la voiture au petit trot du cheval ferré à glace, reprit le chemin de Metz.

Ils entrèrent. Au fond, la grande maison semblait endormie, très calme.

Pourtant, ils avaient à peine fait quelques pas le long des pelouses gelées et des massifs dégarnis, que la porte du perron s'ouvrait et qu'un homme, de haute taille, apparaissait sur le seuil.

Et tout de suite, les yeux brouillés de larmes, Renaud reconnut Sauvageot le Dur.

Alors, pris de crainte, il n'osa plus s'avancer...

Le père, non plus, là-bas, ne bougeait pas... Ce fut un drame intense, qui dura ainsi quelques secondes... Renaud ne voyait plus rien...

Ce fut Josette qui dit :

— Oh ! mon Renaud, viens, viens vite... il te tend les bras !

C'était vrai !

Lui aussi, là-bas, du haut du perron, Sauvageot avait reconnu l'enfant qui revenait, revêtu de cet uniforme sous lequel il avait souffert presque jusqu'à la folie, presque jusqu'à la mort... et son cœur s'était fondu...

Lui aussi pleurait...

Voilà pourquoi il n'avait plus la force de faire un pas, à sa rencontre !

Leur étreinte fut longue.

Et Renaud crut entendre que son père lui murmurait à l'oreille, par deux fois :

— Pardon ! oh ! pardon !!

Josette et Line voulaient poursuivre leur route vers la Faloise, mais Sauvageot les en empêcha. Déjà, il avait donné des ordres à un domestique qui était parti pour prévenir Clément le Doux.

Clément arriva dans l'après-midi, cachant sous une apparente froideur l'émotion profonde qui le bouleversait.

Il n'avait pas revu son frère depuis le départ de Renaud. Le domestique envoyé par Joseph lui avait appris l'arrivée de deux soldats, de Josette et de Line. Si Josette était restée à Haute-Goulaine, au lieu de s'en venir tout de suite à la Faloise, c'est donc que Joseph se repentait ?...

C'est donc qu'il songeait à la réconciliation ?

Lorsqu'il pénétra au salon, et avant toute effusion des enfants, Joseph s'avança vers Clément le Doux et dit, la voix troublée et plaintive :

— Veux-tu oublier ?... Veux-tu que ce soit comme par le passé ?

Clément lui tendit les mains.

— Il suffit que tu me le demandes, Joseph, pour que j'oublie tout. Et nous vivrons sans que rien du passé revienne jamais entre nous...

Ils restèrent ce jour-là et le jour suivant à Haute-Goulaine, en cette intimité de tendresse. Renaud raconta sa vie, depuis octobre, au régiment, et les deux frères écoutaient, tout pâles, sans force pour interrompre...

— Et maintenant, interrogea Joseph, que vas-tu faire ?

— Que me conseillez-vous ?

— Je ne veux pas que tu retournes là-bas... Tu finirais par ne plus revenir...

— Je peux vous dire maintenant que telle était mon intention...

— Je suis même surpris que tu aies pu obtenir cette permission.

— Moi, dit Renaud, j'ai été longtemps à n'y point croire.

— Et moi, fit Pervenche, entêté, je n'y crois pas encore. C'étiont si extraordinaire !

— Va donc, mon fils. Je ne te retiendrai plus. En te conseillant ainsi, il me semble que je te sauve la vie... Je sais que la désertion me causera des soucis, que les autorités allemandes s'en prendront à moi, que je serai frappé d'une forte amende. Je suis prêt à tout supporter... Tu ne seras pas loin de moi... Tu ne pourras, toi, venir m'embrasser. Moi, j'irai te voir, car j'espère bien qu'en France, au lieu de t'envoyer dans l'intérieur, on te permettra d'habiter la frontière...

Et se tournant vers Josette :

— Bientôt le mariage, je suppose ?...

A Renaud, la voix plus triste cette fois :

— Tu as une réparation éclatante à lui donner, mon fils.

Josette baissa les yeux. Renaud était grave.

— Ce sera bientôt, père, dit-il... Nous n'avons pas oublié la devise qui fut celle de notre vie entière !...
« S'aimer, s'aimer toujours, s'aimer malgré tout ! »

Clément, très bas, avec un peu de sévérité ajoutait :

— Et il y a, à la Faloise, un enfant que nous avons été obligés de déclarer à l'état civil, en ton absence, de père inconnu...

Un frisson parcourut Renaud.

Que de fois il avait pensé à cet enfant de l'autre, à l'enfant du crime !!

L'enfant de Lilienthal !!

Josette guettait ardemment son visage. Renaud rencontra son regard. Ce regard disait clairement à son ami :

— N'afflige pas ta vie d'un tel supplice ! Sacrifie-moi et dis la vérité !

Renaud sourit et se contenta de répondre :

— L'enfant a retrouvé son père !

Ils attendirent la nuit pour quitter Haute-Goulaine, non point tous les quatre ensemble, ce qui aurait pu attirer l'attention, mais d'abord Line et Josette accompagnées de Clément, et ensuite les deux soldats qui avaient revêtu des habits civils.

Les autres, uniformes maudits, ils les avaient retournés au régiment, soigneusement empaquetés. Ils n'écrivirent point sur le ballot l'adresse de Lilienthal.

Renaud avait compris la générosité de l'officier, la torture de cette âme aux prises avec tant de douloureuses hésitations. Faire connaître ainsi, brutalement, à Lilienthal l'acte de leur désertion, ce procédé lui répugnait.

— Nous renverrons notre saint-frusquin au colonel, dit-il.

Mais Pervenche ne trouvait pas la chose à son goût.

Tout à coup, il lui vint une idée :

— C'est à cause de ce misérable Schade que nous avons quitté le régiment, dit-il, c'est donc à Schade qu'il faut renvoyer le ballot.

Renaud sourit.

— C'est trop juste ! dit-il.

Et l'adresse fut ainsi libellée.

— Il comprendra sans doute, fit Pervenche, et il deviendra peut-être un peu plus doux, un peu plus juste pour les pauvres qui sont restés là-bas.

— Tu ne connais guère cet homme, mon brave Pervenche, j'ai bien peur, au contraire, que sa cruauté ne redouble !... Il se vengera sur les autres de la déconvenue qu'il a éprouvée à cause de nous.

— Alors, tant pis pour lui. Il lui arrivera malheur. Spiess et Landeberg n'ont pas réussi la première fois, mais ils sont capables de recommencer leur coup.

Une heure après le départ de Clément, ils partaient à leur tour.

Dans l'intervalle, Sauvageot le Dur avait eu le temps de parler de ses affaires. Il n'avait plus les embarras d'autrefois. Il est vrai que le meurtre de Lilienthal, l'accusation qui avait un moment pesé sur Renaud, la tentative avortée de désertion, l'internement du jeune homme en forteresse, avaient enrayé ses visées politiques et mis pour jamais le terme à son ambition, mais d'autre part, il avait vu, près de lui s'en aller à la débandade la maison de Fischer, concurrente redoutable et triomphante.

Fischer, après la mort d'Elise, avaient vendu ses usines qui furent rachetées par un Lorrain annexé. Ce fut, entre les deux fabriques, la concurrence toujours, mais loyale et le gouvernement n'avait plus les mêmes raisons, Fischer parti, de favoriser l'une ou l'autre. Sauvageot se libéra aisément, avec des arrangements à longues échéances envers le père Fischer qui savait sa fille coupable et qui devait une réparation à la famille de Joseph. Ensuite, il retourna en Allemagne.

Telles furent les nouvelles que Renaud apprit.

Vers onze heures, Joseph embrassa une dernière fois son fils.

— Va, mon enfant... A la Faloise, nous ne serons pas loin l'un de l'autre... Nous nous verrons souvent... Et même, tu sais ? des deux terrasses, avec des lunettes, on s'aperçoit très bien.

La nuit était très froide, très claire. Il gelait à pierre fendre.

Pervenche et Renaud s'esquivèrent de Haute-Goulaine. La surveillance était active et constante aux alentours, il leur fallait donc s'entourer de précautions. Ils filèrent entre les saules nus des rives du petit ruisseau dont l'abri avait servi à Renaud une fois déjà. La glace était dure et les portait. Pour ne pas faire de bruit, ils avaient entouré leurs brodequins avec d'épais chaussons de laine. Nul n'aurait pu les entendre. Et les rares oiselets frileux qui s'abritaient sous les ramures se remuèrent à peine à leur passage.

Ils atteignirent le bois des Moines sans encombre.

Le ruisseau, là, formait frontière, nous l'avons dit.

Ils enjambèrent la rive et sautèrent en France.

Ces deux cœurs palpitaient d'émotion et de joie...

Ils restèrent un instant silencieux, immobiles, puis se tendirent les bras et s'étreignirent.

Libres, enfin, ils étaient libres...

Un bruit de branches froissées sous des pas lourds attira leur attention.

Deux gendarmes allemands apparurent... en tournée de nuit.

— Il était temps...

Ils examinèrent un long moment les déserteurs... L'un d'eux, même, abaissa sa carabine. Car il avait reconnu Renaud et Pervenche... C'était le gendarme sur le casque duquel le jeune homme avait sauté à pieds joints, en s'enfuyant du cimetière...

Un ordre bref de l'autre — un gradé — fit remettre la carabine en bandoulière...

Et Renaud, goguenard, battant la semelle et soufflant dans ses doigts :

— Gardez vos cartouches, mes braves...

Un souvenir lui revint, des bords de la Moselle, le souvenir du joyeux et rusé soldat de la légende racontée par son grand-père :

Ça sera pour quand je repasserai par ici !!

Sans plus s'occuper des gendarmes, Renaud et Pervenche poursuivirent leur chemin.

Devant le vieux moulin en ruines, ils remarquèrent, à une étroite fenêtre du rez-de-chaussée, qu'une lumière tremblotait.

— Le grand-père n'est pas couché ! murmura Renaud.

En effet, de temps en temps, une haute silhouette passait et repassait dans la chambre, projetant son ombre sur les rideaux.

Ils n'hésitèrent pas et frappèrent à la porte.

L'ombre disparut de la fenêtre ; les pas s'approchèrent de la porte qui s'ouvrit.

Et de la demi-obscurité une voix grave partit :

— Entre, Renaud ! Entre, Pervenche ! Je vous attendais, mes enfants !

Mais quand ils purent distinguer plus nettement la

figure du vieux Sauvageot, ils s'aperçurent qu'il était bouleversé par l'émotion et qu'il pleurait.

Il les embrassa en silence.

Sous sa blouse qu'il ne quittait pas plus l'hiver que l'été, ils sentirent le cœur qui battait à grands coups précipités.

C'était vrai qu'il les attendait, pourtant.

Sur une petite table, il y avait trois verres et une bouteille de vieille eau-de-vie de mirabelles toute vénérable, toute poussiéreuse.

Il versa trois verres, leva le sien.

Et, après avoir surmonté son émotion, il dit :

— Fêtons Noël ! Fêtons votre délivrance !

Et ils trinquèrent joyeusement.

Au même instant, comme pour répondre à cet appel, des harmonies lointaines se firent entendre, dans le calme profond de la nuit glacée.

Ce fut d'abord la cloche de l'église de Villaville.

Et presque aussitôt, parce qu'elle ne voulait pas être en retard, s'ébranla dans son clocher pointu la cloche de l'église de Thiancourt.

D'accord cette nuit-là, comme elles avaient toujours vécu.

D'accord pour les grandes fêtes et d'accord pour les grands deuils, dans les joies comme dans les soucis...

Elles sonnaient le premier coup de la messe de minuit...

— Oui, dit le vieillard, je vous attendais... Quand on est venu me prévenir que vous aviez un congé et que vous arriviez à Haute-Goulaine, j'ai répondu que je le savais ! Quand j'ai entendu des pas tout à l'heure dans les broussailles, je me suis dit : c'est Renaud et Pervenche qui sont rentrés en France. Je savais que ce congé, on ne vous le refuserait pas... car il y a encore une justice au fond du cœur des hommes... et j'avais foi dans cette justice... C'était l'heure, seulement, de votre fuite que j'ignorais... Mais je savais aussi que vous passeriez de ce côté, à cause du bois des Moines qui est un asile commode, et que vous alliez franchir le seuil du moulin... C'est ainsi que depuis midi, la bouteille et les trois verres attendent... A votre santé, mes enfants...

Il trinqua de nouveau et fit claquer sa langue :

— C'est de la bonne Lorraine, vous êtes transis et ça

doit vous réchauffer... Heureusement que nous n'avons
pas encore chez nous de médecin pour défendre d'en
boire... oui, oui, heureusement !

Il se mit à rire.

Il y avait bien longtemps, dix ans peut-être, que le
grand-père n'avait pas ri !

— Maintenant, dit-il — devant leur air étonné — je
parie que vous ne comprenez pas comment j'avais deviné
votre retour... comment, surtout, j'en étais sûr...

— Ma foi, grand-père, fit Renaud, à moins d'être sorcier...

— Oui, c'est un peu cela, je suis sorcier... tu vas voir...

Alors il conta son voyage mystérieux à Coblentz, en
se cachant de la police allemande qui l'eût reconduit à la
frontière, puisqu'il était expulsé d'Allemagne. Il conta sa
visite à Lilienthal, les graves paroles échangées... les
cruelles confidences faites... toute l'histoire tragique qui
avait commencé au passage du régiment de Metz devant
le kiosque de Haute-Goulaine et qui prenait fin en cette
nuit de Noël seulement.

— J'ai fait cela, j'ai dit ces choses parce qu'il fallait te
sauver, mon Renaud... j'ai eu confiance dans la probité
d'un autre...

Il prit une lettre ouverte dans son portefeuille.

Il la déplia et la tendit à Renaud.

— Lis et tu te rendras compte.

Renaud courut tout de suite à la signature.

La lettre était signée de Bernard de Lilienthal.

Elle disait :

« J'ai cru qu'il fallait réparer, et ainsi accomplir mon
« devoir d'homme... Mais j'ai manqué à un autre devoir
« aussi impérieux, aussi redoutable, et je me suis puni
« comme soldat...

« Je ne suis plus soldat ! »

La cloche de Villaville s'ébranla de nouveau, sonnant
le dernier coup de la messe.

L'église de Thiancourt se hâta de répondre.

— Allons, mes enfants, séparons-nous... on vous attend à la Faloise... Nous avons le temps de nous revoir...
bien que je me fasse tout à fait vieux... Je me sens quand

même encore bon pied, bon œil... Avant de nous séparer, trinquons une dernière fois !

Ce qu'ils firent...

— Je vais à la messe de minuit. Demain, à la Faloise, mettez un couvert de plus... et vous verrez, bien que je n'aie plus de dents, si je sais faire honneur au déjeuner...

Depuis des années et des années, jamais le bonhomme n'en avait tant dit...

Les deux jeunes gens sortirent, s'engagèrent dans le bois...

Mais ils entendirent encore une fois la voix du grand-père qui leur criait :

— Je suis content ! Je suis bien content !

Une demi-heure après ils entraient à la Faloise où, dans la cour, des lanternes aux mains, tous, hommes et femmes, Clément et Josette en tête, les attendaient pour les fêter.

X

UNE NUIT DE RÉVEILLON.

La messe de minuit était finie.

Tous les gens de la Faloise étaient rentrés à la ferme et s'y livraient aux agapes traditionnelles. Dans la grande salle de la maison, Clément fêtait, devant une table bien servie, le retour des deux soldats. Et Josette et Line étaient là comme les autres.

Josette, toujours triste, bien qu'elle s'efforçât de sourire...

Josette pensait à l'enfant, à l'enfant de l'autre qui n'était pas loin et qu'on allait amener tout à l'heure...

Qu'on allait amener à Renaud pour le lui faire embrasser !

Et elle tremblait à cette seule idée, à l'idée de ce supplice infligé à cet homme.

Mais elle s'efforçait toutefois de ne rien laisser paraître sur son visage des émotions qui la bouleversaient.

Les gens la croyaient heureuse en la voyant sourire...

Vers la fin du repas, dans une de ces accalmies qui se produisent souvent aux réunions des repas et pendant lesquelles les conversations, un instant montées trop haut, cessent tout à coup sans raison et brusquement, on entendit dans le lointain de la campagne une fanfare joyeuse, accompagnée de chants, de cris, de coups de fusils, et d'un tintamarre de batterie de cuisine... Des notes de clairon dominaient parfois, parfois le tumulte s'apaisant, on ne percevait plus qu'un roulement de tambour...

Ils tendirent l'oreille. Quelques-uns s'élancèrent vers la porte.

Toutes les figures s'éclairaient.

— Les Vosenottes ! Les Vosenottes !...

— Je parie qu'ils viennent à la Faloise !

— Sûr !

— Buvons ! dit Clément le Doux, avec gaieté. Buvons en les attendant. Ils ont sans doute quelque accordailles à nous apprendre.

Renaud et Josette échangèrent un regard.

Ils se rappelaient certain soir où, pareillement, les jeunes gens de Thiancourt étaient venus, et où Clément avait ordonné à sa fille de ne pas les recevoir. C'est en vain qu'ils avaient crié :

— Mariage ! Mariage !

Josette, à demi évanouie, avait dû répondre :

Mon père est en chagrin, ma mère en tristesse
Et moi je suis fille de trop grand merci
Pour ouvrir ma porte à cette heure-ci.

Depuis lors, que de tristesses dans leur vie ! Mais aujourd'hui, tous ces mauvais souvenirs avaient disparu. Les garçons de Thiancourt avaient raison de venir.

Ils se rapprochaient sans arrêt, au bruit de leur infernal concert.

Et justement, parce qu'ils ne s'arrêtaient nulle part, aux portes de certaines maisons du village où pourtant des cœurs battaient l'un pour l'autre, on comprit qu'ils se dirigeaient vers la Faloise, directement.

Tous les entretiens avaient cessé, on ne pensait même plus à boire !

Quand ils furent tout près de la ferme, on n'entendit plus ni les coups de fusil, ni les trompettes, ni les cris, ni les battements de la batterie de cuisine... Et comme il y avait une épaisse couche de neige, les pas s'y étouffaient.

Un vieux murmura :

— Je suis sûr qu'ils sont là, sous les fenêtres !

Il ne se trompait pas, car tout à coup, contre le mur, au dehors, le charivari reprit de plus belle, trompettes, hurlements, batterie de cuisine et coups de fusil.

Renaud était venu s'asseoir auprès de Josette.

De Josette bien pâle et qui tremblait bien fort.

Il lui prit la main et la garda en la serrant avec une infinie tendresse :

— S'aimer, Josette ! S'aimer toujours et malgré tout !

Un silence encore, après quoi une voix aiguë, de toute la force de poumons solides, clama dans la nuit :

— Mariage ! Mariage !

Et la bande hurla :

— Oui, oui, qui voulez-vous marier ?

— Donne qui donne ! Je donne la gentille petite Line au bon Pervenche... Hé ! vous autres, seront-ils bien mariés ?

— Ma foi, si fait !...

Line était côte à côte avec Josette.

Josette sentit que l'aveugle appuyait la tête contre son épaule... et qu'elle s'abandonnait, prise de faiblesse, sous le coup d'une trop forte émotion.

Elle la prit dans ses bras, la fit revenir à elle, sous ses caresses.

La bande, au dehors, se taisait de nouveau.

On attendait la réponse... peut-être... et cette réponse consistait simplement à aller ouvrir la porte et à dire aux jeunes gens :

— Entrez, nous boirons à la santé des fiancés !

Pervenche, tout en pleurs, — oui, Pervenche pleurait — se levait déjà et se dirigeait vers la porte, lorsque Clément le Doux l'arrêta en disant :

— Attends un peu... ils n'ont peut-être pas tout dit !!

En effet, nouveau charivari, suivi d'accalmie, après quoi une voix de femme chanta :

> Ouvrez la porte, ouvrez,
> Josette, ma mignonne,
> J'ons des cadeaux à vous présenter.
> Josette, ma mie, laissez-nous entrer...

Ensuite, une voix d'homme :

— Mariage ! mariage !

— Oui, oui, qui voulez-vous marier ?

— Donne qui donne ! Je donne la jolie Josette à Renaud Sauvageot ! Hé ! vous autres, seront-ils bien mariés ?

— Ma foi si fait !...

Clément ouvrit la porte toute grande et dit, à la cohue qui s'y pressait :

— Entrez, enfants, cette fois entrez ! Nous boirons à la santé des jeunes gens !

Ils firent irruption dans la salle. Des poignées de mains vigoureuses s'échangèrent. Déjà des domestiques de la ferme se précipitaient aux caves pour en rapporter des bouteilles de vin. Des femmes rinçaient les verres, les disposaient devant les visiteurs.

Une heure après la salle était vide.

Le calme était revenu à la Faloise. Line et Pervenche, même, étaient partis.

Clément s'approcha de Renaud et lui dit, non sans quelque reproche :

— Tu n'as pas encore demandé à voir ton fils !

Son fils !! Ce simple mot bouleversa le jeune homme.

Josette écoutait, souffrait un martyre, les mains jointes sur son cœur.

Renaud fit appel à toute sa présence d'esprit.

— Il doit dormir... je le verrai tout à l'heure...

— La nourrice vient de m'avertir qu'il s'est éveillé... Je lui ai dit de l'amener...

L'enfant avait six mois.

Lorsqu'il naquit, la mère cacha les sentiments qu'elle éprouvait et dont la violence l'épouvantait.

Josette avait horreur d'elle-même.

Non seulement elle n'aimait pas ce fils...

Elle le haïssait.

En vain essaya-t-elle de réagir... Sa répugnance fut la plus forte... En vain se disait-elle qu'il n'était pas possible qu'elle fût mauvaise mère... et que l'enfant n'était pas responsable, gentille victime si innocente, rien n'y fit...

Plus tard, sans doute, de l'affection viendrait.

Pour le moment, ce n'était que douleur, souvenir cruel, aversion...

Saine et robuste, les seins gonflés de lait, elle aurait pu le nourrir... Et si elle l'avait nourri, son cœur se fût attendri aux premiers regards souriants qu'elle aurait reçus de ses yeux d'ange, aux premiers vagissements de la petite bouche goulue...

Elle s'y refusa, prétextant de sa fatigue, à son père étonné et alarmé.

Alors, une nourrice avait été choisie : l'enfant n'avait pas quitté la ferme.

Elle apparut, la nourrice, apportant le bébé enveloppé dans une large pelisse blanche, ouatée, de laquelle émergeait seulement sa tête rose.

Réveillé dans la nuit, s'amusant de ces lumières allumées partout dans la grande salle, il jasait en agitant ses petits poings potelés et il trépignait des pieds dans ses langes...

Clément — qui ignorait le drame de sa naissance — le regardait tendrement, l'âme pleine de la douceur des grands-pères qui recommencent leur vie dans les tout petits et revivent les joies anciennes, et aussi les anciennes douleurs. Il prit l'enfant des bras de la nourrice, l'éleva au-dessus de sa tête :

— Hein ? Est-il solide ! A-t-il bonne mine ! Et vous verrez ses reins... ça conduirait déjà la charrue... Il est râblé comme un lièvre...

Et comme il secouait légèrement l'enfant, celui-ci se mit à rire aux éclats, le vide rose de sa bouche tout grand ouvert...

La nourrice intervint.

— Monsieur, monsieur, ne le faites pas rire comme ça, il va suffoquer...

Clément le tendit à Renaud.

— Tiens, à ton tour... C'est une figure nouvelle pour

lui... et sa mère aussi qu'il n'a pas vue depuis longtemps... Quand elle est partie pour se rapprocher de toi,
à Coblentz, c'est à peine s'il commençait à se servir de
ses yeux... Nous allons voir quel accueil il va vous faire,
à l'un comme à l'autre...

Renaud prit l'enfant.

Ses bras tremblaient... Clément s'en aperçut. Il se mit
à rire.

— Hein ? L'émotion ? Ça fait tout de même quelque
chose, ces petits-êtres-là !... Je parie que tu te découvres
un cœur que tu n'avais pas...

Renaud regardait, les yeux troublés, ce fils de Lilienthal.

Devant ce visage sérieux et triste, le bébé était devenu
grave et il semblait considérer cet homme avec une réflexion profonde.

Puis tout à coup, il tendit les mains vers sa nourrice
et se mit à pleurer.

— Hé ! dit Clément sans défiance, tu ne parais pas lui
plaire ! Il s'habituera...

Il était impossible que cette scène durât plus longtemps
sans que Clément le Doux s'aperçût du désarroi d'esprit,
du trouble mortel où Renaud et Josette elle-même com-
mençaient à se trahir.

Un silence gênant suivit ces dernières paroles.

— Eh bien ? finit par dire Clément, voilà tout ce que tu
trouves pour ton fils, Josette, après ces mois d'absence ?
Et toi aussi, Renaud, qui ne l'avais jamais vu...

— Je regarde, mon oncle, et j'essaye de m'habituer à
mon bonheur...

— Prends-le !

Et Clément le lui mit dans les bras, sans s'apercevoir
que les bras étaient agités par un tremblement violent. Les
yeux du jeune homme chaviraient. Il sentait qu'il allait se
trouver mal. Il fit sur lui-même un suprême effort.

L'enfant, dans ces bras étrangers, continuait de pleurer, mais plus doucement.

— Embrasse-le donc !

Renaud regarda le vieillard. On eût dit qu'il ne comprenait pas ce qu'on lui demandait, cette chose si simple,
pourtant.

Et son regard s'étant reporté sur Josette, il vit qu'elle était défaillante.

Il se raidit...

Il dit :

— Si je l'embrasse, je vais peut-être le faire pleurer plus fort.

Clément se mit à rire.

— On voit bien que tu n'y entends goutte... fais-lui des risettes, des grimaces... Je vais te montrer comment on s'y prend... ça te fera une leçon...

Et, en effet, le vieillard, en une seconde, eut consolé l'enfant qui de nouveau se mit à éclater de petits rires, en gigotant des mains et des pieds.

— A ton tour, maintenant !

Mais c'était trop demander au courage de Renaud.

Josette, redoutant une catastrophe, venait à son secours, disant à la nourrice :

— Allez le remettre au lit... Désormais nous aurons bien le temps de le dorloter...

Clément ne l'entendait pas ainsi.

Avec une obstination joyeuse, où pourtant Renaud et Josette devinèrent la gêne d'un premier étonnement, peut-être d'un premier soupçon qui naissait :

— Non, non, la nourrice ne remontera pas avant que tu aies embrassé ton fils. On dirait, ma parole, que ce pauvre enfant te fait peur ?

Alors, il fallut s'exécuter.

Et, fermant les yeux, le jeune homme posa un baiser léger sur le front du petit. Le bébé se tut et regarda l'étranger, avec cette observation profonde et parfois déconcertante qu'ont souvent ces êtres frêles, au seuil de la vie. Et ce regard, vraiment, semblait dire à Renaud, dire à Josette :

— Qui êtes-vous ? D'où venez-vous ? Vous présentez-vous à moi comme des amis qui vont m'aimer, me soigner, rendre mon enfance gâtée et heureuse, insouciante et gaie, des amis dans le cœur desquels j'irai pleurer quand j'aurai un gros chagrin, à l'affection desquels j'aurai recours, quand je désirerai quelque chose ? Ou bien comme des ennemis dont je vais avoir tout à craindre, pour qui je ne se-

rai jamais qu'un fardeau lourd, insupportable, qu'un souvenir de malheur, qui n'auront jamais pour moi de tendresse, qui me laisseront vivre dans une atmosphère glacée... qui seront injustes... et indifférents... très loin de
moi... et qui, de mes premières années, feront des années
de doutes, de crainte et de silence ?... Pourquoi cet homme,
au visage si loyal, n'a-t-il pas voulu m'embrasser ?... A
peine si j'ai senti ses lèvres... et cela était très froid. Pourquoi cette femme si douce, aux yeux si candides, si tristes, si tendres, ne m'a-t-elle pas donné la plus légère marque d'affection ?... Elle ne m'a même point tendu les
bras... Je l'ai vue qui se détournait... Pourquoi ? Pourquoi ?...

La nourrice arrangea autour de lui la grande pelisse
ouatée.

— Allons au dodo ! fit-elle.

Et elle le remporta.

Bientôt Josette elle-même regagna sa chambre de jeune
fille, pendant que Renaud restait encore quelques minutes
à causer avec son oncle.

Clément paraissait préoccupé, n'écoutait pas Renaud qui
s'efforçait de parler, sans jamais s'interrompre, parce que,
d'instinct, il avait peur du silence.

Le vieillard finit par dire, timidement :

— Sais-tu bien que tu ne lui as pas fait un accueil cha-
leureux ?

— A qui ?

— A ton fils, parbleu !... Est-ce que tu ne l'aimeras pas ?

— Oh ! mon oncle, à quoi pensez-vous !...

— Dam ! à en juger par l'apparence...

Et lentement, timidement, il ajoutait :

— Tu l'aimeras, n'est-ce pas, Renaud ?... Tu l'aimeras
comme tu dois l'aimer ?...

— Certes !

— Tu me le jures ?

— Est-il donc besoin d'un serment, pour faire une chose
si naturelle... Ne suis-je... pas ?...

Sa gorge se contracta. Il se sentit mourir. Pourtant, il
eut la force d'achever :

Ne suis-je pas son père !

Clément lui serra la main, longuement.

Et ce fut tout, ce soir-là...

Quelques minutes après, toutes les fenêtres étaient éteintes, à la Faloise.

Cependant, tout le monde n'y dormait pas...

Renaud et Josette rêvaient, tenus en éveil par la vision de l'enfant innocent, qui, désormais, allait enchaîner leur vie à un douloureux devoir.

ÉPILOGUE

LA CONQUÊTE D'UNE MÈRE

I

LE SUPPLICE DE L'ENFANT

Le mariage se fit à la fin de janvier.

Renaud restait définitivement à la Faloise.

Le même jour, à la même heure, dans la même église de Thiancourt, Line épousait Pervenche, Line toute rose, toute souriante, Line heureuse.

Ce fut une nouvelle série de réjouissances pendant lesquelles ceux qui voulaient oublier le passé, avant d'aborder les tourments de l'existence prochaine, purent se faire encore des illusions.

Parmi les éclats de la joie générale et les félicitations, et les repas, et les danses, l'esprit n'a plus du tout son sang-froid, et c'est une griserie morale.

La griserie disparue, on se retrouve aux prises avec la réalité triste, avec le dur terre-à-terre des obligations, des devoirs de chaque jour.

Les fêtes terminées, la vie commença.

Renaud et Josette s'aimaient avec passion, ces deux cœurs étaient d'une probité scrupuleuse. Leur droiture était parfaite. Rien ne manquait plus à leur bonheur. Et ce fut une existence douloureuse que la leur.

Durant les premières années, ils essayèrent, dans leur loyauté profonde, de s'attacher à l'enfant.

Ils n'y parvenaient pas.

Entre leur propre affection et toutes les manifestations naïves de tendresse qu'ils recevaient du petit Henri, se dressait sans cesse le fantôme de l'homme qui était le vrai père, le père infâme.

Et si Josette se criait, parfois, au milieu de ses remords:
— Je suis sa mère...

Renaud se répétait qu'entre lui et l'enfant, il n'était rien de commun.

Que de fois, pendant les premières années, le mari et la femme se penchèrent sur ce visage aux yeux bleus... interrogeant chaque trait, chaque jeu de physionomie, dans la crainte affreuse d'y retrouver quelque souvenir de l'autre !... Oui, les yeux étaient bleus, comme ceux de Lilienthal, mais ce n'était pas le même bleu, ni surtout le même regard. C'était un bleu profond, très doux, et qui, souvent, paraissait presque noir. Ce n'était pas cette couleur de l'acier qui rendait si dur le regard de l'officier. Le front était large, intelligent, peut-être bien un peu volontaire, mais la volonté et l'entêtement, quand ils sont bien dirigés, ne sont point des défauts chez les garçons. La bouche, étroite et un peu charnue, disait plutôt la bonté et elle était toujours prête à tous les rires. Le visage n'avait pas les pommettes saillantes de la race du père. Il était fin et allongé comme celui de la mère. Et les cheveux, déjà foncés, seraient noirs, assurément.

Quand il eut quatre ans, la ressemblance avec la mère s'affirma encore.

Cette fois, il n'y avait plus à douter...

La nature avait été généreuse... Elle n'avait pas voulu perpétuer le crime par le rappel constant, visible, du visage du criminel...

Elle avait donné à l'enfant les traits de la victime.

Mais les âmes, autour de lui, restaient fermées.

Pas toutes pourtant ; celles seulement, de Renaud et de Josette.

Quant aux autres, elles s'ouvrirent à l'enfant, de toute leur tendresse.

Si Renaud et Josette lui manquèrent, il lui resta Pervenche, qui lui consacra toutes les heures qu'il avait de liberté, qui l'emmenait avec lui, et avec Line, dans les champs et dans les bois, tantôt le laissant trotter, près de ses grandes jambes, et tantôt le portant, quand le petit était fatigué. Il s'amusait à lui confectionner toute sorte de jouets, des moulins à vent, des moulins à eau, des trompettes, des pistolets, des arrosoirs, le tout avec des branchettes cueillies dans les bois...

Line avait donné un garçon à Pervenche.

Ce fut un ami pour Henri, un frère dont il était l'aîné, et qu'il affectait de vouloir diriger et protéger avec autorité.

Quand le nouveau venu fut en état de marcher, il n'eut plus guère d'autre compagnon qu'Henri : de toute la journée, hiver et été, ils ne se quittaient pas.

Même, à la longue, Henri préféra le foyer de Pervenche, où il ne rencontrait que des sourires, où il sentait la flamme d'une affection forte, à la maison de son père et de sa mère.

Ici, jamais de paroles de tendresse. Devant lui, on se taisait, comme si Josette et Renaud obéissaient à une consigne, comme s'ils étaient frappés de mutisme...

Certes, il ne recevait jamais d'eux aucune marque de sévérité.

Encore moins d'injustice...

A peine, quand il avait fait quelque sottise, une réprimande légère.

Mais l'instinct de l'enfant lui disait que ces deux cœurs étaient de glace. Il s'était habitué à regarder son père et sa mère avec crainte. Devant eux soudain, il cessait des ébats si bruyants et si animés qu'ils fussent. Il prenait un air timide et peureux. Ses bons yeux doux imploraient une caresse...

Mais la caresse n'était jamais venue.

A défaut du père et de la mère, il lui était resté aussi le grand-père Sauvageot.

Par malheur, il n'avait pas pu jouir longtemps de cette affection. Le vieillard s'était éteint, alors qu'Henri avait à peine trois ans. Il était venu mourir à la Faloise, quittant les ruines du vieux moulin dont la décrépitude, l'humidité, les courants d'air, n'avaient pas été sans hâter sa fin. Il ne se décida à rentrer à la Faloise que quelques jours avant sa mort, quand il comprit que tout était fini.

Enfin, il restait Clément le Doux.

Ce fut son cher ami, avec Pervenche, l'ami auquel il faisait ses confidences de gamin, auprès duquel il vécut, sans trop de soucis, malgré tout, jusqu'à l'âge où les enfants commencent à réfléchir...

Lorsqu'il eut ses premières réflexions graves, celles qui étaient douloureuses et que faisait naître la répugnance que lui témoignaient son père et sa mère, ce ne fut ni à Pervenche qu'il les confia, ni même au grand-père.

Pervenche aurait pu doucement se moquer de lui.

Le grand-père aurait pu le gronder.

Ce fut à Line...

Ce fut contre le cœur de la gentille aveugle que l'enfant versa ses première larmes

Il avait huit ans. Il était grand et fort. Son intelligence était très développée, mais l'éloignement où il était tenu, à la Faloise, par ceux qui auraient dû l'aimer le plus, avait singulièrement accru sa sensibilité nerveuse...

Il ressentait, et par conséquent souffrait, profondément...

C'était par une après-midi de mai, à quatre heures, au moment où Henri sortait de l'école de Thiancourt, seul peut-être à ne pas courir, dans la galopade effrénée de tous les gamins qui se bousculaient comme des poulains lâchés en liberté.

Il aperçut Line, tout à coup, qui, son bâton à la main, attendait, assise sur un banc de bois contre le mur de l'école.

Elle s'était trouvée au village à l'heure de la sortie, et elle avait eu l'idée de faire route avec l'enfant, jusqu'à la Faloise.

— Tu m'attendais, Line ? fit Henri en l'embrassant.

— Oui, tu veux bien être mon compagnon ?

— Oh ! Line, que je suis content ! Je ne sais pas pourquoi je suis plus triste aujourd'hui que les autres jours... Et si tu consens... si tu as le temps... au lieu de rentrer tout de suite... il fait si beau... nous prendrons le chemin des écoliers.

Il accrocha les bretelles de son sac de classe qui contenait ses cahiers et ses livres.

Et il prit la main de l'aveugle.

— Je vais te conduire !

— Conduis-moi où tu veux. J'ai le temps, dit-elle. Pervenche est à la maison.

Line était restée si mignonne qu'elle avait l'air de la grande sœur d'Henri.

Ils marchèrent longtemps dans la campagne ensoleillée sans échanger un mot.

Mais Line serrait dans ses doigts les petits doigts de l'enfant.

Elle pénétrait ainsi jusqu'à cette âme innocente, et percevait ce qui s'y passait. Or, les doigts étaient traversés de courants brusques, tantôt brûlants, tantôt glacés.

L'aveugle s'en rendait compte. Et de temps en temps, aussi, les doigts s'agitaient fiévreusement et serraient la main de Line, comme si l'enfant, ayant peur de l'abandon, se fût cramponné à un appui, pour ne point rester seul.

Elle s'arrêta, demanda :

— Où me conduis-tu, Henri ?

— Je ne sais pas.

— Comment, tu ne sais pas ?

— Non, je vais droit devant moi sans regarder.

— Pourquoi ?

— Parce que je n'ai qu'une envie, celle de marcher longtemps, et qu'un désir, celui de rentrer à Faloise le plus tard possible...

— Tu ne veux pas faire tes devoirs ?

— Oh ! ce n'est pas cela... si mes devoirs ne sont pas faits ce soir, ils le seront demain avant la cloche de l'école... Le soleil se lève de bonne heure au mois de mai et je ne suis pas paresseux au lit...

— Alors d'où vient ?...

— Que je retarde autant que je peux mon retour ?

— Oui.

— C'est que je suis heureux près de toi, d'abord, Line.

— Ensuite ? Car d'après ce que tu viens de dire, il semble que tu aies une autre raison.

— J'en ai une autre.

— Et tu ne veux pas me la confier ?

— Je n'ai rien de caché pour toi, tu le sais bien... Je me
sens heureux... ou plutôt il faudrait dire... je me sens
moins malheureux, lorsque je suis loin de la ferme...

— Henri !

— Ne te fâche pas, ne m'adresse point de reproches...
Ce n'est pas ma faute...

Et tout à coup l'enfant éclata en sanglots.

Line le prit dans ses bras.

— Mon petit, mon petit, dis-moi ce que tu as, pourquoi tu pleures ?

Elle ne le devinait que trop, du reste.

Et comme elle le sentait défaillant dans ses larmes, elle
ajouta :

— Où sommes-nous, en ce moment ?

— Près de la frontière, sur la grande route.

— Pas loin de la Faloise, alors ?

— A quelques centaines de mètres.

— Veux-tu que nous nous asseyions, on causera mieux ?

— Oui.

Ce fut lui qui la conduisait auprès du fossé qui bordait
la route.

Il y avait là un tas de pierres.

— Assieds-toi, Line.

Elle obéit, prit place sur les pierres. Mais le cœur de
Line s'était mis à battre violemment.

— Le poteau est tout près, n'est-ce pas ?

— Oui.

— Et le bois des Moines, derrière nous ?

— Comme tu t'y reconnais bien, Line.

Elle fut longtemps silencieuse, très troublée. Le hasard
venait de l'amener juste au même lieu tragique où des
années auparavant, en une nuit d'épouvante, le comte de
Lilienthal avait trouvé la mort, et quelle mort ! A la même
place, d'année en année, les cantonniers français venaient
apporter leurs pierres destinées à la route... Machinalement, au souvenir des détails du suicide, rapportés autrefois, elle prêta l'oreille, croyant qu'elle allait entendre,
dans les champs, tout proches, le roulement des centaines
de moutons conduits par le père Blanquin, sur la route

poudreuse, et même le son criard de la clarinette... Mais Blanquin, ce soir-là, était loin...

— A qui penses-tu, Line ?

Elle ne lui dit pas qu'elle pensait à Lilienthal.... à l'homme dont elle avait depuis longtemps deviné le crime envers Josette...

A cet homme, qu'Henri ne connaîtrait jamais et qui était son père !...

C'était là, à cette place ensanglantée jadis, — elle, Line, avait été éclaboussée par ce sang — que le fils du mort allait confier sa tristesse enfantine... tristesse incurable... deuil qui était né avec lui-même... qui avait grandi avec lui... et qui peut-être ne mourrait qu'avec lui...

Elle répondit en le caressant :

— Tes larmes m'affligent, cher petit. Dis-moi pourquoi tu as du chagrin.

— Je veux bien... c'est pour te parler que je t'ai entraînée loin du village et que je t'empêche de rentrer à la ferme...

— Parle ! Parle sans crainte.

— Tu ne répéteras mes paroles à personne ? on me gronderait, vois-tu !

— Je te le promets.

— Alors, dis-moi, Line... dis-moi pourquoi on ne m'aime pas...

— Oh ! mon petit... je ne t'aime pas, moi ?

— Pas toi, non... ni Pervenche... ni grand-père Clément... ni grand-père Joseph... ni le maître d'école... ni mes camarades... ni le curé... tout le monde m'aime, tout le monde est bon pour moi, excepté ceux qui devraient m'aimer plus que les autres...

— Tu veux parler ?

— Oh ! tu sais bien qui je veux dire...

Il se mit à pleurer de nouveau, à sangloter.

Elle lui passa la main sur ses yeux pour essuyer doucement les larmes.

— Maman et papa ne m'aiment pas.

— Tu te trompes ! A quoi vas-tu penser, mon cher enfant !

Il répliqua avec une énergie étrange :

— Ils ne m'aiment pas. Ils ne m'ont jamais aimé, ni l'un ni l'autre... Je le sais bien, va... Dans les premiers temps, on ne se rend pas compte... Mais aujourd'hui que je suis grand, je fais attention à tout... On ne le sait pas... On ne se défie pas de moi... On ne pense pas que je prends garde à tout... Et maintenant que je sais déjà réfléchir, je me rappelle... oui, et je ne me souviens pas qu'ils m'aient jamais dit une tendresse, quelque chose de doux... qui fait tant de plaisir, comme tu sais bien en trouver, toi, Line, ou aussi grand-père, ou aussi Pervenche... Tu vas me traiter d'ingrat, et pourtant il faut que je te l'avoue encore... Jamais je n'ai vu mon père ou ma mère me sourire... jamais je ne les ai embrassés... quand j'ai voulu, ils m'éloignaient d'eux

— Tu mens !

— Jamais mon père ne m'a embrassé...

— Tu mens !

— Jamais ma mère non plus !... dit-il.

Et les sanglots redoublèrent.

— Maintes fois, petit, je les ai entendus qui t'embrassaient.

— Alors, Line, tu ne pouvais pas voir, puisque tu es aveugle, c'est qu'il y avait là quelqu'un qui les regardait, quelqu'un dont ils avaient peur, devant qui ils n'auraient pas osé ne pas m'embrasser, de peur de paraître trop durs... ils se faisaient violence, et leurs baisers étaient bien froids, bien froids...

Line garda le silence, émue elle-même jusqu'à pleurer.

Elle le savait bien, hélas ! qu'il ne mentait pas, le pauvre petit !

Alors, redevenu plus calme, gravement Henri demandait :

— Il est certain qu'on ne m'aime pas chez nous, Line, sais-tu pourquoi ?

Line ne voulait pas laisser l'enfant avec de pareils soupçons. Elle essaya de lui prouver qu'il se trompait, disant que c'était mal de ne point croire à l'amour de son père et de sa mère. Les parents ont des soucis qui font que les visages restent froids et qu'il n'y a nulle expansion chez eux. Mais leur tendresse n'en existe pas moins. Elle apparaît quand il le faut. S'il voulait bien réfléchir encore, lui si intelligent, il comprendrait vite combien est grande son erreur. Et il en aurait du repentir. Que lui manque-t-il donc ? Bien au contraire, n'est-il pas comblé de tout ? Toutes les fois que l'occasion en est offerte, ne lui arrive-t-il pas de gentils cadeaux... Tout ce qu'il désirait ? Avait-il jamais souhaité quelque chose qui ne lui eût été donné bien vite ?... Jadis, quand il était tout petit, c'était des tambours, des soldats de plomb qu'il rangeait en bataille, des trompettes, des pistolets et des fusils... Est-ce qu'il ne se souvenait plus, déjà ? Il était donc bien vieux, avec ses huit ans révolus ?... Il avait organisé les gamins du village en deux bandes... D'abord, ç'avait été une bande de Français contre une bande d'Allemands et l'on se battait si fort, que toutes les culottes avaient des accrocs. Seulement, ça n'avait pas duré longtemps. Les Allemands avaient voulu être les Français, à leur tour, mais personne n'avait consenti à les remplacer, on s'était chamaillé. Alors, on avait joué aux brigands et aux gendarmes... Après les fusils et les tambours, à présent qu'il était devenu un petit homme, il n'avait plus désiré que des livres... et son intelligence précoce, guidée peut-être par un instinct atavique, le poussait aux livres d'histoires où étaient racontées les aventures glorieuses des grands capitaines et des grands marins... On ne lui avait jamais rien refusé. Vraiment, disait l'aveugle, il avait tort de se plaindre.

L'enfant répliquait doucement :

— Je sais bien qu'on me donne tout ce que je demande.

Il hocha la tête en s'essuyant les yeux avec sa casquette et acheva :

— Excepté...

— Excepté quoi, petit Henri ?

— Un peu d'affection. J'aimerais mieux n'avoir aucun jouet, ni aucun livre... et être embrassé plus souvent... Toi, Line, ou bien Pervenche, ou bien grand-père, vous me prenez avec vous... et on dirait que je me réchauffe quand je suis près de vous... Jamais il n'est venu à la pensée de mon père ou de ma mère de m'emmener avec eux... Et quand je vous quitte, vous qui m'aimez tant, et que je me retrouve à la maison, si mon père et ma mère s'entretiennent entre eux, tout de suite la conversation cesse... et c'est le silence, c'est le désert. C'est triste...

On dirait qu'ils ont des raisons de se défier de moi, qu'ils craignent que je les entende comme s'il ne fallait pas rapporter leurs paroles...

— Tu exagères.

— Non. Et cela, Line, pas une fois, je te jure, mais toujours ! Et Dieu sait, pourtant, si je fais des efforts pour leur plaire... J'y pense du matin au soir... Lorsque je me réveille, je me dis tout de suite : Qu'est-ce que je pourrais bien inventer aujourd'hui pour les faire sourire, pour les obliger à dire qu'ils sont contents de moi ?... C'est pour eux que je travaille... pour qu'ils soient fiers de moi... Si tu crois que ça ne me fait pas gros cœur, de temps en temps, lorsque je refuse d'aller jouer avec les camarades !! Ils finissent par se moquer de moi et par crier : « Tu n'es qu'un loup ! » Moi, je ris... Tout de même, je ne suis pas gai, va.

— Pourquoi ne joues-tu pas plus souvent avec tes petits amis...

— Je ne joue plus depuis que je réfléchis et parce que, depuis que je réfléchis, je me sens triste, avec des larmes aux yeux, d'un bout à l'autre de la journée.

— Tu t'imagines des choses...

— Je n'imagine rien, fit-il avec un peu d'impatience, et puisque tu ne veux pas me croire, je regrette de t'avoir fait mes confidences.

— Ne vas-tu pas te fâcher, maintenant, avec moi...

— Oh ! non, Line, non, pas avec toi... Je n'ai déjà pas trop d'amis !

— Encore ! fit-elle avec reproche.

— Si tu voyais, ma Line, si tu n'étais pas aveugle, tu te rendrais compte de bien des choses... Je suis sûr que Pervenche t'en raconterait là-dessus, s'il voulait, quant à grand-père, que de fois il m'a questionné !

— Lui ? dit-elle avec frayeur

— Oui... Il a bien deviné, va !... « Est-ce qu'on t'aime bien ? Est-ce que tu es heureux, petit Henri ? Est-ce qu'on ne te fait pas souffrir ? N'est-on pas trop sévère envers toi ? » Et cent autres questions qu'il m'adresse, quand il me surprend avec les yeux rouges, lorsque j'ai été me cacher pour mieux pleurer à mon aise.

— Et tu lui réponds ?

— Oh ! n'aie pas peur... Je ne réponds que ce que je veux... Il se doute bien de quelque chose, mais il ne saura jamais rien... par moi, du moins... Toutes les fois, je mens... Je dis que je suis heureux... que rien ne me manque... et c'est vrai — et lorsqu'il me presse un peu plus, pour que j'explique mes larmes, alors je suis bien obligé de lui conter une histoire... J'invente n'importe quoi... par exemple, que j'ai envie d'un beau livre, mais que, en ayant déjà beaucoup, je n'ose plus le demander à mon père ni à maman... dans la crainte qu'ils refusent... Ce qui fait que le lendemain, en rentrant de l'école, je trouve le livre qui m'attend sur mon lit...

Un léger sourire effleura les jolies lèvres de l'enfant :

— Ça me fait bien plaisir de l'avoir, mon livre, c'est sûr ! Mais tout de même à choisir, j'aimerais mieux autre chose... Alors, grand-père est rassuré pour quelque temps. Pas pour longtemps, car bientôt ça recommence ! Tu ne m'en veux pas, Line, que je te raconte ces choses ?...

— Non, cher petit !

Elle lui caressait les cheveux. Elle sentait ses yeux se mouiller. Il lui prit la main, lui attira le bras, dont il s'enlaça le cou, et comme la main de Line se trouvait ainsi à portée de sa bouche, il la lui embrassa.

Il murmura, très bas :

— Si ça devait durer toujours... j'aimerais mieux m'en aller...

— T'en aller ? dit-elle avec terreur, n'osant comprendre.

— Oui... mourir !!...

Elle tressaillit. Cet enfant avait huit ans, et il pensait à mourir !!...

Alors l'aveugle lui dit tout ce que son âme tendre et délicate lui suggérait... Elle tenta de le réconforter, de lui prouver comme il se trompait... Elle essaya aussi de le faire sourire... Hélas ! Ils étaient bien fugitifs, les sourires qu'elle devinait !...

Et l'enfant, qui comprenait ces efforts, disait presque à chaque mot :

— Oui Line... Tu es bonne !... Tu es bonne, toi !!

Et c'était un reproche encore, puisqu'il comparait Line, si bonne, à l'autre qui ne l'était pas !... Pervenche, si doux, à l'autre si glacé et si indifférent !...

— Je t'assure que tu te trompes, petit... et tu te fais de la peine, sans raison.

Il ne répondait plus... Il voyait bien que tout ce qu'elle disait, elle ne le pensait pas.

Il se leva, lui prit la main.

— Viens ! promenons-nous encore ! allons du côté de la Moselle !... Les prairies sont pleines de fleurs... Comme c'est dommage que tu ne puisses les voir...

— C'est vrai... je ne vois pas cela... mais il y a des choses que je vois mieux que toi...

— Lesquelles, Line ?

— Les âmes...

— Pas sûr, dit-il tout bas... pas sûr, ma Line, que tu les vois bien, les petites âmes...

Ils n'échangèrent que de rares paroles.

Ils rentrèrent vers six heures. A la ferme, on n'était pas inquiet du retard d'Henri. On les avait vus, au loin, tous les deux, s'en allant ensemble.

Le soir, après dîner, quand Henri fut couché, Line entendit la voix de Josette qui donnait des ordres à des gens de la Faloise, dans la cour.

Elle s'approcha lentement, toc, toc, son bâton sonnant contre les pierres.

— Viens avec moi, Josette, il faut que je te parle de choses douloureuses et graves.

Elle avait bien promis à l'enfant de ne rien dire de ses confidences, mais Henri si jeune pourtant, avait parlé de mourir ! Ils sont rares, les suicides des tout petits ; si rares qu'ils soient, il y a des désespoirs, parmi eux, qui aboutissent parfois à l'acte suprême de désolation. Line avait été frappée d'épouvante. Et c'était un devoir pour elle de ne pas se taire sur ce qu'elle venait d'entendre.

Josette s'aperçut tout de suite de l'émotion de l'aveugle. Elle s'en inquiéta :

— Que se passe-t-il ? Qu'as-tu à m'apprendre ?

Line raconta.

Josette écouta, silencieuse. Elle ne fit aucune réflexion. Elle se sentait coupable. Elle avait des remords ; mais sa répugnance, son éloignement avaient été plus forts que sa volonté. Il était injuste de faire porter au pauvre petit le fardeau de la faute du père. Que de fois elle se l'était répété ! Rien n'y faisait ! Elle remplissait strictement envers lui ses devoirs maternels. On ne pouvait lui adresser aucun reproche, si ce n'était le reproche, seul, dont se plaignait Henri... Ce cœur ne s'ouvrait pas à la tendresse... Ce foyer restait éteint... L'enfant s'en apercevait et pleurait.

— Je sais bien, Line, j'avais deviné... Mais que puis-je faire ?

— Une chose bien simple et si facile.

— Laquelle ?

— L'aimer !...

— Oui, tout est là !!! Je suis une mauvaise mère !

— Non, Josette, tu es une mère malheureuse... plus malheureuse que celles qui l'ont été le plus... Pourtant, réfléchis... Cette âme d'enfant s'est formée... Tu n'es pas sans l'avoir observée... et tu sais bien qu'il n'y a rien de l'autre dans cette âme...

Elle tressaillit. Ce souvenir évoqué toujours la bouleversait.

— C'est vrai !... Rien de l'autre... On dirait que c'est moi tout entière, que c'est mon âme et ma vie, qui sont passés dans l'enfant... et j'ai beau chercher parfois des ressemblances avec ce... avec le père... je n'en trouve pas... Voilà pourquoi je suis coupable... Oh ! je ne me le cache pas...

— Coupable, non, Josette, mais seulement victime...

— Crois-tu que je n'ai pas pleuré, souvent, Line ?

— Je le crois... Même, j'en suis sûre...

— Sûre ?

— Oui, j'ai entendu tes larmes, bien des fois...

— Je voudrais tant l'aimer !

— Eh bien ! aime-le...

— Hélas ! je ne suis pas seule... Il y a Renaud !... Puis, commander à mon instinct, est-ce possible ?... J'ai l'horreur du passé... et l'enfant me le rappelle sans cesse...

— Alors, il faudra donc un malheur, ma Josette, pour que ton cœur s'ouvre à l'amour ?

— Un malheur ! Line ! Line ! que prétends-tu ?

— Veille sur lui, si tu ne veux pas te préparer des remords pour le reste de tes jours. Cet enfant est nerveux, très sensible... La froideur chez toi et chez ton mari a encore développé cette sensibilité, qui est devenue maladive et qui m'effraye... Prends bien garde ! Prends bien garde !

Josette essuya ses yeux.

— Je tâcherai de l'aimer, murmura-t-elle.

Line secouait la tête.

— Non, ce n'est pas cela qu'il faut faire, te dis-je ! fit-elle avec énergie... Il ne faut pas tâcher de l'aimer... Il faut l'aimer ! Quels que soient les efforts pour lui faire croire que tu l'aimes, et pour lui donner le change, il s'en apercevra... et il en sera plus triste... Ne traite pas cet enfant comme un enfant. Traite-le comme un homme !...

— Mais Renaud ! Renaud !

— Ton mari t'aime ?

— Ardemment, comme aux premiers jours !... Et il souffre aussi et il est malheureux !...

— Il ne souffrira plus quand il te verra heureuse.

— Heureuse, hélas !

— Tu seras heureuse le jour où tu auras rendu à Henri l'affection qui lui manque... Et Renaud, voyant que tu as oublié, oubliera à son tour...

— Que Dieu t'entende !

II

LE MALHEUR QUE LINE A PRÉDIT

Toute cette soirée, elles restèrent ensemble. Line parla de l'enfant sans s'arrêter. Et Josette semblait l'écouter, comme si l'aveugle lui racontait des choses nouvelles.

A dix heures seulement, elles se quittèrent, Josette remonta chez elle.

Renaud, fatigué des travaux de la journée, dormait.

Josette, hésitante, se dirigea vers la chambre du petit ; la porte n'était pas fermée. Elle ouvrit doucement. La chambre était à demi éclairée par une lampe-veilleuse, et, en outre, les rayons de la lune pénétraient par la fenêtre, dont les rideaux étaient restés relevés.

Elle marchait sur la pointe des pieds, en longeant le mur, afin de ne pas faire craquer le plancher, ne voulant pas réveiller l'enfant.

Elle s'approcha du lit, lentement, avec une sorte de crainte.

Elle contempla longtemps Henri.

Il dormait, paisible, toutes ses tristesses évanouies dans le bon sommeil, et il rêvait sans doute, car il souriait en dormant... Et s'il souriait, à quoi pouvait-il rêver, si ce n'était aux baisers qu'il souhaitait et qui tardaient tant à venir... et aux douces paroles qu'il attendait toujours ?

Ses cheveux châtains s'éparpillaient autour de son front large et intelligent et ses lèvres roses s'entr'ouvraient de temps en temps pour murmurer des paroles qu'elle essayait de surprendre, mais qui étaient confuses et qui, sans doute, accompagnaient le sourire et suivaient le délicieux rêve.

Elle joignit les mains en une prière muette.

— Pauvre petit ! Pauvre petit !

Ce n'était pas la première fois qu'elle venait le surprendre la nuit. Bien souvent, elle était entrée de la même façon, s'était approchée ainsi sans être vue et était restée dans sa contemplation.

Son pauvre cœur bouleversé s'attendrissait, à la longue, devant tant de gentillesse et de grâce, devant la douleur de ce petit qu'elle devinait.

Mais le cœur bouleversé se retrouvait faible devant ses répugnances.

Entre ces deux créatures, l'enfant et la femme, une ombre méchante se levait, un affreux souvenir contre lequel rien ne faisait.

Et toutes deux souffraient abominablement.

Henri, atteint par l'ardent regard de sa mère, se remua dans son lit. Ses lèvres restèrent closes et le sourire disparut.

Elle eut peur de l'avoir réveillé. Elle se recula derrière les rideaux.

Mais non, il continuait de dormir...

Elle se pencha sur le front calme de l'enfant.

Allait-elle l'embrasser ?... Sa bouche l'effleura. Déjà, elle allait donner le baiser maternel, le baiser du soir... lorsque tout à coup, poursuivant son rêve, il dit :

— Papa ! mon papa !

Elle se redressa, effarée... éperdue.

Ce cri d'amour du petit la rejetait dans la réalité. Il invoquait le père !

Son père !!

Certes, la terrible vérité, jamais il ne la connaîtrait ! Mais n'en vivrait-elle pas moins !...

Elle s'enfuit, murmurant :

— Je ne peux pas ! Je ne peux pas.

Dans le couloir, n'osant rentrer chez Renaud, elle s'abandonna à une crise nerveuse de larmes, étouffant ses sanglots dans son mouchoir.

Parmi ses sanglots revenait sans cesse la clameur de ses remords :

— Je suis une mauvaise mère !... Une mauvaise mère !

Certes, elle se trompait ! Ses larmes en étaient la preuve ! Larmes d'une torture sans nom.

Le lendemain était un jeudi. L'après-midi, Henri n'allait pas à l'école. En général, il passait ses heures de loisir auprès de Line ou bien s'en allait rejoindre Pervenche dans les champs.

Or, cette après-midi, au moment où il demandait à Josette la permission d'aller rejoindre ses amis, sa mère lui dit :

— Tu les aimes donc bien, que tu ne les quittes pas ?

— Oui, je les aime beaucoup... Ils sont si attentifs, si bons pour moi...

— Et si je te demandais ce que tu préfères... Aller passer ton après-midi auprès d'eux, ou bien rester à la ferme, et passer ton jour de récréation auprès de moi...

Elle vit les yeux de l'enfant qui s'emplissaient de grosses larmes.

— Oh ! maman ! Oh ! maman ! Je serais si heureux !!

— *Eh bien, reste auprès de ta mère, mon fils...*

Ce fut pour lui — pour elle peut-être aussi — une journée délicieuse, et si douce !

Ils restèrent d'abord à la Faloise. Comme il faisait très beau, elle alla, avec son ouvrage, s'asseoir à l'ombre, dans l'avenue rejoignant la route.

Henri prit un livre et un tabouret.

Il installa le tabouret auprès de Josette, tout près, tout contre elle, étala le livre sur ses genoux et commença à s'absorber dans sa lecture.

Pas si complètement toutefois pour l'empêcher de relever de temps en temps la tête vers la jeune femme et de quêter un regard.

Un sourire surtout !... Car lui souriait !...

Elle lui demanda :

— Que lis-tu ?

— Des histoires sur la guerre...

— Les guerres de Napoléon ?

— Non... la guerre des Prussiens contre nous...

— Cela t'intéresse ?

— Beaucoup. Mais comme c'est triste... Toujours vaincus, toujours, toujours.

— Oui, toujours.

Et après un silence oppressé, Josette demanda encore :

— Qui t'a donné ce volume ? Ton grand-père Clément ?

— Non...

— Alors, qui donc ?

— Devine !

— Ton père ?... Il ne me l'a pas dit...

— Ce n'est pas mon père. Ce n'est pas Pervenche non plus... Ni Line, la pauvrette... elle ne sait pas... Ni le bon Blanquin... Lui ne me donne que de vieux almanachs, tu te rappelles, dont j'ai colorié les images tout en bleu, avec des boules qui servent à la lessive...

— Le grand-père Joseph ?

— Cette fois, tu as deviné... Et il m'a dit, en me le remettant : « Lis bien tout cela, et n'oublie rien de ce que tu auras lu !... » C'est bien la dixième fois que je le lis, et il y a des passages que je pourrais réciter par cœur...

— Je n'avais jamais vu ce livre entre tes mains...

Il ne réfléchit pas à sa réponse, et, imprudemment, il répondit :

— C'est que, maman, je ne suis presque jamais auprès de toi... et tu viens si rarement dans ma chambre... Alors, tu n'es pas au courant... Et...

Mais il s'arrêta devant la pâleur de la mère, dont les yeux étaient devenus troubles.

Josette avait détourné le regard et, subitement, ne paraissait plus l'écouter.

Il eut peur.

— Je t'ai dit quelque chose de mal...

— Non.

— Si, je le vois... Je n'ai pas voulu, je te jure, maman... Je sais bien que tu ne peux pas être tout le temps près de moi. Tu as autre chose à faire... Tu me pardonnes ?

— Mais, petit, je t'assure...

— Dis, maman, dis que tu me pardonnes !

Et il saisit tout à coup la main de Josette et se mit à l'embrasser follement.

— Eh bien ! je te pardonne, puisque tu crois m'avoir offensée...

Il fut consolé tout de suite.

Il murmura, timide, craintif :

— Je t'aime bien, maman, si tu savais... Je t'aime tant !...

Il attendit, quoi ? Que sa mère eût enfin la parole espérée... « Moi aussi, je t'aime ! Et comment ne t'aimerais-je pas ? » Mais la parole ne vint pas encore, arrêtée au dernier moment sur les lèvres maternelles...

Il soupira doucement, baissa le front et parut reprendre sa lecture.

Cette fois, Josette s'aperçut qu'il ne lisait pas, car il ne tournait plus les pages.

Elle eut pitié... Sa main s'avança, caressa doucement les cheveux de l'enfant...

Les beaux yeux candides s'allumèrent d'une flamme ardente.

— Oh ! maman ! que je suis heureux près de toi ! Je ne pense plus à ce que je lis et je voudrais rester comme ça, toujours...

Il rapprocha son tabouret. Il était entre les genoux de Josette.

— Lis, petit, lis ! fit-elle, craignant peut-être de se laisser émouvoir par tant de grâce...

— Oui, maman, je lis !

C'était vrai. Il tourna les feuillets, s'arrêtant plus longtemps lorsqu'arrivait une belle image, une image admirée cent fois déjà, admirée une fois de plus en ce jour.

Et le silence, de nouveau, se fit entre eux.

Mais déjà, un peu mieux, les cœurs se parlaient, les cœurs s'entendaient.

Au bout d'une heure, il laissa là son livre. Il avait besoin de courir et il s'amusa dans l'avenue. De temps en temps, Josette le surveillait. Il cueillait des fleurs sauvages qu'il entremêlait de longues brindilles, et quand il eut fait un bouquet, il vint l'offrir à sa mère en souriant...

— Merci, petit ! dit-elle.

— Je le mettrai dans ta chambre, veux-tu ? Et tu pourras le garder même la nuit. Ces fleurs, ça n'a pas de parfum, elles ne te donneront pas la migraine... Et en changeant d'eau tous les jours, tu pourras les garder longtemps.

Puis, plus timide :

— Tu aimes beaucoup les fleurs puisque tu en as tout le temps près de toi, tant qu'il y en a dans le jardin, tant qu'il y en a dans les champs.

— Beaucoup, c'est vrai. Pourquoi ?

— Alors, mon bouquet, tu ne le jetteras pas ?

— Certainement non, petit.

— Et il t'a fait plaisir...

— Oui, parce qu'il vient de toi, surtout.

— Oh ! maman ! comme c'est bon ce que tu dis là !... Eh bien, si tu veux, au lieu que ce soit toi qui renouvelles les fleurs dans ta chambre, veux-tu que ce soit moi ?... Rien que celles de ta chambre... bien entendu. Les autres, celles du salon, par exemple, tu t'en chargeras comme tu avais l'habitude de le faire... Veux-tu ?

— Je veux bien, mais tu oublieras...

— Oh ! que non ! oh ! que non ! fit-il joyeux. Si j'oublie, tu me puniras !

— Pour si peu !

— Oui... un pareil oubli, l'oubli de faire plaisir à sa mère, ce n'est pas peu de chose, et, du reste, tu peux t'engager à me punir... je ne t'en donnerai pas l'occasion... Je voudrais te demander aussi... Mais je t'ennuie, pas, maman ?

— Non, petit...

— Est-ce que tu as été parfois mécontente de moi ? Est-ce que j'ai commis des fautes qui t'auraient attristée, et ce serait sans le savoir ? Dis ?

— Jamais.

— Bien vrai, mère ?

— Bien vrai, petit.

— Tu trouves que je travaille comme je le dois, n'est-ce pas ?

— Même un peu trop, parce que tu devrais jouer un peu plus, à ton âge.

— Alors, mère, quand tu seras contente, bien contente, tout à fait contente, veux-tu me promettre de me donner quelque chose pour me récompenser ?

— Tout ce que tu voudras. Ton père et moi nous ne t'avons jamais rien refusé... De quoi s'agit-il ? Veux-tu une petite carabine Flaubert, avec laquelle, en te cachant derrière les haies, ou dans les bois, tu pourras tuer des corbeaux, des geais ou des pies... les pies méchantes qui viennent souvent manger nos petits poulets... quand ils vont loin de la ferme ?..

— Une carabine, oui, ça me fera bien plaisir, mais j'attendrai. Pour le moment, c'est autre chose que je voudrais...

Et il hésitait, les lèvres tremblantes.

— C'est donc bien difficile à expliquer, petit ?

— Peut-être, maman ! fit-il en baissant les yeux.

— Veux-tu que j'essaye de deviner ?

— Oh ! ce n'est pas la peine, tu n'y arriverais pas.

— Oh ! oh ! voilà que tu m'inquiètes...

— Non, rassure-toi, le cadeau que je rêve n'est pas difficile à donner, et par-dessus le marché il ne coûte pas cher... Il ne coûte que la pensée de le donner...

Josette regarda l'enfant dans une rêverie triste.

Peut-être, obscurément, prévoyait-elle ce qu'il allait dire, et demander.

— Tu ne te fâcheras pas, mère ?

— Non, petit... mais parle... tu me fais languir, dit-elle en essayant de sourire.

— Quand j'aurai bien travaillé, quand j'aurai été bien sage, quand le maître d'école te dira que je suis toujours le premier de ma classe, alors, en récompense, tu... tu m'embrasseras, mère, et tu diras à papa de m'embrasser aussi...

— C'est tout ? fit-elle troublée plus qu'elle n'aurait voulu.

— Oui.

Et il la contemplait avec une tendresse infinie, le regard humide, le sourire incertain.

— Mais c'est très facile, cela, petit.

Il hocha la tête. Il allait répondre : « Non, pas si facile, puisque cette récompense, elle ne m'a jamais été donnée, puisque, d'aussi loin que je me souvienne, j'en suis encore à attendre le premier baiser de toi et de mon père... »

Mais tout à l'heure, déjà, il avait commis une imprudence.

Il se retint, tout près d'en commettre une autre. Et reprenant un peu de courage :

— Voilà qui est entendu ?

— Entendu, petit, répondit-elle, vaguement.

— Ah bien, ça ne sera pas long ! Tu verras ! Et si tu t'engageais à me donner autant de baisers que j'aurai de bons points, il te faudrait des lèvres de rechange !

Et, consolé, plein d'espoir, ranimé d'une vie nouvelle, il se mit à se rouler dans l'herbe et à gambader en chantant dans l'avenue.

Après quoi, il s'étendit au soleil et parut dormir.

Le soir, il s'empressa de rendre compte à Line de toute cette journée si heureuse.

L'aveugle murmura :

— Tu vois bien qu'il ne faut pas perdre courage... Nous ferons sa conquête, tu verras...

— Et père ?

— Lui aussi, lui aussi t'aimera...

— Pourquoi n'ont-ils pas commencé plus tôt ? dit l'enfant avec une moue.

— Que t'importe, s'ils regagnent le temps perdu, à force de tendresse pour toi ?

— C'est vrai et je ne suis pas exigeant. J'aurai bien vite oublié les mauvais jours.

Le lendemain, avant de partir pour l'école, Henri avait déjà cueilli son bouquet et le portait à Josette. Il était très fier. Il quêta un doux sourire. Il l'obtint. Il en fut tout joyeux.

— Seulement, dit-il, de temps en temps, il y en aura un pour papa. Il ne faut pas qu'il soit jaloux... Et je tâcherai que le bouquet soit de la même taille !

Renaud était là qui écoutait. De même que l'enfant l'avait fait pour Line, Josette avait conté à Renaud ce qui s'était passé la veille, les tristesses et les allusions du petit.

— Il grandit, il réfléchit, dit Renaud, et c'est un drame qui se passe dans cette jeune tête.

Henri, son sac d'écolier dans le dos, apparut dans le jardin, s'en allant à l'école, et hâtant le pas, car il était un peu en retard.

Le mari et la femme le regardèrent s'éloigner, de leur fenêtre.

Josette s'appuyait sur l'épaule de Renaud. Il sentit qu'elle s'alourdissait un peu contre lui, comme si une émotion soudaine avait brisé ses jambes.

Et il entendit, très bas, une plainte :

— Ne crois-tu pas, Renaud, que nous sommes coupables envers lui ?

— Oui, murmura-t-il... nous sommes coupables... et si cet enfant est malheureux, nous ne sommes pas bien heureux non plus...

Ils soupirèrent...

A midi, lorsque l'enfant revint pour le déjeuner, il était pâle et fatigué.

— Qu'as-tu ? Il ne s'est rien passé, à Thiancourt ?

— Rien.

— Personne ne t'a rien dit ? Tu ne te serais pas querellé avec tes camarades ?

— Mais non... je me sens seulement un peu malade. Ça ne sera rien. Tu sais, ce n'est pas la première fois, et ça ne dure jamais longtemps.

Après le déjeuner, il voulut retourner à l'école, mais Josette s'y opposa.

— Alors, dit-il, comment veux-tu que je travaille et que je gagne le baiser que tu m'as promis, si tu m'empêches de faire mes devoirs...

— Un ou deux jours de plus ne font rien à l'affaire...

—· Pour toi, peut-être, mais pas pour moi.

Il resta languissant à la ferme, tout le reste de cette journée. Le lendemain, il prétendit qu'il se sentait mieux et repartit. Cela dura ainsi, avec des alternatives, jusqu'à la fin de la semaine. Malgré tout, il n'oublia pas ses bouquets.

Josette l'observait. Elle lui trouvait les traits tirés, les yeux creusés.

Renaud lui-même fut inquiet, mais il cacha son inquiétude à sa femme.

Le dimanche, il disait à Line :

— Si je pouvais faire une maladie, ils m'embrasseraient peut-être.

Elle lui imposa silence, en le grondant.

Il traîna la même fatigue, pendant plusieurs jours encore, puis parut se remettre.

— Tu sais, disait-il à Line, je suis content.

— Pourquoi.

— Parce que maintenant, dix fois par jour, c'est maman, ou c'est père qui me demande : « Comment vas-tu ? Tu n'as pas mal à la tête ?... Donne ta main pour qu'on voie si tu as la fièvre ! » Et ils appuient la main, aussi, sur mon front... Et ils sont inquiets...

— Tu es content, parce que ton père et ta mère sont inquiets ? C'est mal. Tu es un mauvais garçon.

Il se mit à rire.

— Oh ! tu comprends bien ce que je dis... ne fais pas

celle qui est fâchée... si je suis content, c'est parce qu'on s'occupe de moi... J'en ai si peu l'habitude...

— Eh bien, je vais t'apprendre quelque chose, moi.

— Dis voir un peu.

— Si tu veux leur causer une bien grande joie, ne sois pas malade...

— Mais je ne le fais pas exprès... Pourtant, Line, le jour où je serai redevenu tout à fait ce que j'étais.... bien portant... si l'on ne fait plus attention à moi ?

— Patience, mon Henri, patience !

— Oui, oui, patience !

Et il soupira.

Le médecin qu'on avait appelé et qui avait examiné l'enfant, n'avait rien vu d'anormal, si ce n'était une fatigue accidentelle, occasionnée par la croissance, car l'enfant grandissait beaucoup et devenait très fort.

Renaud et Josette se rassurèrent.

— Tu vois, disait Henri dans son langage familier, maintenant qu'ils n'ont plus peur, ils ne font plus attention à moi... Tandis que grand-père Clément, au contraire, semble redoubler d'affection... Il ne me quitte plus... Enfin, demain, je vais retourner à l'école et il faudra bien que maman tienne sa promesse de m'embrasser quand je l'aurai mérité...

Le lendemain, de bonne heure, Josette, contrairement à l'habitude qu'avait prise le petit, ne le vit point arriver avec ses fleurs du matin.

— Il oublie déjà ! murmura-t-elle, avec une vague tristesse.

Henri n'oubliait pas. Il ne s'était pas levé. Il grelottait, au lit, avec une grosse fièvre.

On vint avertir Josette et Renaud, qui prirent peur.

Ils accoururent auprès de l'enfant, qui, tout de suite, leur sourit.

— Ce ne sera rien ! n'ayez pas souci de moi... J'ai déjà été malade comme ça plusieurs fois sans rien dire à personne, afin de ne pas vous inquiéter...

Le médecin dut revenir. Il jugea que l'état était grave.

Il redoutait une fièvre typhoïde.

— Je trouve cet enfant moins fort qu'il ne le paraît, dit-il. Il est très nerveux, extrêmement impressionnable... Les moindres émotions doivent réagir sur lui avec une acuité dangereuse... Ceci est tout à fait rare chez un enfant...

Et, après réflexion :

— Cependant il est heureux. Il ne lui manque rien. Il n'a jamais eu à souffrir ?...

— Jamais, dit Josette, qui était très pâle.

— Il a toujours trouvé autour de lui l'affection dont il a besoin, avec sa nature si tendre et si expansive ?

— Toujours.

C'était Renaud qui venait de parler et il détourna les yeux.

— Alors, c'est étrange, dit le médecin. Je ne connais, depuis plus de cinq ans, aucun cas de fièvre typhoïde ni à Thiancourt, ni à Villaville, ni dans les environs... Or, les causes en sont connues... Elle se développe au milieu des grands rassemblements d'individus, sous l'influence de la privation des aliments, des fatigues excessives, des affections morales tristes...

— Est-il en danger ? demanda la mère.

— Certes, en grand danger... mon devoir est de ne pas vous le laisser ignorer.

— Danger de mort ? fit-elle, brisée.

— Oui ! dit nettement le docteur...

Et il prescrivit longuement, minutieusement, les soins méticuleux qu'il fallait.

— Je reviendrai matin et soir, dit-il en s'en allant.

Quand il fut parti, Josette et Renaud se regardèrent.

Leurs yeux effarés, trahissaient l'effroi dont ils étaient remplis.

Josette murmura :

— Tu as entendu ce qu'il a dit...

— Oui, j'ai entendu...

— Il a dit que les grandes tristesses, dans une nature aussi nerveuse et sensible pouvaient déterminer la fièvre typhoïde...

— Il l'a dit... alors... alors, Renaud ?...

— Si l'enfant est malade, c'est notre faute !

Et Josette répéta, très bas, par deux fois, se parlant à elle-même :

— Notre faute ! !

Ils eurent la même pensée, en s'étreignant tout à coup, dans un transport douloureux.

Il fallait racheter cette faute !

Il fallait sauver l'enfant !

Au prix même de leur vie !

Ce fut une torture pour ces deux êtres si aimants, la torture de toutes les minutes de chacune desquelles dépendait l'existence du petit. Le médecin ne se trompait pas et c'était bien la fièvre typhoïde. Ils assistèrent, angoissés, à toutes ses manifestations. Et chaque souffrance nouvelle de l'enfant correspondait chez eux à une nouvelle souffrance. Quel spectacle il leur offrait ! Lui si vivant, si animé, si remuant, il était plongé dans une sorte de stupeur. Les yeux, ses beaux yeux si tendres, étaient maintenant sans regards et sans pensée, éteints. Parfois, il les fixait sur Renaud et sur Josette. On eût dit, tant ils demeuraient indifférents, qu'il ne les reconnaissait plus. Peu à peu, il était devenu étranger à tout ce qui l'entourait et son état était pareil à celui d'un enfant ivre...

Ils ne le quittèrent plus.

Il n'y eut plus au monde qu'une créature.

Henri.

Il n'y eut plus qu'un but...

L'arracher à la mort qui le menaçait !

Ils se relayaient auprès de lui. Quand Josette était à bout de forces, Renaud la remplaçait, jusqu'à l'épuisement, car ils ne voulaient pas dormir, et quand il fallait à Renaud un peu de repos à son tour Josette arrivait.

Line, aussi, était là, mais ne pouvait que pleurer et prier, la pauvrette.

Et peut-être jamais comme en ces jours funèbres, elle n'avait autant regretté d'être aveugle.

Elle murmurait, parfois.

— Bonne à rien, oui, bonne à rien ! Pas même à le soigner.

Une fois qu'elle avait exhalé sa plainte à voix haute, elle sentit des lèvres brûlantes qui l'embrassaient sur le front.

— Ne dis pas cela, Line... C'est à toi que nous devons de l'aimer, s'il survit.

Les heures terribles furent celles où il fallait enlever du
lit ce pauvre petit corps enflammé de fièvre pour le plon-
ger nu dans l'eau glacée, afin de faire baisser cette fièvre
qui le tuait.

A peine l'enfant était-il dans la baignoire que la température de l'eau montait, devenait tiède, en même temps
que baissait la température du corps. Mais cette améliora-
tion était passagère. La fièvre revenait plus ardente. Et,
de nouveau, plusieurs fois par jour, il fallait recommencer.

La stupeur continuait.

L'enfant se laissait aller, comme mort, dans les bras
qui l'emportaient...

Sur sa peau, des petites taches apparurent, à peine visibles, livides, disséminées partout, mais surtout à la poitrine, sur le ventre et dans le dos.

Elles s'étaient montrées vers le quatrième jour et disparurent presque complètement vers le dixième jour de
la maladie. Vers le septième, il était survenu un gonfle-
ment avec inflammation des parotides. Henri se mit à tous-
ser, à cracher. Il semblait souffrir de plus en plus et se
plaignait doucement. Parfois il pleurait. Mais depuis le
jour où cette stupeur s'était emparée de lui, il était si
abattu qu'il n'avait pas prononcé un mot... On ne l'avait
plus vu sourire. D'autres symptômes se déclarèrent encore... irritation des conjonctives... inflammation intesti-
nale... Au fur et à mesure que la prostration devint plus
prononcée, se manifestèrent des symptômes nerveux...
Tout à coup il était pris de tremblements violents... Il
s'abandonnait à des soubresauts, à des mouvements dé-
sordonnés, convulsifs...

Josette et Renaud essayèrent de lui parler...

Il restait sourd à leurs tendresses. Car c'était des tendresses qu'ils disaient et qui eussent réchauffé le cœur
du pauvre petit s'il avait pu les comprendre.

Il ne les entendait pas...

Enfin, il eut le délire...

Le médecin était de plus en plus inquiet.

Renaud et Josette n'osaient plus l'interroger. Ils se con-
tentaient d'essayer de deviner, sur son visage assombri,
ses craintes ou ses espérances.

Il restait impénétrable. Il n'osait dire sa pensée.

Ce fut Renaud qui, une nuit qu'il veillait, reçut les premières manifestations du délire de l'enfant, prêta l'oreille à ces tumultueuses paroles... D'abord elles furent incompréhensibles... L'enfant racontait rapidement des choses parmi lesquelles il était bien difficile de raccorder un sens.

Puis, il se taisait... Mais son agitation n'était pas moins grande.

Seulement, elle était intérieure...

Il parlait à voix basse, on voyait ses lèvres remuer.

Il riait ou il pleurait.

Penché sur lui, Renaud écoutait, essayant de saisir au passage l'âme de l'enfant, vaguant ainsi en désordre...

Ce fut le soir qu'il y eut quelques paroles plus distinctes.

L'enfant avait paru s'assoupir un peu.

Quand il se réveilla, son regard morne se tourna vers Renaud et l'examina, longuement, avec une sorte de curiosité...

Puis il ferma vivement les yeux en murmurant des mots qui remuèrent Renaud, comme un remords.

— Non, ce n'est pas mon père... Moi, je n'ai pas de père... comme les autres... Je suis seul, tout seul... mon père ne m'aime pas..

Les mots bredouillèrent, redevinrent incompréhensibles... Il eut beau se pencher tout près, envelopper l'enfant de ses bras, écouter ardemment...

Henri resta tranquille comme s'il se fût endormi.

Le soir, Josette s'installa.

Renaud ne voulut point quitter la chambre. Il jugeait l'enfant au plus mal. Le médecin ne leur avait pas enlevé tout espoir. Il y a des miracles de guérison auxquels la science n'est pour rien. Il ne comptait plus que sur ce miracle.

Bien faible lueur, en de pareilles ténèbres !...

La mère, folle de douleur, se mordait les lèvres pour retenir des sanglots.

Et Renaud, pâle, ne trouvait pas de consolation à lui donner.

Vers sept heures, Henri ouvrit encore les yeux. Renaud, près de la fenêtre entr'ouverte, regardait, sans voir, se coucher le soleil.

L'enfant ne pouvait apercevoir que sa mère.

Il ne la reconnut pas non plus, du même regard effaré, douloureux.

— Je n'ai pas de mère... comme les autres... Maman ne m'aime pas... Et je suis tout seul, loin d'elle, même quand je suis près d'elle...

Il retomba dans l'état comateux.

Toute la nuit, dura ce délire... Parfois, il se mettait à parler nettement, longtemps, et l'on comprenait, à ses paroles rapides, qu'il racontait des choses lues, relues si souvent, qu'il les avait retenues dans sa mémoire fidèle... récits d'aventures ou récits de batailles...

Vers minuit, après des mouvements convulsifs, il se dressa presque debout dans son lit, les yeux fixés droit devant lui et criant :

— Moi aussi, je serai soldat... Je veux être soldat !... et puis, officier !... et commander aux autres, en levant mon sabre : « En avant ! En avant ! »

Il s'affaissa dans les bras de sa mère.

Ce petit cœur battait en tumulte, à grands coups précipités.

Renaud et Josette pleuraient !

Pleuraient, enfin ! Ranimaient de baisers ce petit corps endolori de martyr.

Cette vie ne tenait plus qu'à un souffle. Même, pendant les deux jours qui suivirent, ils crurent, à trois reprises, que c'était fini...

Que d'angoisses !...

L'enfant était d'une immobilité absolue. Son cœur ne battait plus. Ses yeux étaient clos. Sa peau était glacée. Sa respiration imperceptible.

Josette cria :

— Il est mort ! Oh ! Renaud, l'enfant est mort !

Non heureusement. Hélas ! il n'en valait guère mieux. Affolée, Josette ne sortait plus de cette chambre où le petit agonisait. Elle oubliait le sommeil. Elle refusait de prendre toute nourriture. Sa maternité se relevait, triomphante, dans cette épreuve cruelle. Mais il était visible pour Renaud que si Henri mourait, il y aurait un double deuil à la Faloise, car Josette le suivrait au cimetière, tuée par le regret de n'avoir pas aimé cet enfant, par l'horrible pensée qu'elle avait peut-être été cause de cette mort...

Renaud redoubla d'amour, d'attentions, de tendresses.

Il murmurait, les lèvres serrées contre son mouchoir humide de larmes :

— Non, rien n'y fera ! Rien n'y fera !...

Clément, dans une affliction profonde, sans avoir deviné le secret douloureux qui liait ces deux cœurs, se doutait pourtant de l'existence d'un secret.

Ces exclamations de désespoir, il les surprit à plusieurs reprises.

Il s'en inquiéta, posa des questions.

— Pourquoi ne l'aimiez-vous pas, ce petit, si digne de vous ?

— Mais je l'aime, père ! Je te jure que je l'aime !

— Toi, peut-être... mais lui ? mais Renaud !!

— Il l'aime, n'en doute pas, et il est aussi malheureux que moi !...

Le grand-père n'osa pas insister. Et ce vague soupçon parut se dissiper, car il ne fit plus par la suite aucune allusion.

Deux jours de crise, deux jours de terreur abominable.

Enfin, une espérance !... La fièvre baissait... Un peu de mieux se produisait...

— Peut-être ! Peut-être ! disait le médecin.

Car il savait que souvent les accalmies, au lieu d'être des précurseurs de convalescence, précèdent la mort... le corps n'ayant même plus la force de souffrir...

Le même soir, pourtant, il se montra plus rassuré.

L'enfant avait résisté à une pareille crise... on le sauverait !... question de temps, de précautions infinies !...

Et le médecin qui, peut-être, de même que le grand-père, avait eu des doutes, se hâtait d'ajouter :

— Surtout ! surtout qu'il se sente aimé !... La guérison est là... Elle ne dépend pas de moi. C'est vous qui la tenez...

Josette joignit les mains, en une sorte d'extase muette.

Elle n'en pouvait plus de bonheur. Était-ce vrai que l'enfant n'allait pas mourir ?... Il lui semblait qu'elle remontait du fond d'un abîme horrible où depuis des nuits et des jours elle ne respirait plus. Fini, alors, ce cauchemar ?... Finis, les remords ? Oh ! comme elle allait l'aimer !... Renaud fut effrayé de cette joie délirante. Il redoutait une rechute possible et si la mère retombait dans ses affres de détresse, sa raison défaillante sombrerait dans la folie.

— Prends garde ! ne te laisse pas aller à trop d'espérances... L'enfant est toujours en danger.

— Je le sauverai, au prix de ma vie s'il le faut... Tu n'as donc pas entendu le médecin... Sa guérison dépend de nous ! Alors, c'est comme s'il était guéri, n'est-ce pas ?

Pendant quinze jours encore, il y eut des alternatives de craintes et d'espoirs.

Mais l'enfant fut sauvé. Après ce long sommeil de stupeur et de fièvre, pendant lequel il avait perdu presque complètement toute notion de la vie, il renaissait, ébloui, charmé, croyant à quelque rêve, ne retrouvant plus penchés sur son lit les deux visages de Josette et de Renaud qu'il avait connus autrefois si glacés et si indifférents... et qu'il revoyait éplorés tout à la fois et joyeux... aux yeux pleins d'amour...

Il disait à voix basse :

— C'est bien maman ! c'est pourtant bien papa aussi !

Et la première fois que Line vint l'embrasser, après qu'il eut repris connaissance, il lui dit :

— Hein, Line ? J'avais raison de souhaiter une maladie.

— Veux-tu te taire, méchant... Ne vas-tu pas être joyeux de nous avoir rendus si tristes ?

— C'est bon, c'est bon, murmura Henri, en se coulant sous son drap, je sais tout de même ce que je dis, et je ne m'étais pas trompé, voilà !

— Et maintenant, tu ne veux plus mourir, petit ?

— Oh ! non, bien sûr que non. Je veux vivre... parce que, vois-tu, Line, je sens que je vais être heureux comme les autres...

Et déjà, dans le lit, il essayait de gambader.

— Veux-tu te tenir tranquille, méchant galopin ?

— C'est bon, Line, c'est bon, on y va !

Et il obéit, en riant.

Quand il fut en état de sortir, on le transporta sous les arbres, où on l'installa dans un fauteuil. On était à la fin de juin. Le soleil était chaud. Tous les oiseaux chantaient encore, même le rossignol qui s'en donnait à pleine gorge quand le soir tombait. Tant de lumière et tant de gaieté éblouissait le petit. Il mit la main sur ses yeux et sa mère, avec terreur, s'aperçut qu'il pleurait.

— Mon enfant !...

Il baissa la main et elle vit que s'il pleurait, son visage était rieur. Larmes de joie.

Et il expliqua, pour la rassurer :

— Je pleure, parce que je suis content.

Et cependant, pour l'aimer, Josette et Renaud se cachaient encore l'un de l'autre.

C'est ainsi que, certain soir, Renaud aperçut, sans qu'on le vît, la jeune femme qui, ayant pris Henri dans ses bras, le berçait gentiment en l'accablant de caresses.

Et l'enfant répétait :

— Embrasse-moi encore !... Embrasse-moi toujours !

Ce fut ainsi qu'il s'endormit. Et quand elle l'eut déposé doucement dans son lit, elle resta longtemps à le considérer. Plus rien n'apparaissait maintenant sur ce visage maternel des incertitudes d'autrefois... Un voile s'étendait sur les odieux souvenirs, qui désormais les lui cacherait, le voile de son amour pour l'enfant !... En lui, rien de l'autre... Rien de Lilienthal... Non, rien ne le rappelait... Et l'âme tendre, confiante, n'aurait jamais rien non plus de la rudesse de l'autre... C'était bien le petit né de son âme à elle et de sa chair... et la nature, malgré la cruauté de cette naissance, avait été bonne et clémente. puisqu'elle semblait avoir pris plaisir à apaiser le passé douloureux.

Encore une hésitation, pourtant :

— Mais lui, Renaud, l'aimerait-il comme moi ?

Elle en eut bientôt la preuve. Par une sorte d'orgueil encore, ou par une dernière révolte, Renaud ne manifestait sa tendresse envers l'enfant que lorsqu'il savait Josette absente. Alors, vite il accourait. Comme l'enfant pouvait marcher un peu et que ses forces revenaient rapidement, il l'emmenait dans la campagne, en quelque coin de bois, loin des yeux, loin de tous, pour le posséder à lui seul.

— Si tu es fatigué, je te porterai.

Avec sa subtile intelligence, Henri devinait vaguement que la glace n'était pas encore rompue, tant que son père et sa mère se cacheraient ainsi l'un de l'autre.

Il se confia à Line.

Line était l'amie qui recevait tous les secrets de son cœur...

Et ce fut Line qui vint une fois de plus à son secours.

Alors, il arriva ceci :

Renaud avait emmené Henri qui, tout à fait guéri, gambadait autour de lui, insouciant et joyeux. Josette était partie pour Thiancourt où elle devait rester, avait-elle prétendu, jusqu'au soir. Mais c'était un mensonge.

Henri avait dit à Line :

— Je conduirai père jusqu'au vieux moulin du Bois des Moines...

— Bon, répondit Line, ta mère y viendra et vous y surprendra.

Et voilà comment, tout à coup, apparut Josette au bord du ruisseau, devant Renaud qui jouait avec le petit, redevenu enfant lui-même... Elle pâlit de joie, à ce spectacle et Renaud, interdit et confus, s'arrêta de jouer et l'attendit...

Rieur, Henri sautait au cou de sa mère.

Alors Renaud se pencha à l'oreille de Josette et lui murmura dans un souffle :

— Veux-tu changer notre devise d'autrefois ?

— Comment ?

— Notre devise qui était : « S'aimer, s'aimer toujours, malgré tout ! »

— Eh bien ?

— La changer en celle-ci, qui deviendrait la nôtre pour le reste de notre vie :

« L'aimer, l'aimer toujours, malgré tout ! »

— Oh ! mon Renaud, que tu es bon !...

Le passé était bien mort. L'avenir se levait, souriant.

A quelque temps de là, Henri disait à Line :

— Pourquoi ont-ils attendu ma maladie pour m'aimer ?

— Les parents ont des préoccupations, ne peuvent pas toujours s'occuper de leurs enfants... ne te l'ai-je pas dit ? Ils t'aimaient et cela était si naturel qu'ils ne pensaient pas à te le dire... L'occasion leur manquait... A-t-on besoin de dire à son enfant qu'on l'aime ?

— Mais oui, mais oui !... Tiens, il ne se passe point d'heures où ils me le disent, à présent, tantôt l'un tantôt l'autre... tantôt tous les deux ensemble...

Il se mit à ramasser des cailloux sur la route, et à les jeter au plus loin que sa jeune vigueur le lui permettait.

La nuit était venue, et les cailloux, en rebondissant sur les silex de la route, y produisaient des étincelles.

Ce jeu l'amusait. Puis, il reprit la main de Line.

— Rentrons !

Ils firent quelques pas, en silence, dans la direction de la Faloise.

Puis, grave soudain, la pensée lointaine, l'enfant murmura :

— On dirait, tout de même, vois-tu, Line, qu'ils veulent regagner le temps perdu...

FIN

TABLE DES MATIÈRES

IMPRIMERIE DE CHOISY-LE-ROI.